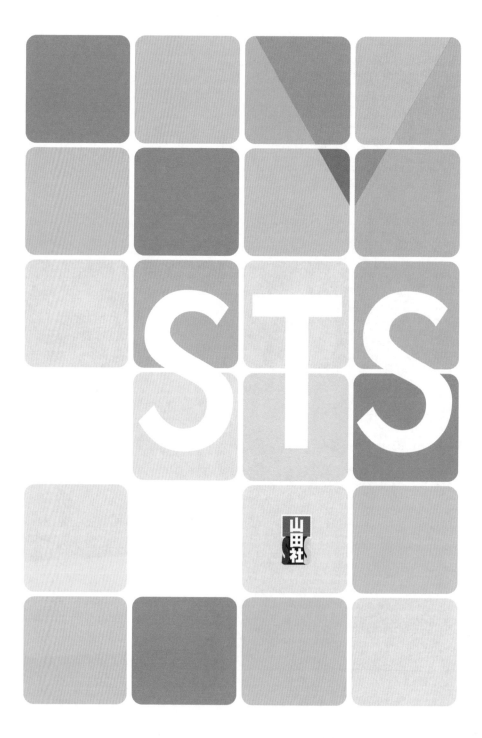

STS

山田社

STS

山田社

考試分數大躍進
累積實力
百萬考生見證
應考秘訣

4

根據日本國際交流基金考試相關概要

# 合格班
# 日檢單字

## 重音辭典 &
## 文字・語彙問題集

〔全真模擬試題〕完全對應新制

吉松由美・田中陽子 ◎ 合著

山田社
*Shan Tian She*

# 前言

## preface

百分百全面日檢學習對策，讓你震撼考場！

★「50 音順＋分類單字」雙效學習，N4 單字最神組合！

★「重音辭典」會聽、會說、會用，考場拿出真本事！

★「補充類、對譯詞」單字量 3 倍升級！

★「必考詞組（短句）」增加理解度，單字用法一點就通！

★「必考例句」同步吸收同級文法與會話，三效合一，效果超絕！

★「三回模擬考題」100% 擬真體驗，100% 命中考題！

為什麼單字總是背了後面，就忘了前面？

為什麼每個單字都「好像」有印象，答題時各個都「不確定」？

為什麼唸這個字音，卻是那個字義？

不要再浪費時間！合格班提供 100% 全面的單字學習對策，讓您輕鬆取證，震撼考場！

### ● 100%全面│50 音順＋分類單字，雙效學習，日檢最神組合！

全書單字先採 50 音順排列，讓您完全掌握 N4 單字；後依主題分類，將同類單字集合在一起，營造出場景畫面，透過聯想記憶同時增加單字靈活運用能力。不一而再再而三叮嚀「がんばって」（加油），讓您徒增壓力，而是讓您自然而然「楽しむ！」（享受學習），在雙效學習下，可加速學習深度及連貫學習效果。內容豐富又充滿樂趣，可瞬間背得多，記得牢！

### ● 100%充足│內容多元充足，給你五顆星的效果實證！

合格班日檢單字給您五星級內容，讓您怎麼考，怎麼過！權威，就是這麼威！

▲ 所有單詞（包括接頭詞、接尾詞、感歎詞等）精心挑選，標注重音、詞性，解釋貼切詳細。

▲ 增加類義詞、近義詞，戰勝日檢的「換句話說」題型，3 倍擴充單字量。

▲ 獨家慣用詞組，針對「文脈規定」的題型，讓您知道如何靈活運用單字。

▲ 例句搭配同一程度的 N4 文法，好懂、好記、生活化，學習效果百倍升級！

## ● 100%音感│說對、聽對，才能用對！掌握正確發音，縮短日檢合格距離！

突破日檢第一鐵則：「聽力是決勝的關鍵」。會聽、會說、會用才是真本事！「きれいな　はな」是「花很漂亮」還是「鼻子很漂亮」？小心別出糗，搞懂重音，會聽、會說才會用！本書每個單字後面都標上重音，讓您一開始就打好正確的發音基礎，大幅提升日檢聽力實力，縮短日檢合格距離！

## ● 100%權威│權威經驗加持，就是金牌合格保證！

本書根據日本國際交流基金（JAPAN FOUNDATION）舊制考試基準，及新發表的「新日本語能力試驗相關概要」加以編寫。並分析從 2010 年開始的新日檢考試內容，增加過去未收錄的 N4 程度常用單字，精心彙整了 801 個新制 N4 單字。同時查閱並參考大量國內外先行出版的各類文字詞彙辭書、試題彙編等，加上金牌日籍老師多年的教學、編寫經驗，絕對是您合格必備的日檢 N4 單字書。

## ● 100%記憶│合格班史上最強的「抗遺忘」神器！

還在苦惱為什麼「怎麼背怎麼忘」嗎？艾賓豪斯的實驗發現，在不回想、不複習的情況下，遺忘曲線比股勢下跌還驚人！為了提高您的學習效率，《合格班日檢 N4 單字》提出史上最強「10 分鐘一回想，半小時一複習」的「抗遺忘」對策！
本書用心規劃「漸進式學習」內容，利用單字、詞組（短句）和例句（長句），由淺入深提高理解力。並精心設計「三段式間歇性複習法」內頁，以一個對頁為單位，每背 10 分鐘回想默背一次，每半小時回頭總複習一次，每個單字都有三個方格，只要利用三段式學習與複習，學過的單字都能在瞬間變成永久記憶！

## ● 100%準確│考題神準，臨場感最逼真！

本書附有三回模擬考題，完全符合新日檢官方試題的出題形式、場景設計、出題範圍，讓您考前複習迅速掌握重點，100% 體驗考試臨場感，100% 準確命中考題，直搗日檢核心！短時間內考出好成績！

# 目錄

contents

# 新「日本語能力測驗」概要

JLPT

# 一、什麼是新日本語能力試驗呢

## 1. 新制「日語能力測驗」

從2010年起實施的新制「日語能力測驗」（以下簡稱為新制測驗）。

1－1　實施對象與目的

　　　　新制測驗與舊制測驗相同，原則上，實施對象為非以日語作為母語者。其目的在於，為廣泛階層的學習與使用日語者舉行測驗，以及認證其日語能力。

1－2　改制的重點

改制的重點有以下四項：

1　測驗解決各種問題所需的語言溝通能力

　　新制測驗重視的是結合日語的相關知識，以及實際活用的日語能力。因此，擬針對以下兩項舉行測驗：一是文字、語彙、文法這三項語言知識；二是活用這些語言知識解決各種溝通問題的能力。

2　由四個級數增為五個級數

　　新制測驗由舊制測驗的四個級數（1級、2級、3級、4級），增加為五個級數（N1、N2、N3、N4、N5）。新制測驗與舊制測驗的級數對照，如下所示。最大的不同是在舊制測驗的2級與3級之間，新增了N3級數。

| N1 | 難易度比舊制測驗的1級稍難。合格基準與舊制測驗幾乎相同。 |
| N2 | 難易度與舊制測驗的2級幾乎相同。 |
| N3 | 難易度介於舊制測驗的2級與3級之間。（新增） |
| N4 | 難易度與舊制測驗的3級幾乎相同。 |
| N5 | 難易度與舊制測驗的4級幾乎相同。 |

＊「N」代表「Nihongo（日語）」以及「New（新的）」。

3　施行「得分等化」

　　由於在不同時期實施的測驗，其試題均不相同，無論如何慎重出題，每次測驗的難易度總會有或多或少的差異。因此在新制測驗中，導入「等化」的計分方式後，便能將不同時期的測驗分數，於共同量尺上相互比較。因此，無論是在什麼時候接受測驗，只要是相同級

數的測驗，其得分均可予以比較。目前全球幾種主要的語言測驗，均廣泛採用這種「得分等化」的計分方式。

4　提供「日本語能力試驗Can-do自我評量表」（簡稱JLPT Can-do）

為了瞭解通過各級數測驗者的實際日語能力，新制測驗經過調查後，提供「日本語能力試驗Can-do自我評量表」。該表列載通過測驗認證者的實際日語能力範例。希望通過測驗認證者本人以及其他人，皆可藉由該表格，更加具體明瞭測驗成績代表的意義。


1－3　所謂「解決各種問題所需的語言溝通能力」

我們在生活中會面對各式各樣的「問題」。例如，「看著地圖前往目的地」或是「讀著說明書使用電器用品」等等。種種問題有時需要語言的協助，有時候不需要。

為了順利完成需要語言協助的問題，我們必須具備「語言知識」，例如文字、發音、語彙的相關知識、組合語詞成為文章段落的文法知識、判斷串連文句的順序以便清楚說明的知識等等。此外，亦必須能配合當前的問題，擁有實際運用自己所具備的語言知識的能力。

舉個例子，我們來想一想關於「聽了氣象預報以後，得知東京明天的天氣」這個課題。想要「知道東京明天的天氣」，必須具備以下的知識：「晴れ（晴天）、くもり（陰天）、雨（雨天）」等代表天氣的語彙；「東京は明日は晴れでしょう（東京明日應是晴天）」的文句結構；還有，也要知道氣象預報的播報順序等。除此以外，尚須能從播報的各地氣象中，分辨出哪一則是東京的天氣。

如上所述的「運用包含文字、語彙、文法的語言知識做語言溝通，進而具備解決各種問題所需的語言溝通能力」，在新制測驗中稱為「解決各種問題所需的語言溝通能力」。

新制測驗將「解決各種問題所需的語言溝通能力」分成以下「語言知識」、「讀解」、「聽解」等三個項目做測驗。

| 語言知識 | 各種問題所需之日語的文字、語彙、文法的相關知識。 |
|---|---|
| 讀　解 | 運用語言知識以理解文字內容，具備解決各種問題所需的能力。 |
| 聽　解 | 運用語言知識以理解口語內容，具備解決各種問題所需的能力。 |

作答方式與舊制測驗相同，將多重選項的答案劃記於答案卡上。此外，並沒有直接測驗口語或書寫能力的科目。

## 2. 認證基準

新制測驗共分為N1、N2、N3、N4、N5五個級數。最容易的級數為N5，最困難的級數為N1。

與舊制測驗最大的不同，在於由四個級數增加為五個級數。以往有許多通過3級認證者常抱怨「遲遲無法取得2級認證」。為因應這種情況，於舊制測驗的2級與3級之間，新增了N3級數。

新制測驗級數的認證基準，如表1的「讀」與「聽」的語言動作所示。該表雖未明載，但應試者也必須具備為表現各語言動作所需的語言知識。

N4與N5主要是測驗應試者在教室習得的基礎日語的理解程度；N1與N2是測驗應試者於現實生活的廣泛情境下，對日語理解程度；至於新增的N3，則是介於N1與N2，以及N4與N5之間的「過渡」級數。關於各級數的「讀」與「聽」的具體題材（內容），請參照表1。

■ 表1　新「日語能力測驗」認證基準

| | 級數 | 認證基準<br>各級數的認證基準，如以下【讀】與【聽】的語言動作所示。各級數亦必須具備為表現各語言動作所需的語言知識。 |
|---|---|---|
| 困<br>難<br>*<br>（↑） | N1 | 能理解在廣泛情境下所使用的日語<br>【讀】・可閱讀話題廣泛的報紙社論與評論等論述性較複雜及較抽象的文章，且能理解其文章結構與內容。<br>・可閱讀各種話題內容較具深度的讀物，且能理解其脈絡及詳細的表達意涵。<br>【聽】・在廣泛情境下，可聽懂常速且連貫的對話、新聞報導及講課，且能充分理解話題走向、內容、人物關係、以及說話內容的論述結構等，並確實掌握其大意。 |
| | N2 | 除日常生活所使用的日語之外，也能大致理解較廣泛情境下的日語<br>【讀】・可看懂報紙與雜誌所刊載的各類報導、解說、簡易評論等主旨明確的文章。<br>・可閱讀一般話題的讀物，並能理解其脈絡及表達意涵。<br>【聽】・除日常生活情境外，在大部分的情境下，可聽懂接近常速且連貫的對話與新聞報導，亦能理解其話題走向、內容、以及人物關係，並可掌握其大意。 |
| | N3 | 能大致理解日常生活所使用的日語<br>【讀】・可看懂與日常生活相關的具體內容的文章。<br>・可由報紙標題等，掌握概要的資訊。<br>・於日常生活情境下接觸難度稍高的文章，經換個方式敘述，即可理解其大意。<br>【聽】・在日常生活情境下，面對稍微接近常速且連貫的對話，經彙整談話的具體內容與人物關係等資訊後，即可大致理解。 |

| | | | |
|---|---|---|---|
| *<br>容<br>易<br><br>↓ | N4 | 能理解基礎日語<br>【讀】‧可看懂以基本語彙及漢字描述的貼近日常生活相關話題的文章。<br>【聽】‧可大致聽懂速度較慢的日常會話。 | |
| | N5 | 能大致理解基礎日語<br>【讀】‧可看懂以平假名、片假名或一般日常生活使用的基本漢字所書寫的固定詞<br>　　　句、短文、以及文章。<br>【聽】‧在課堂上或周遭等日常生活中常接觸的情境下，如為速度較慢的簡短對<br>　　　話，可從中聽取必要資訊。 | |

＊N1最難，N5最簡單。

## 3. 測驗科目

新制測驗的測驗科目與測驗時間如表2所示。

■ 表2　測驗科目與測驗時間＊①

| 級<br>數 | 測驗科目<br>（測驗時間） | | | |
|---|---|---|---|---|
| N1 | 語言知識（文字、語彙、文法）、<br>讀解<br>（110分） | | 聽解<br>（60分） → | 測驗科目為「語言知識<br>（文字、語彙、文法）、<br>讀解」；以及「聽解」共<br>2科目。 |
| N2 | 語言知識（文字、語彙、文法）、<br>讀解<br>（105分） | | 聽解<br>（50分） → | |
| N3 | 語言知識<br>（文字、語彙）<br>（30分） | 語言知識<br>（文法）、讀解<br>（70分） | 聽解<br>（40分） → | 測驗科目為「語言知識<br>（文字、語彙）」；「語<br>言知識（文法）、讀<br>解」；以及「聽解」共3<br>科目。 |
| N4 | 語言知識<br>（文字、語彙）<br>（30分） | 語言知識<br>（文法）、讀解<br>（60分） | 聽解<br>（35分） → | |
| N5 | 語言知識<br>（文字、語彙）<br>（25分） | 語言知識<br>（文法）、讀解<br>（50分） | 聽解<br>（30分） → | |

　　N1與N2的測驗科目為「語言知識（文字、語彙、文法）、讀解」以及「聽解」共2科目；N3、N4、N5的測驗科目為「語言知識（文字、語彙）」、「語言知識（文法）、讀解」、「聽解」共3科目。

　　由於N3、N4、N5的試題中，包含較少的漢字、語彙、以及文法項目，因此當與N1、N2測驗相同的「語言知識（文字、語彙、文法）、讀解」科目時，有時會使某幾道試題成為其他題目的提示。為避免這個情況，因此將「語言知識（文字、語彙、文法）、讀解」，分成「語言知識（文字、語彙）」和「語言知識（文法）、讀解」施測。

＊①：聽解因測驗試題的錄音長度不同，致使測驗時間會有些許差異。

# 4. 測驗成績

## 4－1 量尺得分

舊制測驗的得分，答對的題數以「原始得分」呈現；相對的，新制測驗的得分以「量尺得分」呈現。

「量尺得分」是經過「等化」轉換後所得的分數。以下，本手冊將新制測驗的「量尺得分」，簡稱為「得分」。

## 4－2 測驗成績的呈現

新制測驗的測驗成績，如表3的計分科目所示。N1、N2、N3的計分科目分為「語言知識（文字、語彙、文法）」、「讀解」、以及「聽解」3項；N4、N5的計分科目分為「語言知識（文字、語彙、文法）、讀解」以及「聽解」2項。

會將N4、N5的「語言知識（文字、語彙、文法）」和「讀解」合併成一項，是因為在學習日語的基礎階段，「語言知識」與「讀解」方面的重疊性高，所以將「語言知識」與「讀解」合併計分，比較符合學習者於該階段的日語能力特徵。

■ 表3　各級數的計分科目及得分範圍

| 級數 | 計分科目 | 得分範圍 |
|---|---|---|
| N1 | 語言知識（文字、語彙、文法） | 0～60 |
| | 讀解 | 0～60 |
| | 聽解 | 0～60 |
| | 總分 | 0～180 |
| N2 | 語言知識（文字、語彙、文法） | 0～60 |
| | 讀解 | 0～60 |
| | 聽解 | 0～60 |
| | 總分 | 0～180 |
| N3 | 語言知識（文字、語彙、文法） | 0～60 |
| | 讀解 | 0～60 |
| | 聽解 | 0～60 |
| | 總分 | 0～180 |
| N4 | 語言知識（文字、語彙、文法）、讀解 | 0～120 |
| | 聽解 | 0～60 |
| | 總分 | 0～180 |
| N5 | 語言知識（文字、語彙、文法）、讀解 | 0～120 |
| | 聽解 | 0～60 |
| | 總分 | 0～180 |

各級數的得分範圍，如表3所示。N1、N2、N3的「語言知識（文字、語彙、文法）」、「讀解」、「聽解」的得分範圍各為0～60分，三項合計的總分範圍是0～180分。「語言知識（文字、語彙、文法）」、「讀解」、「聽解」各占總分的比例是1：1：1。

N4、N5的「語言知識（文字、語彙、文法）、讀解」的得分範圍為0～120分，「聽解」的得分範圍為0～60分，二項合計的總分範圍是0～180分。「語言知識（文字、語彙、文法）、讀解」與「聽解」各占總分的比例是2：1。還有，「語言知識（文字、語彙、文法）、讀解」的得分，不能拆解成「語言知識（文字、語彙、文法）」與「讀解」二項。

除此之外，在所有的級數中，「聽解」均占總分的三分之一，較舊制測驗的四分之一為高。

## 4－3　合格基準

舊制測驗是以總分作為合格基準；相對的，新制測驗是以總分與分項成績的門檻二者作為合格基準。所謂的門檻，是指各分項成績至少必須高於該分數。假如有一科分項成績未達門檻，無論總分有多高，都不合格。

新制測驗設定各分項成績門檻的目的，在於綜合評定學習者的日語能力，須符合以下二項條件才能判定為合格：①總分達合格分數（＝通過標準）以上；②各分項成績達各分項合格分數（＝通過門檻）以上。如有一科分項成績未達門檻，無論總分多高，也會判定為不合格。

N1～N3及N4、N5之分項成績有所不同，各級總分通過標準及各分項成績通過門檻如下所示：

| 級數 | 總分 | | 分項成績 | | | | | |
|---|---|---|---|---|---|---|---|---|
| | | | 言語知識<br>（文字‧語彙‧文法） | | 讀解 | | 聽解 | |
| | 得分範圍 | 通過標準 | 得分範圍 | 通過門檻 | 得分範圍 | 通過門檻 | 得分範圍 | 通過門檻 |
| N1 | 0～180分 | 100分 | 0～60分 | 19分 | 0～60分 | 19分 | 0～60分 | 19分 |
| N2 | 0～180分 | 90分 | 0～60分 | 19分 | 0～60分 | 19分 | 0～60分 | 19分 |
| N3 | 0～180分 | 95分 | 0～60分 | 19分 | 0～60分 | 19分 | 0～60分 | 19分 |

| 級數 | 總分 | | 分項成績 | | | |
|---|---|---|---|---|---|---|
| | | | 言語知識<br>（文字‧語彙‧文法）‧讀解 | | 聽解 | |
| | 得分範圍 | 通過標準 | 得分範圍 | 通過門檻 | 得分範圍 | 通過門檻 |
| N4 | 0～180分 | 90分 | 0～120分 | 38分 | 0～60分 | 19分 |
| N5 | 0～180分 | 80分 | 0～120分 | 38分 | 0～60分 | 19分 |

※上列通過標準自2010年第1回(7月)【N4、N5為2010年第2回(12月)】起適用。

缺考其中任一測驗科目者，即判定為不合格。寄發「合否結果通知書」時，含已應考之測驗科目在內，成績均不計分亦不告知。

## 4－4　測驗結果通知

依級數判定是否合格後，寄發「合否結果通知書」予應試者；合格者同時寄發「日本語能力認定書」。

■ N1, N2, N3

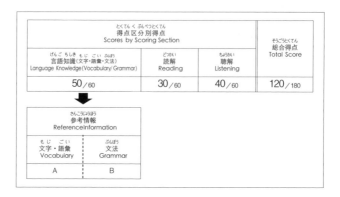

■ N4, N5

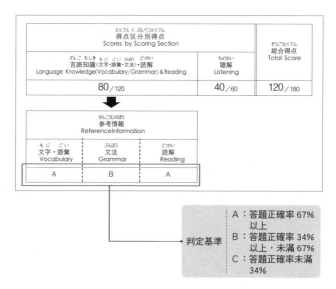

※ 各節測驗如有一節缺考就不予計分，即判定為不合格。雖會寄發「合否結果通知書」但所有分項成績，含已出席科目在內，均不予計分。各欄成績以「＊」表示，如「＊＊/60」。
※ 所有科目皆缺席者，不寄發「合否結果通知書」。

## N4　題型分析

| 測驗科目<br>（測驗時間） | | | | 試題內容 | | |
|---|---|---|---|---|---|---|
| | | | | 題型 | 小題<br>題數<br>＊ | 分析 |
| 語言知識<br>（30分） | 文字、語彙 | 1 | 漢字讀音 | ◇ | 9 | 測驗漢字語彙的讀音。 |
| | | 2 | 假名漢字寫法 | ◇ | 6 | 測驗平假名語彙的漢字寫法。 |
| | | 3 | 選擇文脈語彙 | ○ | 10 | 測驗根據文脈選擇適切語彙。 |
| | | 4 | 替換類義詞 | ○ | 5 | 測驗根據試題的語彙或說法，選擇類義詞或類義說法。 |
| | | 5 | 語彙用法 | ○ | 5 | 測驗試題的語彙在文句裡的用法。 |
| 語言知識、讀解<br>（60分） | 文法 | 1 | 文句的文法1<br>（文法形式判斷） | ○ | 15 | 測驗辨別哪種文法形式符合文句內容。 |
| | | 2 | 文句的文法2<br>（文句組構） | ◆ | 5 | 測驗是否能夠組織文法正確且文義通順的句子。 |
| | | 3 | 文章段落的文法 | ◆ | 5 | 測驗辨別該文句有無符合文脈。 |
| | 讀解<br>＊ | 4 | 理解內容<br>（短文） | ○ | 4 | 於讀完包含學習、生活、工作相關話題或情境等，約100~200字左右的撰寫平易的文章段落之後，測驗是否能夠理解其內容。 |
| | | 5 | 理解內容<br>（中文） | ○ | 4 | 於讀完包含以日常話題或情境為題材等，約450字左右的簡易撰寫文章段落之後，測驗是否能夠理解其內容。 |
| | | 6 | 釐整資訊 | ◆ | 2 | 測驗是否能夠從介紹或通知等，約400字左右的撰寫資訊題材中，找出所需的訊息。 |
| 聽解<br>（35分） | | 1 | 理解問題 | ◇ | 8 | 於聽取完整的會話段落之後，測驗是否能夠理解其內容（於聽完解決問題所需的具體訊息之後，測驗是否能夠理解應當採取的下一個適切步驟）。 |
| | | 2 | 理解重點 | ◇ | 7 | 於聽取完整的會話段落之後，測驗是否能夠理解其內容（依據剛才已聽過的提示，測驗是否能夠抓住應當聽取的重點）。 |
| | | 3 | 適切話語 | ◆ | 5 | 於一面看圖示，一面聽取情境說明時，測驗是否能夠選擇適切的話語。 |
| | | 4 | 即時應答 | ◆ | 8 | 於聽完簡短的詢問之後，測驗是否能夠選擇適切的應答。 |

＊「小題題數」為每次測驗的約略題數，與實際測驗時的題數可能未盡相同。此外，亦有可能會變更小題題數。

＊有時在「讀解」科目中，同一段文章可能會有數道小題。

＊符號標示：「◆」舊制測驗沒有出現過的嶄新題型；「◇」沿襲舊制測驗的題型，但是更動部分形式；「○」與舊制測驗一樣的題型。

資料來源：《日本語能力試驗JLPT官方網站：分項成績‧合格判定‧合否結果通知》。2016年1月11日，
取自：http://www.jlpt.jp/tw/guideline/results.html

# 本書使用說明

## Point 1 漸進式學習

利用單字、詞組（短句）和例句（長句），由淺入深提高理解力。

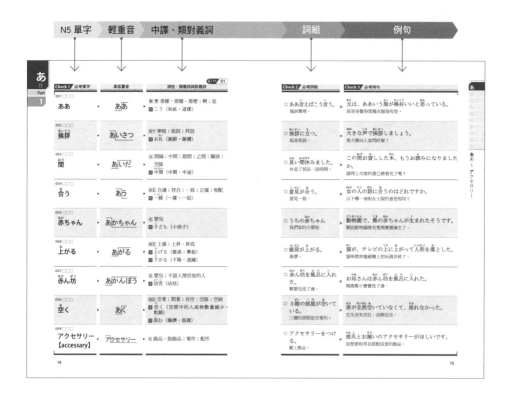

## Point 2 三段式間歇性複習法

⇨ 以一個對頁為單位，每背 10 分鐘回想默背一次，每半小時回頭總複習一次。

⇨ 每個單字都有三個方格，配合三段式學習法，每複習一次就打勾一次。

⇨ 接著進行下個對頁的學習！背完第一組 10 分鐘，再複習默背上一對頁的第三組單字。

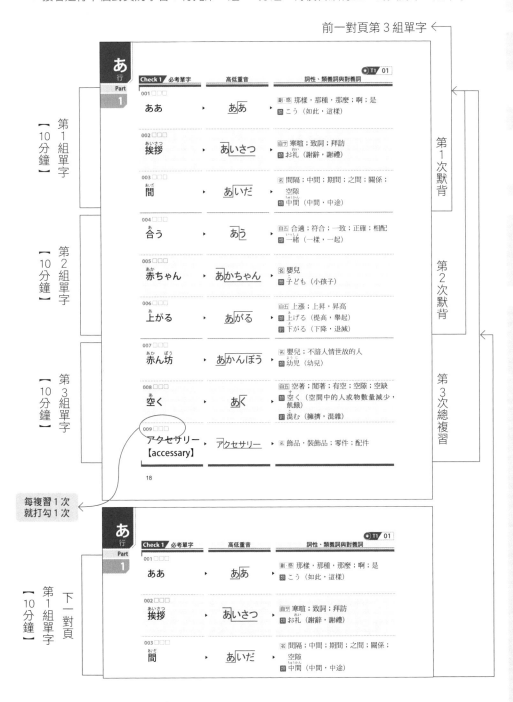

前一對頁第 3 組單字 ←

【第 1 組單字 10 分鐘】　第 2 組單字 10 分鐘】　第 3 組單字 10 分鐘】

第 1 次默背　第 2 次默背　第 3 次總複習

每複習 1 次就打勾 1 次

下一對頁第 1 組單字 10 分鐘】

| あ行 Part 1 | Check 1 必考單字 | 高低重音 | 詞性、類義詞與對義詞 | ●T1 01 |
|---|---|---|---|---|
| 001 □□□ | ああ | ああ | 副感 那樣，那種，那麼；啊；是<br>類 こう（如此，這樣） | |
| 002 □□□ | 挨拶 | あいさつ | 自サ 寒暄；致詞；拜訪<br>類 お礼（謝辭，謝禮） | |
| 003 □□□ | 間 | あいだ | 名 間隔；中間；期間；之間；關係；<br>空隙<br>類 中間（中間，中途） | |
| 004 □□□ | 合う | あう | 自五 合適；符合；一致；正確；相配<br>類 一緒（一樣，一起） | |
| 005 □□□ | 赤ちゃん | あかちゃん | 名 嬰兒<br>類 子ども（小孩子） | |
| 006 □□□ | 上がる | あがる | 自五 上漲；上昇；昇高<br>類 上げる（提高，舉起）<br>對 下がる（下降，退減） | |
| 007 □□□ | 赤ん坊 | あかんぼう | 名 嬰兒；不諳人情世故的人<br>類 幼児（幼兒） | |
| 008 □□□ | 空く | あく | 自五 空著；閒著；有空；空隙；空缺<br>類 空く（空間中的人或物數量減少，飢餓）<br>對 混む（擁擠，混雜） | |
| 009 □□□ | アクセサリー<br>【accessary】 | アクセサリー | 名 飾品，裝飾品；零件；配件 | |

18

| あ行 Part 1 | Check 1 必考單字 | 高低重音 | 詞性、類義詞與對義詞 | ●T1 01 |
|---|---|---|---|---|
| 001 □□□ | ああ | ああ | 副感 那樣，那種，那麼；啊；是<br>類 こう（如此，這樣） | |
| 002 □□□ | 挨拶 | あいさつ | 自サ 寒暄；致詞；拜訪<br>類 お礼（謝辭，謝禮） | |
| 003 □□□ | 間 | あいだ | 名 間隔；中間；期間；之間；關係；<br>空隙<br>類 中間（中間，中途） | |

## Point 3 分類單字

依主題分類，將同類單字集合在一起，營造出場景畫面，透過聯想增加單字靈活運用能力。

## Point 4 三回全真模擬試題

本書三回模擬考題，完全符合新日檢官方試題的出題形式、場景設計、出題範圍，讓你考前複習迅速掌握重點。

日本語能力試驗

# JLPT

## N4 單字

| Check 1 必考單字 | 高低重音 | 詞性、類義詞與對義詞 |
|---|---|---|

**001** □□□

ああ ▶ ああ ▶ 副·感 那樣，那種，那麼；啊；是
類 こう（如此，這樣）

**002** □□□

挨拶（あいさつ） ▶ あいさつ ▶ 自サ 寒暄；致詞；拜訪
類 お礼（れい）（謝辭，謝禮）

**003** □□□

間（あいだ） ▶ あいだ ▶ 名 間隔；中間；期間；之間；關係；空隙
類 中間（ちゅうかん）（中間，中途）

**004** □□□

合う（あ） ▶ あう ▶ 自五 合適；符合；一致；正確；相配
類 一緒（いっしょ）（一樣，一起）

**005** □□□

赤ちゃん（あか） ▶ あかちゃん ▶ 名 嬰兒
類 子（こ）ども（小孩子）

**006** □□□

上がる（あ） ▶ あがる ▶ 自五 上漲；上昇，昇高
類 上（あ）げる（提高，舉起）
對 下（さ）がる（下降，退減）

**007** □□□

赤ん坊（あか）（ぼう） ▶ あかんぼう ▶ 名 嬰兒；不諳人情世故的人
類 幼児（ようじ）（幼兒）

**008** □□□

空く（あ） ▶ あく ▶ 自五 空著；閒著；有空；空隙；空缺
類 空（す）く（空間中的人或物數量減少，飢餓）
對 混（こ）む（擁擠，混雑）

**009** □□□

アクセサリー【accessary】 ▶ アクセサリー ▶ 名 飾品，裝飾品；零件；配件

| Check 2　必考詞組 | Check 3　必考例句 |
|---|---|

□ ああ言えばこう言う。
強詞奪理。

▶ 兄は、ああいう服が格好いいと思っている。
我哥哥覺得那種衣服很有型。

□ 挨拶に立つ。
起身致詞。

▶ 大きな声で挨拶しましょう。
要大聲向人家問好喔！

□ 長い間休みました。
休息了很長一段時間。

▶ この間お貸しした本、もうお読みになりましたか。
請問上次借的書已經看完了嗎？

□ 意見が合う。
意見一致。

▶ 女の人の話に合うのはどれですか。
以下哪一項和女士說的意思相同？

□ うちの赤ちゃん
我們家的小嬰娃

▶ 動物園で、熊の赤ちゃんが生まれたそうです。
聽說動物園裡有隻熊寶寶誕生了。

□ 値段が上がる。
漲價。

▶ 猫が、テレビの上に上がって人形を落とした。
貓咪爬到電視機上把玩偶弄掉了。

□ 赤ん坊を風呂に入れた。
幫嬰兒洗了澡。

▶ お母さんは赤ん坊を風呂に入れた。
媽媽幫小寶寶洗了澡。

□ ３階の部屋が空いている。
三樓的房間是空著的。

▶ 席が全然空いていなくて、座れなかった。
完全沒有空位，沒辦法坐。

□ アクセサリーをつける。
戴上飾品。

▶ 彼氏とお揃いのアクセサリーがほしいです。
我想要和男友搭配成套的飾品。

| **Check 1** 必考單字 | 高低重音 | 詞性、類義詞與對義詞 |
|---|---|---|

**010** □□□

あげる ▸ あげる ▸ 他下一 給；送；舉，抬；改善；加速；增加，提高；請到；供養；完成
類 与える（給予，授與）

**011** □□□

浅い（あさ） ▸ あさい ▸ 形 淺的；小的，微少的；淺色的；淺薄的，膚淺的
對 深い（深的）

**012** □□□

朝寝坊（あさ ね ぼう） ▸ あさねぼう ▸ 名・自サ 睡懶覺；賴床；愛賴床的人

**013** □□□

味（あじ） ▸ あじ ▸ 名 味道；滋味；趣味；甜頭
類 匂い（にお）（味道，風貌）

**014** □□□

アジア【Asia】 ▸ アジア ▸ 名 亞洲

**015** □□□

味見（あじ み） ▸ あじみ ▸ 名・他サ 試吃，嚐味道
類 試食（し しょく）（試吃）

**016** □□□

明日（あ す） ▸ あす ▸ 名 明天；將來
類 明日（あ した）（明天）

**017** □□□

遊び（あそ） ▸ あそび ▸ 名 遊戲；遊玩；放蕩；間隙；閒遊；餘裕
類 暇（ひま）（空閒）

**018** □□□

あ（っ） ▸ あ（っ） ▸ 感 啊（突然想起、吃驚的樣子）哎呀；（打招呼）喂

| Check 2 必考詞組 | Check 3 必考例句 |
|---|---|

□ 子どもに本をあげる。
把書拿給孩子。

▶ 警察だ。手を上げろ！
我們是警察！手舉高！

□ 浅い川。
淺淺的河。

▶ 入社してから日が浅いため、まだ担当はもっておりません。
我才剛到公司上班不久，所以還沒有分派到負責的客戶。

□ 今日は朝寝坊をした。
今天早上睡過頭了。

▶ 朝寝坊したせいで、新幹線に乗れなかった。
早上睡過頭了，結果來不及搭上新幹線。

□ 味がいい。
好吃，美味；富有情趣。

▶ この店は、メニューもいろいろあるし、味もいいから好きです。
這家店的餐點不但菜單上有各種口味可供選擇，而且好吃，所以我很喜歡光顧。

□ アジアに広がる。
擴散至亞州。

▶ この製品はアジアから、アフリカまで輸出されています。
這種商品的外銷範圍遍及亞洲，甚至遠至非洲。

□ スープの味見をする。
嚐嚐湯的味道。

▶ これ、ちょっと味見してごらん。すごく美味しいよ。
你嚐嚐看這個，非常好吃喔！

□ 明日の朝。
明天早上。

▶ 明日の午後は、家におりません。
我明天下午不在家。

□ 遊びがある。
有餘力；有間隙。

▶ これを着て公園に遊びに行きましょう。
穿上這個去公園玩吧。

□ あっ、右じゃない。
啊！不是右邊！

▶ あっ、雨だ！どうしよう、傘がない。
啊，下雨了！我沒帶傘，怎麼辦？

21

| Check 1 必考單字 | 高低重音 | 詞性、類義詞與對義詞 |
|---|---|---|

**019** □□□
あつ
集まる ▸ あつまる ▸ 自五 集合；聚集
類 寄せる（靠近，聚集）

**020** □□□
あつ
集める ▸ あつめる ▸ 他下一 收集，集合，集中
しゅうごう
類 集合（集合，群體）

**021** □□□
あてさき
宛先 ▸ あてさき ▸ 名 收件人姓名地址，送件地址

**022** □□□
アドレス
【address】 ▸ アドレス ▸ 名 住址，地址；（電子信箱）地址；
（高爾夫）擊球前姿勢
じゅうしょ
類 住所（地址）

**023** □□□
アフリカ
【Africa】 ▸ アフリカ ▸ 名 非洲

**024** □□□
アメリカ
【America】 ▸ アメリカ ▸ 名 美國；美洲

**025** □□□
あやま
謝る ▸ あやまる ▸ 他五 道歉；謝罪；認輸；謝絕，辭退
わ
類 詫びる（道歉）

**026** □□□
アルコール
【alcohol】 ▸ アルコール ▸ 名 酒精；乙醇；酒
さけ
類 酒（酒的總稱）

**027** □□□
アルバイト
【arbeit（德）】 ▸ アルバイト ▸ 名・自サ 打工
類 パート（part／打零工）

| Check 2 必考詞組 | Check 3 必考例句 |
|---|---|
| □ 駅の前に集まる。<br>在車站前集合。 | ▶ 8時半に出発しますから、20分までにホテルの前に集まってください。<br>因為早上八點半要出發，最晚請於八點20分之前在旅館門口集合。 |
| □ 切手を集める。<br>收集郵票。 | ▶ 論文を書くために、資料を集めます。<br>為了寫論文而蒐集資料。 |
| □ 宛先を書く。<br>寫上收件人的姓名地址。 | ▶ メールの宛先を間違えて、戻ってきてしまった。<br>打錯電子郵件的帳號，結果被退回來了。 |
| □ アドレスをカタカナで書く。<br>用片假名寫地址。 | ▶ メールアドレスを教えてください。<br>請告訴我電子郵件的帳號。 |
| □ アフリカに遊びに行く。<br>去非洲玩。 | ▶ 初めての海外旅行は、アフリカに行きました。<br>第一次出國旅遊去了非洲。 |
| □ アメリカへ行く。<br>去美國。 | ▶ 来年からアメリカにある会社に行くそうですね。<br>聽說你明年要到位在美國的公司上班吧。 |
| □ 君に謝る。<br>向你道歉。 | ▶ 謝れば済むことと、謝っても済まないことがある。<br>有些事只要道歉就可以原諒，有些事就算道歉也不值得原諒。 |
| □ アルコールを飲む。<br>喝酒。 | ▶ この病気にはアルコールや煙草、そして塩分がよくない。<br>酒、菸以及鹽分都對這種病有害。 |
| □ 本屋でアルバイトする。<br>在書店打工。 | ▶ 大沢君は、アルバイトばかりしているのに、成績がいい。<br>大澤一天到晚忙著打工，成績卻很優異。 |

| Check 1　必考單字 | 高低重音 | 詞性、類義詞與對義詞 |
|---|---|---|

**028 □□□**
あんしょうばんごう
暗証番号　▶ あんしょうばんごう ▶
- 名 密碼
- 類 パスワード（password／密碼）

**029 □□□**
あんしん
安心　▶ あんしん ▶
- 名・自サ 安心，放心，無憂無慮
- 類 大丈夫（放心，可靠）
- 對 心配（擔心）

**030 □□□**
あんぜん
安全　▶ あんぜん ▶
- 名・形動 安全，平安
- 類 無事（平安無事）

**031 □□□**
あんな　▶ あんな ▶
- 形動 那樣的
- 類 ああ（那樣）

**032 □□□**
あんない
案内　▶ あんない ▶
- 名・他サ 引導；陪同遊覽，帶路；傳達；通知；了解；邀請
- 類 お知らせ（通知）

**033 □□□**
いか
以下　▶ いか ▶
- 名 以下；在…以下；之後
- 類 以内（以內，不超過…）
- 對 以上（以上，…以上）

**034 □□□**
いがい
以外　▶ いがい ▶
- 名 除…之外，以外
- 類 その他（其他，之外）
- 對 以内（之內，不超過…）

**035 □□□**
いかが
如何　▶ いかが ▶
- 副 如何；怎麼樣；為什麼
- 類 どう（怎麼樣）

**036 □□□**
いがく
医学　▶ いがく ▶
- 名 醫學
- 類 医術（醫術）

□ 暗証番号を間違えた。
記錯密碼。

▶ 忘れるといけないから、この暗証番号を写しておきなさい。

萬一忘記就糟糕了，去把這個密碼抄起來！

□ 彼がいると安心です。
有他在就放心了。

▶ 明日までにできます。ご安心ください。

請您放心，明天之前就會完成。

□ 安全な場所に行く。
去安全的地方。

▶ 地震のときは、安全のため、エレベーターに乗らないでください。

地震時為求安全起見，請勿搭乘電梯。

□ あんなことになる。
變成那種結果。

▶ あんなふうに氷の上を滑れたら、気持ちいいだろうなあ。

像那樣在冰上滑行，感覺一定很暢快吧。

□ 案内を頼む。
請人帶路。

▶ 東京の友達が新宿を案内してくれました。

住在東京的朋友為我導覽了新宿。

□ 3歳以下のお子さん。
三歲以下的兒童。

▶ 私の国は、6月から8月はとても寒くて、5度以下の日が多いです。

我的國家從6月到8月非常寒冷，經常出現5度以下的氣溫。

□ 英語以外全部ひどかった。
除了英文以外，全都很糟。

▶ 彼はコーヒー以外飲みません。

他除了咖啡以外什麼都不喝。

□ ご機嫌いかがですか？
你好嗎？

▶ お食事の後にワインはいかがですか。

用完正餐之後要不要喝葡萄酒呢？

□ 医学を学ぶ。
研習醫學。

▶ 僕が医学部に入れるはずがない。

我怎麼可能考得上醫學系！

| Check 1 必考單字 | 高低重音 | 詞性、類義詞與對義詞 |
|---|---|---|
| 037 □□□<br>生<sup>い</sup>きる | いきる | 自上一 活著，生存；謀生；獻身於；有<br>效；有影響<br>類 生かす（生存）　對 死ぬ（死亡） |
| 038 □□□<br>いくら～ても | いくら～ても | 副 即使…也 |
| 039 □□□<br>意見<sup>い けん</sup> | いけん | 名·自他サ 意見；勸告<br>類 考<sup>かんが</sup>え（想法） |
| 040 □□□<br>石<sup>いし</sup> | いし | 名 石頭；岩石；（猜拳）石頭；石<br>板；鑽石；結石；堅硬<br>類 岩石<sup>がんせき</sup>（岩石，石頭） |
| 041 □□□<br>苛<sup>いじ</sup>める | いじめる | 他下一 欺負，虐待；捉弄；折磨<br>類 苦<sup>くる</sup>しむ（受折磨，感到痛苦） |
| 042 □□□<br>以上<sup>い じょう</sup> | いじょう | 名 …以上，不止，超過；上述<br>類 以外<sup>い がい</sup>（除…之外，以外）<br>對 以下<sup>い か</sup>（以下，下面） |
| 043 □□□<br>急<sup>いそ</sup>ぐ | いそぐ | 自五 急忙，快走，加快，趕緊，著急<br>類 焦<sup>あせ</sup>る（焦躁） |
| 044 □□□<br>致<sup>いた</sup>す | いたす | 他五 （「する」的謙恭說法）做，辦；<br>致…；引起；造成；致力<br>類 行<sup>おこな</sup>う（舉行，舉辦） |
| 045 □□□<br>頂<sup>いただ</sup>く／戴<sup>いただ</sup>く | いただく | 他五 接收，領取；吃，喝；戴；擁<br>戴；請讓（我）<br>類 もらう（接收） |

□ 生きて帰る。
生還。

▶ おばあさんは百歳まで生きました。
奶奶活到了一百歲。

□ いくら話してもわからない。
再怎麼解釋還是聽不懂。

▶ いくらがんばっても、無理なものは無理だ。
就算再怎麼努力，辦不到的事就是辦不到。

□ 意見が合う。
意見一致。

▶ 今の部長には、意見を言いやすい。
現在這位經理能夠廣納建議。

□ 石で作る。
用石頭做的。

▶ 学者は新しい石を発見しました。
研究學家發現了新礦石。

□ 動物をいじめないで。
不要虐待動物！

▶ 毎日いじめられて、もう学校に行きたくない。
每天都被霸凌，我再也不想上學了。

□ 3時間以上勉強した。
用功了超過三小時。

▶ 日本では、6月から8月はかなり暑くて、30度以上の日も多いです。
在日本，從6月到8月都相當炎熱，經常出現30度以上的氣溫。

□ 急いで帰りましょう。
趕緊回家吧。

▶ あの、これ、いつできますか。ちょっと急いでるんですけど。
不好意思，請問什麼時候可以完成呢？我時間有點趕。

□ 私がいたします。
請容我來做。

▶ お客様にお知らせいたします。昨日、新しい駅ができました。
敬告各位貴賓，昨天新車站已經落成了。

□ お隣からみかんをいただきました。
從隔壁鄰居那裡收到了橘子。

▶ 丁寧に教えていただいて、よく分かりました。
承蒙詳細告知，這樣我清楚了。

| Check 1　必考單字 | 高低重音 | 詞性、類義詞與對義詞 |
|---|---|---|

**046** □□□
いち ど
一度 ▸ いちど ▸ 名･副 一次，一回；一旦
類 一回（一次）

**047** □□□
いっしょうけんめい
一生懸命 ▸ いっしょうけんめい ▸ 名･形動 拼命，努力，一心，專心
類 熱心（專注，熱中）

**048** □□□
い
行ってまいります ▸ いってまいります ▸ 寒暄 我走了

**049** □□□
い
行ってらっしゃい ▸ いってらっしゃい ▸ 寒暄 慢走，好走，路上小心

**050** □□□
いっぱい
一杯 ▸ いっぱい ▸ 名･副 全部；滿滿地；很多；一杯
類 たくさん（很多）
對 ちょっと（一點點）

**051** □□□
いっぱん
一般 ▸ いっぱん ▸ 名 一般；普遍；相似，相同
類 普通（普通）
對 特殊（特殊）

**052** □□□
いっぽうつうこう
一方通行 ▸ いっぽうつうこう ▸ 名 單行道；單向傳達
類 一方交通（單向交通）

**053** □□□
いと
糸 ▸ いと ▸ 名 線；紗線；（三弦琴的）弦；魚線
類 毛糸（毛線）

**054** □□□
い ない
以内 ▸ いない ▸ 名 以內；不超過…
類 以下（以下，下面）
對 以上（以上，…以上）

□ もう一度言いましょうか。
不如我再講一次吧？。

▶ 一度富士山に登ってみたいな。
真想爬一次富士山啊！

□ 一生懸命に働く。
拼命地工作。

▶ 妻と子どものために、一生懸命働いている。
為了妻子和兒女而拚命工作。

□ A社に行ってまいります。
我這就去A公司。

▶ 社長、今から山下さんを迎えに行ってまいります。
報告總經理，我現在要出發去接山下先生。

□ 旅行、お気をつけて行ってらっしゃい。
敬祝旅途一路順風。

▶ 行ってらっしゃい。傘は持ったの？
路上小心。傘帶了沒？

□ 駐車場がいっぱいです。
停車場已經滿了。

▶ 「予約をしたいんですが、えっとー、今週の金曜日の夜なんですけど。」「すみません、金曜日の夜はいっぱいです。」
「我想預約，呃…時間是這個星期五的晚上。」「非常抱歉，星期五晚上已經客滿了。」

□ 一般の人。
普通人。

▶ 電池を一般ゴミに混ぜてはいけません。
電池不可以丟進一般垃圾裡。

□ この道は一方通行だ。
這條路是單行道呀！

▶ このマークは、「一方通行」という意味です。
這個標誌是「單向通行」的意思。

□ 1本の糸。
一條線。

▶ 針に糸を通す。
把針穿上線。

□ 一時間以内で行ける。
一小時內可以走到。

▶ ご注文いただいた商品を、2時間30分以内にお届けいたします。
您所訂購的商品將於2小時30分鐘之內送達。

| Check 1 必考單字 | 高低重音 | 詞性、類義詞與對義詞 |
|---|---|---|

**055** □□□
田舎
（いなか）
▶ いなか ▶

名 郷下，農村；故郷
類 ふるさと（故郷）
對 都会（都市，城市）（とかい）

**056** □□□
祈る
（いの）
▶ いのる ▶

他五 祈禱；祝福
類 願う（期望，祈禱）（ねが）

**057** □□□
イヤリング
【earring】
▶ イヤリング ▶

名 耳環
類 ピアス（pierced earrings ／耳環）

**058** □□□
いらっしゃる ▶ いらっしゃる ▶

自五 來，去，在（尊敬語）
類 行く／来る（去／來）（い／く）

**059** □□□
～員
（いん）
▶ ～いん ▶

名 人員；成員

**060** □□□
インストール・
する【install】
▶ インストールする ▶

他サ 安裝（電腦軟體）
類 つける（安裝，配帶）

**061** □□□
（インター）ネット
【internet】
▶ （インター）ネット ▶

名 網際網路

**062** □□□
インフルエンザ
【influenza】
▶ インフルエンザ ▶

名 流行性感冒
類 風邪（感冒）（かぜ）

**063** □□□
植える
（う）
▶ うえる ▶

他下一 栽種，種植；培養；嵌入
類 育てる（培養，撫育）（そだ）

□ 田舎に帰る。
回家鄉。

▶ 年を取ったら、田舎に住みたいです。
等我上了年紀以後想住在鄉下。

□ 子どもの安全を祈る。
祈求孩子的平安。

▶ 道中のご無事をお祈り申し上げます。
為您祈求一路平安。

□ イヤリングをつける。
戴耳環。

▶ 高そうなイヤリングをもらいました。
收到了一副看起來很昂貴的耳環。

□ 先生がいらっしゃった。
老師來了。

▶ 大森へいらっしゃる方は、中山駅で乗り換えてください。
前往大森的乘客請在中山站換車。

□ 店員に値段を聞きます。
向店員詢問價錢。

▶ 急いで部屋に入ったところ、もう全員集まっていた。
我急著衝進房間裡一看，已經全部到齊了。

□ ソフトをインストールする。
安裝軟體。

▶ ソフトをインストールしたら、パソコンが動かなくなってしまった。
把軟體灌進去以後，電腦就當機了。

□ インターネットを始める。
開始上網。

▶ 赤ちゃんの名前をインターネットで調べてみた。
在網路上搜尋了新生兒的姓名。

□ インフルエンザにかかる。
得了流感。

▶ 咳が止まらない。インフルエンザにかかったようだ。
一直咳個不停，好像染上流行性感冒了。

□ 木を植える。
種樹。

▶ この池の前に、木を植えようと思っています。
我打算在這個池塘的前面種樹。

| Check 1 必考單字 | 高低重音 | 詞性、類義詞與對義詞 |
|---|---|---|

**064** ☐☐☐

（お宅に）伺う ▶ （おたくに）うかがう ▶

他五 拜訪，訪問
類 訪れる（拜訪）

**065** ☐☐☐

（話を）伺う ▶ （はなしを）うかがう ▶

他五 請教；詢問
類 尋ねる（打聽，詢問）

**066** ☐☐☐

受付 ▶ うけつけ ▶

名・自サ 接受；詢問處；受理
類 窓口（窗口，管道）

**067** ☐☐☐

受ける ▶ うける ▶

自他下一 承接；接受；承蒙；遭受；答應
類 貰う（得到，取得）

**068** ☐☐☐

動く ▶ うごく ▶

自五 動，移動；擺動；改變；行動；動搖
類 動かす（移動，活動）
對 止まる（停止，中止）

**069** ☐☐☐

嘘 ▶ うそ ▶

名 謊言，說謊；不正確；不恰當
類 偽（假，假冒）
對 誠（事實）

**070** ☐☐☐

うち ▶ うち ▶

名 裡面；期間；…之中；內心；一部分；家，房子
對 外（外面）

**071** ☐☐☐

内側 ▶ うちがわ ▶

名 內部，內側，裡面
類 内部（內部）
對 外側（外側）

**072** ☐☐☐

打つ ▶ うつ ▶

他五 打擊，打
類 殴る（毆打）

| **Check 2** 必考詞組 | **Check 3** 必考例句 |
|---|---|
| □ お宅に伺う。<br>拜訪您的家。 | ▶ 昨日、社長のお宅に伺いました。<br>昨天到總經理家拜訪。 |
| □ ちょっと伺いますが。<br>不好意思，請問…。 | 園田さんから、ベトナムの話を伺った。<br>從園田小姐那裡聽到了越南的見聞。 |
| □ 受付期間。<br>受理期間。 | ▶ ６時に会場の受付のところに集まったらどうでしょう。<br>如果訂６點在會場報到處集合，你覺得如何？ |
| □ 試験を受ける。<br>參加考試。 | ▶ 年に１回、検査を受けるようにしています。<br>我每年都接受一次檢查。 |
| □ 手が痛くて動かない。<br>手痛得不能動。 | ▶ 電車は、動き出したと思ったら、またすぐに止まった。<br>電車才剛啟動，馬上又停了下來。 |
| □ 嘘をつく。<br>說謊。 | ▶ 嘘ばかりつくと、友達がいなくなるよ。<br>如果老是說謊，就會沒有朋友喔！ |
| □ うち側に入る。<br>進裡面來。 | ▶ 一日３回の食事のうち、２回は魚を食べましょう。<br>一天三餐，其中兩餐要吃魚喔。 |
| □ 黄色い線の内側に立つ。<br>站在黃線後方。 | ▶ 箱の内側にきれいな紙を貼ります。<br>在盒子的內側貼上漂亮的紙。 |
| □ メールを打ちます。<br>打簡訊。 | ▶ 満塁だ。打て、打て、たかはしー！<br>滿壘了！揮棒啊、揮棒啊，高橋——！ |

33

| Check 1 必考單字 | 高低重音 | 詞性、類義詞與對義詞 |
|---|---|---|

**073** □□□
**美しい** （うつく） ▶ うつくしい ▶ 形 美麗的，好看的；美好的，善良的
類 綺麗（好看，美麗，乾淨）
對 汚い（骯髒，卑鄙）

**074** □□□
**写す** （うつ） ▶ うつす ▶ 他五 抄；照相；描寫，描繪
類 撮る（拍照，拍攝）

**075** □□□
**映る** （うつ） ▶ うつる ▶ 自五 映照，反射；相稱；看，覺得

**076** □□□
**移る** （うつ） ▶ うつる ▶ 自五 遷移，移動；變心；推移；染上；感染；時光流逝
類 引っ越す（搬家）
對 止める（停止，停下）

**077** □□□
**腕** （うで） ▶ うで ▶ 名 胳臂；腕力；本領；支架
類 手（手）

**078** □□□
**美味い／上手い** （うま） ▶ うまい ▶ 形 好吃；拿手，高明
類 美味しい（好吃，美味）
對 まずい（難吃）

**079** □□□
**裏** （うら） ▶ うら ▶ 名 背面；裡面，背後；內部；內幕
類 後ろ（背面，背後）
對 表（表面，正面）

**080** □□□
**売り場** （う ば） ▶ うりば ▶ 名 售票處；賣場

**081** □□□
**煩い** （うるさ） ▶ うるさい ▶ 形 吵鬧的；煩人的；囉唆的；挑惕的；厭惡的
類 騒がしい（吵鬧）

□ 星空が美しい。
星空很美。

彼はいつも美しい女性を連れている。
他身邊總是帶著漂亮的女生。

---

□ ノートを写す。
抄筆記。

▶ 「写真を写す」と「写真を撮る」は同じ意味です。
「拍相片」和「照相片」是相同的意思。

---

□ 水に映る。
倒映水面。

▶ 犬は窓ガラスに映った自分の姿に吠えています。
狗朝著自己映玻璃窗上的身影吠個不停。

---

□ 1階から2階へ移った。
從一樓移動到二樓。

▶ もっと女性が働きやすい職場に移りたいと思います。
我想要換到更適合女性工作的職場做事。

---

□ 細い腕。
纖細的手臂。

彼女は恋人と腕を組んで歩いていた。
那時，她和情人挽著手走著。

---

□ 字がうまい。
字寫得漂亮。

▶ 運転は娘の方が僕よりうまいんですよ。
女兒開車的技術比我還要好喔！

---

□ 裏から入る。
從後門進入。

▶ 彼は車を会社の裏に駐車しました。
他把車子停到了公司後面。

---

□ 売り場へ行く。
去賣場。

▶ お客様にお知らせします。先月、売り場が変わりました。
敬告各位貴賓，專櫃已於上個月異動。

---

□ ピアノの音がうるさい。
鋼琴聲很煩人。

▶ さっきからうるさいな。少し静かにしろ！
你從剛才就很吵吔，安靜一點啦！

35

| Check 1　必考單字 | 高低重音 | 詞性、類義詞與對義詞 |
|---|---|---|

**082** □□□
うれ
**嬉しい** ▸ うれしい ▸ 形 歡喜的，高興，喜悅
　　　　　　　　　　　　　　類 楽しい（快樂，愉快）
　　　　　　　　　　　　　　對 悲しい（悲傷，傷心）

**083** □□□
**うん** ▸ うん ▸ 感 嗯；對，是；喔

**084** □□□
うんてん
**運転** ▸ うんてん ▸ 名・自サ 開車，駕駛；周轉；運轉
　　　　　　　　　　　　　　類 ドライブ（drive ／駕駛，兜風）
　　　　　　　　　　　　　　對 止める（停止，停住）

**085** □□□
うんてんしゅ
**運転手** ▸ うんてんしゅ ▸ 名 駕駛員；司機
　　　　　　　　　　　　　　類 運転士（駕駛員）

**086** □□□
うんてんせき
**運転席** ▸ うんてんせき ▸ 名 駕駛座

**087** □□□
うんどう
**運動** ▸ うんどう ▸ 名・自サ 運動；活動；宣傳活動
　　　　　　　　　　　　　　類 スポーツ（sports ／運動，體育競賽）

**088** □□□
えいかいわ
**英会話** ▸ えいかいわ ▸ 名 英語會話

**089** □□□
**エスカレーター**
**【escalator】** ▸ エスカレーター ▸ 名 電扶梯，自動手扶梯；自動晉級的機制
　　　　　　　　　　　　　　類 エレベーター（elevator ／電梯）

**090** □□□
えだ
**枝** ▸ えだ ▸ 名 樹枝；分枝
　　　　　　　　　　　　　　類 梢（樹梢）

| Check 2 / 必考詞組 | Check 3 / 必考例句 |
|---|---|

☐ プレゼントをもらって嬉しかった。
收到禮物後非常開心。

▶ 「ありがとう」とお礼を言われたときは、とても嬉しいです。
聽到別人道聲「謝謝」時，感覺非常高興。

☐ うんと返事する。
嗯了一聲。

▶ 「先生、明日は大学にいらっしゃいますか。」「うん、明日も来るよ。」
「教授，請問您明天會到學校嗎？」「嗯，我明天也會來呀！」

☐ 運転を習う。
學開車。

▶ 車を運転したければ、免許を取らなければならない。
想開車的話，就非得考到駕照不可。

☐ トラックの運転手
卡車司機

▶ 電車の運転手になるのが夢です。
我的夢想是成為電車的駕駛員。

☐ 運転席を設置する。
設置駕駛艙。

▶ 後ろの席の方が、運転席の隣よりゆっくりできます。
坐在後座比坐在駕駛座旁邊更能好好休息。

☐ 運動が好きだ。
我喜歡運動。

▶ 週に3回、運動するようにしている。
我現在每星期固定運動三天。

☐ 英会話学校に通う。
去英語學校上課。

▶ 英会話のレッスンの前に、新しい言葉を調べておきます。
在上英語會話課之前先查好新的詞彙。

☐ エスカレーターに乗る。
搭乘手扶梯。

▶ 顔や手をエスカレーターの外に出して乗ると、たいへん危険です。
搭乘手扶梯時如果把頭或手伸出去，將會非常危險。

☐ 枝を切る。
修剪樹枝。

▶ 庭の木の枝が、ちょっと伸び過ぎだ。
院子裡的樹枝有點太長了。

あ か さ た な は ま や ら わ

うれしい〜えだ

37

T1 11

| Check 1 必考單字 | 高低重音 | 詞性、類義詞與對義詞 |
|---|---|---|
| 091 □□□<br>選ぶ<br>えら | えらぶ | 他五 選擇；與其…不如…；選舉<br>類 選択（選擇）<br>せんたく |
| 092 □□□<br>宴会<br>えんかい | えんかい | 名 宴會，酒宴<br>類 パーティー（party／社交性的集會） |
| 093 □□□<br>遠慮<br>えんりょ | えんりょ | 名・他サ 客氣；謝絕；深謀遠慮<br>類 断る（謝絕）<br>ことわ |
| 094 □□□<br>お出でになる<br>い | おいでになる | 自五 來，去，在（尊敬語）<br>類 行く／来る（去／來）<br>い く |
| 095 □□□<br>お祝い<br>いわ | おいわい | 名 慶祝，祝福；祝賀的禮品<br>類 お祭り（慶典，廟會）<br>まつ |
| 096 □□□<br>応接間<br>おうせつ ま | おうせつま | 名 客廳；會客室；接待室 |
| 097 □□□<br>横断歩道<br>おう だん ほ どう | おうだんほどう | 名 斑馬線，人行道 |
| 098 □□□<br>多い<br>おお | おおい | 形 多的<br>類 沢山（很多）<br>たくさん<br>對 少ない（少）<br>すく |
| 099 □□□<br>大きな<br>おお | おおきな | 連體 大，大的；重大；偉大；深刻<br>對 小さな（小的）<br>ちい |

38

| Check 2 必考詞組 | Check 3 必考例句 |
|---|---|
| □ 仕事を選ぶ。<br>選擇工作。 | ▶ どうしてこの仕事を選びましたか。<br>您為什麼選擇了這份工作呢？ |
| □ 宴会に出席する。<br>出席宴會。 | ▶ 宴会には大勢の客が集まった。<br>這場宴會來了許多賓客。 |
| □ 遠慮がない。<br>不客氣，不拘束。 | ▶ すみませんが、お煙草はご遠慮ください。<br>不好意思，這裡不能吸菸。 |
| □ よくおいでになりました。<br>難得您來，歡迎歡迎。 | ▶ 先生はもうおいでになりました。<br>議員先生已經蒞臨了。 |
| □ お祝いのあいさつをする。<br>敬致賀詞。 | ▶ 引っ越しのお祝いに、鏡をもらった。<br>人家送了我鏡子作為搬家的賀禮。 |
| □ 応接間に入る。<br>進入會客室。 | ▶ 山本様、お待たせいたしました。応接間にご案内いたします。こちらへどうぞ。<br>山本先生，恭候大駕！請隨我到會客室。請往這邊走。 |
| □ 横断歩道を渡る。<br>跨越斑馬線。 | ▶ おばあさんが横断歩道で困っていたので、荷物を持ってあげて、一緒に渡った。<br>我看到一位老奶奶正在發愁該怎麼過馬路，於是幫忙拿東西陪她一起過了斑馬線。 |
| □ 人が多い。<br>人很多。 | ▶ 京都は、神社と寺とどちらが多いですか。<br>請問京都的神社和寺院，哪一種比較多呢？ |
| □ 大きな声で話す。<br>大聲說話。 | ▶ 1階の時計売り場の横に大きなテレビ・スクリーンがあるので、その前が分かりやすいと思います。<br>一樓的鐘錶專櫃旁邊有一面超大型電視螢幕，約在那裡碰面應該比較容易找得到。 |

39

# あ

行

Part

1

| Check 1 必考單字 | 高低重音 | 詞性、類義詞與對義詞 |
|---|---|---|
| **100** ☐☐☐<br>大匙（おおさじ） | おおさじ | 图 大匙，湯匙 |
| **101** ☐☐☐<br>オートバイ【auto+bicycle（和製英語）】 | オートバイ | 图 摩托車<br>類 バイク（baiku／摩托車） |
| **102** ☐☐☐<br>オーバー【over（coat）】 | オーバー | 图 外套；大衣<br>類 コート（coat／外套，大衣） |
| **103** ☐☐☐<br>お蔭（かげ） | おかげ | 图 多虧 |
| **104** ☐☐☐<br>お蔭様で（かげさま） | おかげさまで | 寒暄 託福，多虧 |
| **105** ☐☐☐<br>可笑しい（おか） | おかしい | 形 奇怪的，可笑的；不正常<br>類 面白い（おもしろ／好玩，愉快）<br>對 詰まらない（つ／無趣，無意義） |
| **106** ☐☐☐<br>〜置き（お） | 〜おき | 接尾 每隔… |
| **107** ☐☐☐<br>億（おく） | おく | 图 （單位）億；數目眾多 |
| **108** ☐☐☐<br>屋上（おくじょう） | おくじょう | 图 屋頂 |

| Check 2 必考詞組 | Check 3 必考例句 |
|---|---|
| □ 大匙2杯の塩。<br>兩大匙的鹽。 | ▶ カップ3杯の水に大さじ1杯の砂糖を混ぜます。<br>在三杯水裡加入一大匙糖。 |
| □ オートバイに乗る。<br>騎摩托車。 | ▶ 僕はオートバイに乗れます。<br>我會騎摩托車。 |
| □ オーバーを着る。<br>穿大衣。 | ▶ 寒いとき、暖かいオーバーを着ます。<br>天冷的時候會穿上溫暖的大衣。 |
| □ あなたのおかげです。<br>承蒙您相助。 | ▶ 「あなたのおかげです」は、いいことについて相手に感謝を伝える言葉です。<br>「託您的福」是用來向對方表達謝意的話語。 |
| □ おかげさまで元気で働いています。<br>託您的福，才能精神飽滿地工作。 | ▶ 「お元気ですか？」「はい、おかげさまで。」<br>「近來可好？」「託福、託福！」 |
| □ 胃の調子がおかしい。<br>胃不太舒服。 | ▶ コンピューターがおかしい。平仮名は出るんだけど、片仮名が出なくなっちゃった。<br>電腦不太對勁。可以顯示平假名，但是無法顯示片假名。 |
| □ 一ヶ月おきに。<br>每隔一個月。 | ▶ この薬は6時間おきに飲んでください。<br>這種藥請每隔六小時服用。 |
| □ 億を数える。<br>數以億計。 | ▶ 人口はどんどん増えて、1億人を超えた。<br>人口日漸增加，已經超過一億人了。 |
| □ 屋上に上がる。<br>爬上屋頂。 | ▶ 屋上から見る町は、おもちゃのようだ。<br>從屋頂上俯瞰整座城鎮，猶如玩具模型一般。 |

**109** □□□
贈り物（おく もの）
▶ おくりもの ▶
名 贈品，禮物
類 ギフト（gift／禮物）

**110** □□□
送る（おく）
▶ おくる ▶
他五 傳送，寄送；送行；度過；派
類 届ける（とど）（送達，送交）

**111** □□□
遅れる（おく）
▶ おくれる ▶
自下一 耽誤；遲到；緩慢
類 遅刻（ちこく）（遲到）

**112** □□□
お子さん（こ）
▶ おこさん ▶
名 令郎；您孩子
類 お子様（こさま）（您孩子）

**113** □□□
起こす（お）
▶ おこす ▶
他五 喚醒，叫醒；扶起；發生；引起
類 目覚ませる（めざ）（使…醒來）

**114** □□□
行う（おこな）
▶ おこなう ▶
他五 舉行，舉辦；發動
類 する（做…）

**115** □□□
怒る（おこ）
▶ おこる ▶
他五・自五 生氣；斥責，罵
類 腹立つ（はらだ）（生氣，憤怒）

**116** □□□
押し入れ（お い）
▶ おしいれ ▶
名 壁櫥

**117** □□□
お嬢さん（じょう）
▶ おじょうさん ▶
名 令嬡；您女兒；小姐；千金小姐
類 娘（むすめ）（女兒）
對 息子（むすこ）（兒子）

□ 贈<sub>おく</sub>り物<sub>もの</sub>をする。
贈禮。

▶ 結婚祝<sub>けっこんいわ</sub>いにどんな贈<sub>おく</sub>り物<sub>もの</sub>をしようか、困<sub>こま</sub>っています。
到底該送什麼作為結婚賀禮呢？真傷腦筋。

□ 写真<sub>しゃしん</sub>を送<sub>おく</sub>ります。
傳送照片。

▶ プレゼントをもらったので、お礼<sub>れい</sub>の手紙<sub>てがみ</sub>を送<sub>おく</sub>った。
由於收到了禮物，所以寄了信道謝。

□ 学校<sub>がっこう</sub>に遅<sub>おく</sub>れる。
上學遲到。

▶ 10時<sub>じ</sub>から会議<sub>かいぎ</sub>です。遅<sub>おく</sub>れないように。
十點開始開會，請切勿遲到。

□ お子<sub>こ</sub>さんはおいくつですか。
您的孩子幾歲了呢？

▶ 洗濯<sub>せんたく</sub>とか、掃除<sub>そうじ</sub>とか、お子<sub>こ</sub>さんにさせるんですか。
請問您會讓孩子幫忙洗衣服或是掃地等家務嗎？

□ 問題<sub>もんだい</sub>を起<sub>お</sub>こす。
鬧出問題。

▶ 昔<sub>むかし</sub>、日本<sub>にほん</sub>では、鯰<sub>なまず</sub>が地震<sub>じしん</sub>を起<sub>お</sub>こすと言<sub>い</sub>われていました。
在日本自古遙傳鯰魚一動就會引起地震。

□ 試験<sub>しけん</sub>を行<sub>おこな</sub>う。
舉行考試。

▶ 明日<sub>あす</sub>、試験<sub>しけん</sub>が行<sub>おこな</sub>われます。
明天將要舉行考試。

□ 遅刻<sub>ちこく</sub>して先生<sub>せんせい</sub>に怒<sub>おこ</sub>られた。
由於遲到而挨了老師責罵。

▶ 母<sub>はは</sub>はほとんど怒<sub>おこ</sub>らない。
媽媽幾乎從來不生氣。

□ 押<sub>お</sub>し入<sub>い</sub>れに入<sub>い</sub>れる。
收進壁櫥裡。

▶ 彼<sub>かれ</sub>は押<sub>お</sub>し入<sub>い</sub>れの中<sub>なか</sub>で寝<sub>ね</sub>ていました。
他在壁櫥裡睡了覺。

□ 田中<sub>たなか</sub>さんのお嬢<sub>じょう</sub>さん。
田中先生的千金。

▶ 上<sub>うえ</sub>のお嬢<sub>じょう</sub>さんたち二人<sub>ふたり</sub>はお母<sub>かあ</sub>さんより大<sub>おお</sub>きいですけど、高校生<sub>こうこうせい</sub>ですか。
您的大千金和二千金都比母親長得高，兩位都是高中生嗎？

**118 □□□**

<ruby>大<rt>だい</rt></ruby><ruby>事<rt>じ</rt></ruby>
お大事に ▸ おだいじに ▸ 寒暄 珍重，請多保重

**119 □□□**

<ruby>宅<rt>たく</rt></ruby>
お宅 ▸ おたく ▸ 名 府上；您府上，貴宅；宅男（女）
類 お住まい（〈敬〉居住，住所）

**120 □□□**

<ruby>落<rt>お</rt></ruby>ちる ▸ おちる ▸ 自上一 落下；掉落；降低，下降；落
選，落後
類 落<ruby>と<rt>お</rt></ruby>す（掉下，弄掉）

**121 □□□**

<ruby>仰<rt>おっしゃ</rt></ruby>る ▸ おっしゃる ▸ 自五 說，講，叫；稱為…叫做…
類 言<ruby>う<rt>い</rt></ruby>（說，講）

**122 □□□**

<ruby>夫<rt>おっと</rt></ruby>
夫 ▸ おっと ▸ 名 丈夫
類 主<ruby>人<rt>しゅじん</rt></ruby>（丈夫）
對 妻<ruby><rt>つま</rt></ruby>（妻子）

**123 □□□**

おつまみ ▸ おつまみ ▸ 名 下酒菜，小菜
類 酒<ruby><rt>さけ</rt></ruby>の友<ruby><rt>とも</rt></ruby>（下酒菜）

**124 □□□**

お<ruby>釣<rt>つ</rt></ruby>り ▸ おつり ▸ 名 找零

**125 □□□**

<ruby>音<rt>おと</rt></ruby>
音 ▸ おと ▸ 名 聲音；（物體發出的）聲音
類 声<ruby><rt>こえ</rt></ruby>（聲音）

**126 □□□**

<ruby>落<rt>お</rt></ruby>とす ▸ おとす ▸ 他五 使…落下；掉下；弄掉；攻陷；
貶低；失去
類 失<ruby>う<rt>うしな</rt></ruby>（失去，喪失）
對 拾<ruby>う<rt>ひろ</rt></ruby>（撿拾，叫車）

□ じゃ、お大事に。
那麼，請多保重。

▶ どうかお大事に、一日も早くお元気になられますように。
請多保重，希望早日恢復健康。

□ お宅はどちらですか？
請問您家在哪？

▶ お宅の息子さん、東大に合格なさったそうですね。
聽說貴府的少爺考上東大了。

□ 二階から落ちる。
從二樓捧下來。

▶ 木の葉が道に落ちていました。
樹葉飄落路面了。

□ お名前はなんとおっしゃいますか？
怎麼稱呼您呢？

▶ 来週試験をすると先生はおっしゃった。
老師說了下星期要考試。

□ 夫と別れる。
和丈夫離婚。

▶ 夫は「うん、うん」と適当に返事をして、私の話をちゃんと聞いてくれません。
我先生只「嗯、嗯」隨口敷衍，根本沒有仔細聽我說什麼。

□ おつまみを作る。
作下酒菜。

▶ 冷蔵庫におつまみがあるから、出してあげようか。
冰箱裡有下酒菜，要不要幫你拿出來？

□ お釣りをください。
請找我錢。

▶ このボタンを押すと、お釣りが出ます。
只要按下這顆按鈕，找零就會掉出來。

□ 音が消える。
聲音消失。

▶ 電車の音がうるさいのはもう慣れた。
已經習慣電車吵雜的聲響了。

□ 財布を落とす。
掉了錢包。

▶ 財布を落としたため、交番に行きました。
由於掉了錢包，所以去了派出所。

| Check 1 必考單字 | 高低重音 | 詞性、類義詞與對義詞 |
|---|---|---|

**127** ☐☐☐

踊り（おど） ▸ おどり ▸

名 舞蹈，跳舞
類 舞（まい）（舞，舞蹈）

**128** ☐☐☐

踊る（おど） ▸ おどる ▸

自五 跳舞，舞蹈；不平穩；活躍
類 ダンス（dance ／跳舞，交際舞）

**129** ☐☐☐

驚く（おどろ） ▸ おどろく ▸

自五 吃驚，驚奇；驚訝；感到意外
類 びっくり（驚嚇，吃驚）

**130** ☐☐☐

おなら ▸ おなら ▸

名 屁
類 屁（へ）（屁）

**131** ☐☐☐

叔母（おば） ▸ おば ▸

名 伯母，姨母，舅媽，姑媽
對 叔父（おじ）（伯父）

**132** ☐☐☐

オフ【off】 ▸ オフ ▸

名・自サ（開關）關；休假；休賽；折扣；脫離
對 オン（on ／〈開關〉開）

**133** ☐☐☐

お待たせしました（ま） ▸ おまたせしました ▸

寒暄 讓您久等了

**134** ☐☐☐

お祭り（まつ） ▸ おまつり ▸

名 廟會；慶典，祭典；祭日；節日
類 祝い事（いわごと）（值得慶祝的事情）

**135** ☐☐☐

お見舞い（みま） ▸ おみまい ▸

名・形動 慰問品；探望
類 訪ねる（たず）（拜訪，訪問）

☐ 踊りがうまい。
舞跳得好。

▶ ３歳から踊りを習い始めました。
從三歲開始學習舞蹈。

---

☐ タンゴを踊る。
跳探戈舞。

▶ 社長がお酒を飲んで踊るのを見たことがありますか。
您看過總經理邊喝酒邊跳舞的模樣嗎？

---

☐ 彼女の変わりに驚いた。
對她的變化感到驚訝。

▶ 急に肩をたたかれて驚いた。
忽然有人拍了肩膀一下，把我嚇了一跳。

---

☐ おならをする。
放屁。

▶ 一日に何十回もおならが出て困っています。
每天會放屁多達幾十次，不知道怎麼辦才好。

---

☐ おばに会う。
和伯母見面。

▶ 学生のときは高橋の叔母の家から大学に通っていました。
上大學的時候是住在高橋阿姨家通學的。

---

☐ 暖房をオフにする。
關掉暖氣。

▶ オフの日は、朝ゆっくり起きてもいい。
不上班的日子，早上可以盡情睡到飽再起床。

---

☐ すみません、お待たせしました。
不好意思，讓您久等了。

▶ お待たせしました。どうぞお入りください。
讓您久等了，請進。

---

☐ お祭りが始まる。
慶典即將展開。

▶ お祭りの踊りを見物した。
觀賞了祭典上的舞蹈。

---

☐ お見舞いに行く。
去探望。

▶ 井上先生に、お見舞いの電話をかけた。
撥了電話慰問井上老師。

T1 16

| Check 1 必考單字 | 高低重音 | 詞性、類義詞與對義詞 |
|---|---|---|

**136** □□□
お土産
みやげ
▶ おみやげ ▶

名 當地名產；禮物
類 プレゼント（present ／禮物）

**137** □□□
お目出度うご
め で と
ざいます
▶ おめでとうございます ▶

寒暄 恭喜
類 祝う（祝賀）
いわ

**138** □□□
思い出す
おも だ
▶ おもいだす ▶

他五 想起來，回想，回憶起
類 覚える（記住，記得）
おぼ

**139** □□□
思う
おも
▶ おもう ▶

他五 想，思索，認為；覺得，感覺；相
信；希望
類 考える（思考，考慮）
かんが

**140** □□□
玩具
おもちゃ
▶ おもちゃ ▶

名 玩具；玩物
類 人形（人偶）
にんぎょう

**141** □□□
表
おもて
▶ おもて ▶

名 表面；正面；前面；正門；外邊
類 前（前面）
まえ
對 裏（裡面，背後）
うら

**142** □□□
親
おや
▶ おや ▶

名 父母，雙親
類 両親（雙親）
りょうしん
對 子（孩子）
こ

**143** □□□
下りる／
お
降りる
お
▶ おりる ▶

自上一 降；下來；下車；卸下；退位；
退出
類 下る（下降，下去）
くだ
對 上る（上升）
のぼ

**144** □□□
居る
お
▶ おる ▶

自五 （謙讓語）有；居住，停留；生
存；正在…

| Check 2 必考詞組 | Check 3 必考例句 |
|---|---|
| □ お土産を買う。<br>買當地名產。 | ▶ お土産は、きれいなハンカチを2枚、買いました。<br>買了兩條漂亮的手帕當作伴手禮。 |
| □ お誕生日おめでとうございます。<br>生日快樂！ | ▶ 「実は東京の本社に転勤なんです。」「本社ですか。それはおめでとうございます。」<br>「老實說，我即將調任到東京的總公司上班。」「哇，總公司！真是恭喜！」 |
| □ 何をしたか思い出せない。<br>想不起來自己做了什麼事。 | ▶ この歌手の名前がどうしても思い出せない。<br>我怎麼樣都想不起來這位歌手的名字。 |
| □ 私もそう思う。<br>我也這麼想。 | ▶ 携帯電話を新しいのにしようと思う。<br>我打算換一支新手機。 |
| □ おもちゃを買う。<br>買玩具。 | ▶ 野菜や果物は本館の地下1階、おもちゃは新館の4階にございます。<br>蔬菜和水果的賣場位於本館地下一樓，玩具賣場則位於新館四樓。 |
| □ 表から出る。<br>從正門出來。 | ▶ 百円玉の表は桜の描いてある方です。<br>一百圓硬幣的正面是刻有櫻花圖案的那一面。 |
| □ 親を失う。<br>失去雙親。 | ▶ 親に反対されて、彼女と結婚できなかった。<br>由於遭到父母的反對，以致於無法和她結婚了。 |
| □ 山を下りる。<br>下山。 | ▶ こんなに高かったら、歩いて降りられないわ。<br>從這麼高的地方沒辦法走到下面哪。 |
| □ 今日は家におります。<br>今天在家。 | ▶ 社長はただいま、出かけております。<br>總經理目前不在公司裡。 |

49

| Check 1 必考單字 | 高低重音 | 詞性、類義詞與對義詞 |
|---|---|---|

**145** □□□
お
折る ▶ おる ▶ 他五 折，折疊，折斷，中斷
類 切る（切，剪）

**146** □□□
れい
お礼 ▶ おれい ▶ 名 謝詞，謝意；謝禮
類 ありがとうございます（謝謝）

**147** □□□
お
折れる ▶ おれる ▶ 自下一 折彎；折斷；轉彎；屈服
類 曲がる（彎曲，拐彎）

**148** □□□
お
終わり ▶ おわり ▶ 名 終了，結束，最後，終點，盡頭；
末期
さい ご
類 最後（最後，最終）
はじ
對 始め（開始，起頭）

**149** □□□
か
〜家 ▶ 〜か ▶ 🔘 T1／17
接尾 …家；家；做…的（人）；很有
…的人；愛…的人

**150** □□□
カーテン
【curtain】 ▶ カーテン ▶ 名 窗簾，簾子；幕；屏障
の れん
類 暖簾（門簾）

**151** □□□
かい
〜会 ▶ 〜かい ▶ 接尾 …會；會議；集會
あつ
類 集まり（集會）

**152** □□□
かいがん
海岸 ▶ かいがん ▶ 名 海岸，海濱，海邊
えんがん
類 沿岸（沿岸）
おき
對 沖（海面，湖心）

**153** □□□
かい ぎ
会議 ▶ かいぎ ▶ 名・自サ 會議；評定某事項機關
たいかい
類 大会（大會）

| | |
|---|---|
| □ 紙を折る。<br>摺紙。 | ▶ 木の枝を折る。<br>折下樹枝。 |
| □ お礼を言う。<br>道謝。 | ▶ お礼に、これを差し上げます。<br>送上這個作為謝禮。 |
| □ いすの足が折れた。<br>椅腳斷了。 | ▶ 台風で、庭の木の枝がたくさん折れてしまいました。<br>在颱風肆虐之下，院子裡很多樹枝都被吹斷了。 |
| □ 夏休みもそろそろ終わりだ。<br>暑假也差不多要結束了。 | ▶ 最終は一番終わりという意味です。<br>終了是指結束的意思。 |
| □ 音楽家になる。<br>我要成為音樂家。 | ▶ 彼は立派な政治家になった。<br>他成了一位出色的政治家。 |
| □ カーテンを開ける。<br>拉開窗簾。 | ▶ カーテンを変えたら、部屋が明るくなった。<br>換上窗簾後，房間頓時變亮了。 |
| □ 音楽会へ行く。<br>去聽音樂會。 | ▶ 大会で優勝するために、毎日練習しています。<br>為了在大賽中獲勝，每天勤於練習。 |
| □ 海岸で遊ぶ。<br>在海邊玩。 | ▶ ホテルから海岸まで300メートルしかありません。<br>從旅館到海邊只距離300公尺。 |
| □ 会議が始まる。<br>會議開始。 | ▶ 会議の前に、携帯電話の電源を切っておきます。<br>請在會議開始之前關掉手機電源。 |

| Check 1 必考單字 | 高低重音 | 詞性、類義詞與對義詞 |
|---|---|---|

**154** □□□
かいぎしつ
**会議室** ▸ かいぎしつ ▸ 名 會議室

**155** □□□
かいじょう
**会場** ▸ かいじょう ▸ 名 會場；會議地點
類 式場（會場）

**156** □□□
がいしょく
**外食** ▸ がいしょく ▸ 自サ 外食，在外用餐
類 食事（用餐，餐點）

**157** □□□
かいわ
**会話** ▸ かいわ ▸ 名・自サ 對話；會話
類 話（說話）

**158** □□□
かえ
**帰り** ▸ かえり ▸ 名 回家；回家途中
類 戻り（歸途，恢復原狀）

**159** □□□
か
**変える** ▸ かえる ▸ 他下一 改變；變更；變動
類 変わる（變化，改變）

**160** □□□
かがく
**科学** ▸ かがく ▸ 名 科學
類 理科（理科）

**161** □□□
かがみ
**鏡** ▸ かがみ ▸ 名 鏡子；榜樣
類 めがね（眼鏡）

**162** □□□
がくぶ
**〜学部** ▸ 〜がくぶ ▸ 名 …系，…科系；…院系

| Check 2 / 必考詞組 | Check 3 / 必考例句 |
|---|---|
| □ 会議室に入る。<br>進入會議室。 | ▶ この箱は、会議室に運んでください。<br>請把這個箱子搬去會議室。 |
| □ 会場に入る。<br>進入會場。 | ▶ 会場には、１万人もの人が来てくださった。<br>會場來了多達一萬人。 |
| □ 外食をする。<br>吃外食。 | ▶ 一人暮らしを始めてから、ずっと外食が続いている。<br>自從開始一個人住以後，就一直外食。 |
| □ 会話が下手だ。<br>不擅長口語會話。 | ▶ 英語は挨拶くらいの会話しかできない。<br>我英語會話的程度頂多只會問候。 |
| □ 帰りを急ぐ。<br>急著回去。 | ▶ ときどき、会社の帰りにカラオケに行くことがある。<br>下班後偶爾會去唱唱卡拉ＯＫ。 |
| □ 授業の時間を変える。<br>上課時間有所異動。 | ▶ 彼の言葉を聞いて、彼女は顔色を変えた。<br>一聽到他的話，她頓時臉色大變。 |
| □ 歴史と科学についての本を書く。<br>撰寫有關歷史與科學的書籍。 | ▶ 弟は、科学者になりたいといって、勉強しています。<br>弟弟說想當科學家，每天都用功讀書。 |
| □ 鏡を見る。<br>照鏡子。 | ▶ 鏡を落として割ってしまいました。<br>鏡子掉下去破了。 |
| □ 文学部を探している。<br>正在找文學系。 | ▶ 医学部に入るには、成績がよくなければならない。<br>想進入醫學系必須成績優異才行。 |

| Check 1 必考單字 | 高低重音 | 詞性、類義詞與對義詞 |
|---|---|---|
| 163 □□□<br>か<br>掛ける | かける | 他下一 掛上；把動作加到某人身上<br>（如給人添麻煩）；使固定；放在<br>火上；稱；乘法<br>類 掛かる（懸掛，覆蓋） |
| 164 □□□<br>か<br>駆ける／<br>か<br>駈ける | かける | 自下一 奔跑，快跑<br>類 走る（跑步）<br>對 歩く（走路） |
| 165 □□□<br>か<br>欠ける | かける | 自下一 缺損；缺少<br>類 壊す（弄碎，破壞）<br>對 たくさん（充分） |
| 166 □□□<br>かざ<br>飾る | かざる | 他五 擺飾，裝飾；粉飾；排列；潤色<br>類 化粧（化妝） |
| 167 □□□<br>か じ<br>火事 | かじ | 名 火災<br>類 事故（意外，事故） |
| 168 □□□<br>かしこ<br>畏まりました | かしこまりました | 寒暄 知道，了解（「わかる」謙讓語）<br>類 わかりました（知道了） |
| 169 □□□<br>ガス【gas】 | ガス | 名 瓦斯 |
| 170 □□□<br>ガスコンロ<br>こん ろ<br>【(荷)gas+焜炉】 | ガスコンロ | 名 瓦斯爐，煤氣爐 |
| 171 □□□<br>ガソリン<br>【gasoline】 | ガソリン | 名 汽油<br>せき ゆ<br>類 石油（石油） |

**Check 2** 必考詞組　　　　　**Check 3** 必考例句

□ 壁に時計をかける。
将時鐘掛到牆上。
▶ ご心配をお掛けして、すみません。
讓各位擔心了，對不起。

□ 急いで駆ける。
快跑。
▶ 家に帰ると、犬のシロが駆け寄ってきた。
一回到家，愛犬小白立刻衝了過來。

□ お皿が欠ける
盤子缺角。
▶ 硬い煎餅を噛んだら、左上の歯が欠けてしまいました。
咬下一口堅硬的烤餅後，左上方的牙齒缺了一角。

□ 部屋を飾る。
裝飾房間。
▶ お月見のときは、「すすき」という草を飾ります。
賞月時會擺放一種名為「芒草」的草葉作為裝飾。

□ 火事にあう。
遭受火災。
▶ 地震や火事が起きたときのために、ふだんから準備しておこう。
為了因應地震和火災的發生，平時就要預作準備。

□ 2名様ですね。かしこまりました。
是兩位嗎？我了解了。
▶ かしこまりました。あさってまでにお渡しします。
瞭解了，後天之前會交給您。

□ ガスを止める。
停掉瓦斯。
▶ 電気代やガス代など、毎月の光熱費はいくらぐらいですか。
請問諸如電費和瓦斯費之類的水電費，每個月大約需支付多少呢？

□ ガスコンロを使う。
使用瓦斯爐。
▶ ガスコンロの周りの汚れをスポンジで落とします。
用海綿刷洗瓦斯爐周圍的油垢。

□ ガソリンが切れる。
汽油耗盡。
▶ 半年ほど、ガソリンの値段が上がり続けています。
這半年以來，汽油的價格持續攀升。

| Check 1 / 必考單字 | 高低重音 | 詞性、類義詞與對義詞 |
|---|---|---|

**172** □□□
ガソリンスタンド
【gasoline+ stand (和製英語)】
▶ ガ｜ソリンスタ｜ンド ▶ 名 加油站

**173** □□□
〜方<sup>かた</sup>
▶ 〜かた ▶ 名 …方法；手段；方向；地方；時期
類 方法<sup>ほうほう</sup>（方法）

**174** □□□
固<sup>かた</sup>い／硬<sup>かた</sup>い／
堅<sup>かた</sup>い
▶ か｜たい ▶ 形 堅硬；凝固；結實；可靠；嚴厲
類 柔<sup>やわ</sup>らかい（柔軟的）

**175** □□□
形<sup>かたち</sup>
▶ か｜たち ▶ 名 形狀；形；樣子；姿態；形式上
的；使成形
類 姿<sup>すがた</sup>（輪廓）

**176** □□□
片付<sup>かた づ</sup>ける
▶ か｜たづける ▶ 他下一 整理；收拾，打掃；解決；除掉
類 片<sup>かた</sup>づく（收拾，整理）

**177** □□□
課長<sup>か ちょう</sup>
▶ か｜ちょう ▶ 名 課長，股長
類 部長<sup>ぶ ちょう</sup>（部長）

**178** □□□
勝<sup>か</sup>つ
▶ か｜つ ▶ 自五 贏，勝利；克服
類 得<sup>え</sup>る（得到，領悟）
對 負<sup>ま</sup>ける（敗，屈服）

**179** □□□
〜月<sup>がつ</sup>
▶ 〜がつ ▶ 接尾 …月

**180** □□□
格好<sup>かっこう</sup>／恰好<sup>かっこう</sup>
▶ か｜っこう ▶ 名 樣子，適合；外表，裝扮；情況
類 姿<sup>すがた</sup>（身段，風采，身影）

| **Check 2** 必考詞組 | **Check 3** 必考例句 |
|---|---|
| □ ガソリンスタンドに<br>寄る。<br>順路到加油站。 | ▶ バイクを賞うために、一年間ずっとガソリンスタンドで働いていた。<br>為了買一台摩托車，這一年來一直在加油站工作。 |
| □ 作り方を学ぶ。<br>學習做法。 | ▶ やっとスマホの使い方が分かってきました。<br>終於學會了智慧型手機的操作方式。 |
| □ 硬い石。<br>堅硬的石頭。 | ▶ 「～ずに」は書き言葉で、「～ないで」より硬い言い方です。<br>「ずに」為書面語，是比「ないで」更拘謹嚴肅的用法。 |
| □ 形が変わる。<br>變樣。 | ▶ この木は、人のような形をしています。<br>這棵樹長得像人的形狀。 |
| □ 本を片付ける。<br>整理書籍。 | ▶ テーブルは3つだけにして、他は片付けてください。<br>桌子只留下三張就好，其他的請收起來。 |
| □ 課長になる。<br>成為課長。 | ▶ 課長に書類を細かくチェックされました。<br>科長仔細檢查了我交上去的文件。 |
| □ 試合に勝つ。<br>贏得比賽。 | ▶ 明日の試合に勝ったら、全国大会に行ける。<br>明天的比賽如果獲勝，就能夠晉級參加全國大賽。 |
| □ 七月になる。<br>七月來臨了。 | ▶ 1月7日には、「七草がゆ」を食べることになっています。<br>依照傳統風俗，會在一月七日這天吃「七草粥」。 |
| □ 格好をかまう。<br>講究外表。 | ▶ 寒そうな格好だね。風邪を引くよ。<br>你身上的衣服太少了，會感冒喔！ |

| Check 1 必考單字 | 高低重音 | 詞性、類義詞與對義詞 |
|---|---|---|

**181** □□□
かない
家内 ▸ かない ▸
名 妻子
類 妻（妻子）
對 主人（丈夫）

**182** □□□
かな
悲しい ▸ かなしい ▸
形 悲傷的，悲哀的，傷心的，可悲的
類 痛い（難過，疼痛）
對 嬉しい（高興，喜悅）

**183** □□□
かなら
必ず ▸ かならず ▸
副 必定；一定，務必，必須；總是
類 きっと（一定，務必）
對 多分（或許，大概）

**184** □□□
かね も
（お）金持ち ▸ （お）かねもち ▸
名 有錢人
類 富豪（富豪，財主）
對 貧乏人（窮人）

**185** □□□
かのじょ
彼女 ▸ かのじょ ▸
名·代 她；女朋友
類 恋人（戀人，情人）
對 彼（他，男朋友）

**186** □□□
か ふんしょう
花粉症 ▸ かふんしょう ▸
名 花粉症，因花粉而引起的過敏鼻炎
類 アレルギー（Allergie／過敏）

**187** □□□
かべ
壁 ▸ かべ ▸
名 牆壁；障礙；峭壁
類 床（地板）

**188** □□□
かま
構う ▸ かまう ▸
他五·自五 介意；在意，理會；逗弄
類 世話する（照顧，照料）

**189** □□□
かみ
髪 ▸ かみ ▸
名 頭髮；髮型
類 髪の毛（頭髮）

| Check 2　必考詞組 | Check 3　必考例句 |
|---|---|
| □ 家内に相談する。<br>和妻子討論。 | 家内は出かけていて、今おりません。<br>內人出門了，現在不在家。 |
| □ 悲しい思いをする。<br>感到悲傷。 | 悲しい映画を見て涙を流している彼女が好きになった。<br>我愛上了看了悲傷的電影而流著淚的她。 |
| □ かならず来る。<br>一定會來。 | 野菜は必ず一日3回食べましょう。<br>一天三餐都要吃蔬菜喔！ |
| □ お金持ちになる。<br>變成有錢人。 | 彼女はあんなにお金持ちなのに幸せではない。<br>她雖然那麼富有，但並不幸福。 |
| □ 彼女ができる。<br>交到女友。 | 昔の話をしたら、彼女は泣き出した。<br>一聊起往事，她哭了出來。 |
| □ 花粉症にかかる。<br>患上花粉症。 | 春は花粉症になる人が多いです。<br>每逢春天，就會有很多人出現花粉熱的症狀。 |
| □ 壁に絵を飾ります。<br>用畫作裝飾壁面。 | 壁の色を塗り替えよう。<br>把牆壁漆上新的顏色吧！ |
| □ 言わなくてもかまいません。<br>不說出來也無所謂。 | ここで飲み物を飲んでもかまいません。<br>在這裡可以喝飲料沒關係。 |
| □ 髪の毛を切る。<br>剪頭髮。 | 髪の毛を切ったら、変になった。<br>把頭髮剪短以後，看起來怪怪的。 |

| Check 1 必考單字 | 高低重音 | 詞性、類義詞與對義詞 |
|---|---|---|

**190 □□□**
咬む／噛む ▶ かむ ▶ 他五 咬
類 食べる （咀嚼）

**191 □□□**
通う ▶ かよう ▶ 自五 來往，往來，通勤；相通，流通
類 通勤 （上下班）

**192 □□□**
ガラス【（荷） glas】 ▶ ガラス ▶ 名 玻璃
類 グラス （glass／玻璃）

**193 □□□**
彼 ▶ かれ ▶ 名・代 他；男朋友
類 あの人 （那個人，老公，男朋友）
對 彼女 （她，女朋友）

**194 □□□**
彼氏 ▶ かれし ▶ 名・代 男朋友；他
類 彼 （男朋友）
對 彼女 （女朋友）

**195 □□□**
彼等 ▶ かれら ▶ 名・代 他們，那些人

**196 □□□**
代わり ▶ かわり ▶ 名 代替，替代；代理；補償；再來一碗
類 代表 （代表）

**197 □□□**
代わりに ▶ かわりに ▶ 接續 代替，替代
類 代わり （代替）

**198 □□□**
変わる ▶ かわる ▶ 自五 變化，改變；不同；奇怪；遷居
類 変える （改變，變更）

□ ガムを噛む。
嚼口香糖。

▶ ご飯をよく噛んで食べなさい。
吃飯要細嚼慢嚥！

---

□ 病院に通う。
跑醫院。

▶ このごろ、バスをやめて、自転車で学校に通い始めた。
這陣子開始不搭巴士，改騎自行車上學了。

---

□ ガラスを割る。
打破玻璃。

▶ ガラスが割れていたので、テープを貼って直した。
由於玻璃破了，所以貼上膠帶修好了。

---

□ 彼とけんかした。
和他吵架了。

▶ 彼は３台も車を持っています。
他擁有多達三輛車子。

---

□ 彼氏を待っている。
等著男友。

▶ 裕子さんが泣いている。彼氏とけんかしたらしい。
裕子小姐在哭，聽說是和男友吵架了。

---

□ 彼らは兄弟だ。
他們是兄弟。

▶ 彼らはこの問題について、一ヶ月も話し合っている。
他們為了這個問題已經持續討論一個月了。

---

□ 君の代わりはいない。
沒有人可以取代你。

▶ 私は行けませんので、代わりの人が書類を送ります。
我沒辦法去，所以由別人代替我遞送文件。

---

□ 人の代わりに行く。
代理他人去。

▶ 手紙の代わりにメールを送ります。
不是寫信，而是寄出電子郵件。

---

□ 顔色が変わった。
臉色變了。

▶ 急に天気が変わってきたので、山に登るのをやめた。
由於天氣驟然轉壞，因此取消了登山行程。

| Check 1 必考單字 | 高低重音 | 詞性、類義詞與對義詞 |
|---|---|---|

**199** □□□
かんが
考える ▸ かんがえる ▸ 他下一 思考，考慮；想辦法；研究
類 思い出す（想起來，回想）

**200** □□□
かんけい
関係 ▸ かんけい ▸ 名 關係；影響；牽連；涉及
類 仲（交情，〈人與人的〉聯繫）

**201** □□□
かんげいかい
歓迎会 ▸ かんげいかい ▸ 名 歡迎會，迎新會

**202** □□□
かんごし
看護師 ▸ かんごし ▸ 名 護士
類 ナース（nurse／護士）

**203** □□□
かんたん
簡単 ▸ かんたん ▸ 名・形動 簡單，容易，輕易，簡便
類 やさしい（簡單）
對 複雑（複雜）

**204** □□□
がんば
頑張る ▸ がんばる ▸ 自五 努力，加油；堅持
類 一生懸命（拼命地，努力地）

**205** □□□
き
気 ▸ き ▸ 名 氣；氣息；心思；香氣；節氣；氣氛
類 気持ち（感受，心情）

**206** □□□
きかい
機械 ▸ きかい ▸ 名 機械，機器
類 道具（工具）

**207** □□□
きかい
機会 ▸ きかい ▸ 名 機會
類 チャンス（chance／機會，時機）

| Check 2 必考詞組 | Check 3 必考例句 |
|---|---|
| □ 深く考える。<br>深思，思索。 | ▶ 寝ても覚めても彼女のことばかり考えていた。<br>不管睡著了還是清醒時，我滿腦子想的都是她。 |
| □ 関係がある。<br>有關係；有影響；發生關係。 | ▶ 関係者以外は立ち入り禁止です。<br>非工作人員禁止進入。 |
| □ 歓迎会を開く。<br>開歡迎會 | ▶ すばらしい歓迎会を開いてくれて、ありがとうございます。<br>感謝大家為我舉辦這場盛大的迎新會。 |
| □ 看護師になる。<br>成為護士。 | ▶ 前は音楽の先生になりたいと思っていました。今は看護師になろうと思っています。<br>我以前想當音樂老師，現在則希望成為護理師。 |
| □ 簡単に作る。<br>容易製作。 | ▶ 新しく出るカメラ、もっと簡単になるんだって。<br>新上市的相機聽說更容易操作使用。 |
| □ もう一度がんばる。<br>再努力一次。 | ▶ がんばれ！やればできる。<br>加油！只要努力就辦得到！ |
| □ 気が変わる。<br>改變心意。 | ▶ 最近気になったニュースは何ですか。<br>最近有什麼新聞讓人憂心的嗎？ |
| □ 機械を動かす。<br>啟動機器。 | ▶ 日本に留学したら、機械工学か電気工学を勉強したいと思っている。<br>如果去日本留學，我想研讀機械系或電機系。 |
| □ 機会が来た。<br>機會來了。 | ▶ せっかく覚えた日本語をなかなか使う機会がない。<br>好不容易才學會的日語總是遇不到發揮的機會。 |

| Check 1 必考單字 | 高低重音 | 詞性、類義詞與對義詞 |
|---|---|---|

**208** □□□
危険（き けん）
▶ きけん ▶
名・形動 危険性；危険的
類 危ない（あぶ）（危険的，令人擔心）

**209** □□□
聞こえる（き）
▶ きこえる ▶
自下一 聽得見；聽起來覺得…；聞名
類 聴き取る（き と）（聽見，聽懂）

**210** □□□
汽車（き しゃ）
▶ きしゃ ▶
名 火車
類 電車（でんしゃ）（電車）

**211** □□□
技術（ぎ じゅつ）
▶ ぎじゅつ ▶
名 技術；工藝
類 技（わざ）（技能，本領）

**212** □□□
季節（き せつ）
▶ きせつ ▶
名 季節
類 四季（し き）（季節，四季）

**213** □□□
規則（き そく）
▶ きそく ▶
名 規則，規定
類 ルール（rule／規則，章程）

**214** □□□
喫煙席（きつえんせき）
▶ きつえんせき ▶
名 吸煙席，吸煙區

**215** □□□
屹度（きっ と）
▶ きっと ▶
副 一定，必定，務必
類 必ず（かなら）（必定）

**216** □□□
絹（きぬ）
▶ きぬ ▶
名 絲織品；絲
類 綿（めん）（棉）

| Check 2 / 必考詞組 | Check 3 / 必考例句 |
|---|---|
| □ あの道は危険だ。<br>那條路很危險啊！ | ▶ （看板）この先危険。入るな。<br>（告示牌）前方危險，禁止進入！ |
| □ 聞こえなくなる。<br>（變得）聽不見了。 | ▶ みんなに聞こえるように大きな声で話します。<br>大家都高聲交談以便讓對方聽清楚。 |
| □ 汽車に乗る。<br>搭火車。 | ▶ 汽車が長いトンネルに入った。<br>火車進入了長長的隧道。 |
| □ 技術が入る。<br>傳入技術。 | ▶ どんなに医療技術が進んでも、老いと死は避けられない。<br>醫療技術再怎麼進步，總是躲不過老化與死亡。 |
| □ 季節が変わる。<br>季節嬗遞。 | ▶ 秋はおしゃれの季節です。そしてまたダイエットの季節でもあります。<br>秋天是個讓人講究時尚的季節，同時也是個適合瘦身的季節。 |
| □ 規則を作る。<br>訂立規則。 | ▶ 会社の規則では、一日8時間働くことになっています。<br>根據公司的規定，每天需工作八小時。 |
| □ 喫煙席を選ぶ。<br>選擇吸菸區。 | ▶ 禁煙席と喫煙席、どちらがよろしいですか？<br>請問您想坐在禁菸區還是吸菸區呢？ |
| □ きっと来てください。<br>請務必前來。 | ▶ 医学を勉強した人なら、きっと頭がいいでしょう。<br>只要是讀醫學的人，頭腦一定都很聰明吧！ |
| □ 絹の服を着る。<br>穿著絲織服裝。 | ▶ お土産に絹のハンカチをいただきました。<br>人家送了我絲綢手帕的伴手禮。 |

| Check 1 | 必考單字 | 高低重音 | 詞性、類義詞與對義詞 |
|---|---|---|---|

**217** □□□
きび
**厳しい** ▶ きびしい ▶

形 嚴峻的；嚴格；嚴重；嚴酷，毫不留情
類 堅い（嚴厲，固執）
對 優しい（溫柔的，親切的）

**218** □□□
き ぶん
**気分** ▶ きぶん ▶

名 心情；情緒；身體狀況；氣氛；性格
類 機嫌（心情，情緒）

**219** □□□
き
**決まる** ▶ きまる ▶

自五 決定；規定；符合要求；一定是
類 決める（決定）

**220** □□□
きみ
**君** ▶ きみ ▶

名・代 您；你（男性對同輩以下的親密稱呼）
類 あなた（妳／你）  對 私（我）

**221** □□□
き
**決める** ▶ きめる ▶

他下一 決定；規定；認定；指定
類 確かめる（確認，弄清）

**222** □□□
き も
**気持ち** ▶ きもち ▶

名 心情；（身體）狀態
類 気分（感情）

**223** □□□
き もの
**着物** ▶ きもの ▶

名 衣服；和服
類 和服（和服，日式服裝）
對 洋服（西服，西裝）

**224** □□□
きゃく
**客** ▶ きゃく ▶

名 客人；顧客
類 ゲスト（guest ／客人）
對 主（主人）

**225** □□□
きゅうこう
**急行** ▶ きゅうこう ▶

名・自サ 急行，急往；快車
類 急ぐ（急速，著急）

□ 厳しい冬が来た。
嚴冬已經來臨。

▶ 今度の新しい部長は、厳しい人だそうです。
這次新上任的經理聽說要求很嚴格。

□ 気分を変える。
轉換心情。

▶ 今日はいい天気で、気分がいい。
今天天氣好，讓人有個好心情。

□ 考えが決まる。
想法確定了。

▶ ゴミを決まった時間以外に出すな。
在規定的時間以外，不准傾倒垃圾！

□ 君にあげる。
給你。

▶ 僕がそっちをやるから、あいさつは君が行ってくれ。
我負責那邊的事，寒暄接待就交給你去。

□ 行くことに決めた。
決定要去。

▶ ゴミは決められた曜日に出さなくてはいけない。
垃圾只能在規定的日期拿去丟棄。

□ 気持ちが悪い。
感到噁心。

▶ つまらないものですが、ほんの気持ちです。
小小禮物，不成敬意。

□ 着物を脱ぐ。
脫衣服。

▶ 着物で結婚式に出席すると、会場の雰囲気が華やかになります！
穿上和服出席婚禮能將會場營造出華麗的氣氛！

□ 客を迎える。
迎接客人。

▶ 大森へいらっしゃるお客様は、中山駅で、3番線の電車にお乗りください。
要前往大森的乘客，請在中山站的第三月台搭乘電車。

□ 急行電車に乗る。
搭乘快車。

▶ この電車は急行ですから、花田には止まりませんよ。
這班電車是快速列車，所以不會停靠花田站喔！

| Check 1 必考單字 | 高低重音 | 詞性、類義詞與對義詞 |
|---|---|---|

T1 25

**226** □□□
急<sup>きゅう</sup>に ▶ きゅうに ▶
副 急迫；突然
類 特急<sup>とっきゅう</sup>（火速，特急列車）

**227** □□□
教育<sup>きょういく</sup> ▶ きょういく ▶
名・他サ 教育；教養；文化程度
類 育<sup>そだ</sup>てる（養育，培養）

**228** □□□
教会<sup>きょうかい</sup> ▶ きょうかい ▶
名 教會，教堂
類 神社<sup>じんじゃ</sup>（神社）

**229** □□□
競争<sup>きょうそう</sup> ▶ きょうそう ▶
名・自サ 競爭
類 ゲーム（game ／遊戲，比賽）

**230** □□□
興味<sup>きょう み</sup> ▶ きょうみ ▶
名 興趣；興頭
類 趣味<sup>しゅ み</sup>（嗜好，趣味）

**231** □□□
禁煙席<sup>きんえんせき</sup> ▶ きんえんせき ▶
名 禁煙席，禁煙區

**232** □□□
近所<sup>きんじょ</sup> ▶ きんじょ ▶
名 附近；鄰居；鄰里
類 周<sup>まわ</sup>り（周圍，周邊）

**233** □□□
具合<sup>ぐ あい</sup> ▶ ぐあい ▶
名 情況；（健康等）狀況，方法
類 調子<sup>ちょう し</sup>（狀況，情況）

**234** □□□
空気<sup>くう き</sup> ▶ くうき ▶
名 空氣；氣氛
類 雰囲気<sup>ふん い き</sup>（氣氛）

| Check 2 必考詞組 | Check 3 必考例句 |
|---|---|
| □ 急に仕事が入った。<br>臨時有工作。 | ▶ ピアノ教室の生徒さんが急に多くなって、去年の2倍になりました。<br>鋼琴教室的學生忽然增加，達到了去年的兩倍。 |
| □ 教育を受ける。<br>受教育。 | ▶ うちの会社では社員の教育に力を入れています。<br>我們公司對於員工教育不遺餘力。 |
| □ 教会へ行く。<br>到教堂去。 | ▶ 結婚式は教会で挙げることにしました。<br>婚禮決定在教會舉行了。 |
| □ 競争に負ける。<br>競爭失敗。 | ▶ どっちが勝つか、競争しよう。<br>來比賽看誰贏吧！ |
| □ 興味がない。<br>沒興趣。 | ▶ 私は子どもの頃から虫に興味があります。<br>我從小就對昆蟲有興趣。 |
| □ 禁煙席に座る。<br>坐在禁菸區。 | ▶ 「お煙草はお吸いになりますか。」「いいえ。」「では、禁煙席にどうぞ。」<br>「請問您抽菸嗎？」「沒有。」「那麼，請到禁煙區。」 |
| □ この近所に住んでいる。<br>住在這附近。 | ▶ 明日あなたがご近所に引っ越しの挨拶に行ってくれる？<br>明天你可以去向鄰居打聲招呼說我們搬來了嗎？ |
| □ 具合がよくなる。<br>情況好轉。 | ▶ おかげ様で、具合はずいぶんよくなってきました。<br>託您的福，身體的狀況已經好多了。 |
| □ 空気が汚れる。<br>空氣很髒。 | ▶ 窓を開けて新しい空気を入れましょう。<br>把窗戶打開換個新鮮空氣吧！ |

| Check 1　必考單字 | 高低重音 | 詞性、類義詞與對義詞 |
|---|---|---|

**235** ☐☐☐

空港
くうこう
► くうこう ►
名 機場
類 飛行場（機場）
ひこうじょう

**236** ☐☐☐

草
くさ
► くさ ►
名 草，雜草
類 葉（葉子）
は

**237** ☐☐☐

下さる
くだ
► くださる ►
他五 給我；給，給予
類 呉れる（給予）
く

**238** ☐☐☐

首
くび
► くび ►
名 脖子，頸部；頭部；職位；解僱
類 あたま（頭，頭髮）

**239** ☐☐☐

雲
くも
► くも ►
名 雲朵
類 霧（霧）
きり

**240** ☐☐☐

比べる
くら
► くらべる ►
他下一 比較；對照；較量
類 比較する（比較）
ひかく

**241** ☐☐☐

クリック・する
【click】
► クリックする ►
名・他サ 喀嚓聲；點擊；按下（按鍵）

**242** ☐☐☐

(クレジット)カー
ド【credit card】
► (クレジット)カード ►
名 信用卡

**243** ☐☐☐

暮れる
く
► くれる ►
自下一 天黑；日暮；年終；長時間處於
　　…中
類 終わる（終了）
お
對 明ける（天亮，過年）
あ

| Check 2　必考詞組 | Check 3　必考例句 |
|---|---|
| □ 空港に着く。<br>抵達機場。 | ▶ 羽田空港は、成田空港ほど大きくありません。<br>羽田機場沒有成田機場那麼大。 |
| □ 庭の草を取る。<br>清除庭院裡的雜草。 | ▶ 暑くなってくると、草がどんどん伸びます。<br>天氣變熱後，雜草愈長愈多。 |
| □ 先生がくださった本。<br>老師給我的書。 | ▶ 先生もテニスの試合の応援に来てくださった。<br>老師也來為我的網球比賽加油了。 |
| □ 首が痛い。<br>脖子痛。 | ▶ 朝から首のへんが痛い。昨日変な寝方をしたかな。<br>一早起來脖子就開始痛了。該不會是昨天睡相太差吧？ |
| □ 雲は白い。<br>雲朵亮白。 | ▶ 空に白い雲が浮かんでいる。<br>天空飄著白雲。 |
| □ 兄と弟を比べる。<br>拿哥哥和弟弟做比較。 | ▶ 去年と今年の雨の量を比べる。<br>比較去年和今年的雨量。 |
| □ クリック音を消す。<br>消除按鍵喀嚓聲。 | ▶ スタートボタンを右クリックすると、スタートメニューが出てきます。<br>移到起始按鈕按下右鍵就會出現起始表單。 |
| □ クレジットカードを使う。<br>使用信用卡。 | ▶ 先月、クレジットカードで買い物をし過ぎました。<br>上個月刷信用卡買太多東西了。 |
| □ 秋が暮れる。<br>秋天結束。 | ▶ 日が暮れたのに、子どもが帰って来ません。<br>太陽都下山了，孩子還沒有回來。 |

| Check 1 必考單字 | 高低重音 | 詞性、類義詞與對義詞 |
|---|---|---|

**244** □□□

呉れる
く

▶ くれる ▶

他下一 給我
類 貰う（取得，得到）
もら

**245** □□□

〜君
くん

▶ 〜くん ▶

接尾（接於同輩或晚輩姓名下，略表敬
意）…先生，…君

**246** □□□

毛
け

▶ け ▶

名 毛髮，頭髮；毛線，毛織物

**247** □□□

計画
けいかく

▶ けいかく ▶

名・他サ 計畫，規劃
類 予定（預定）
よ てい

**248** □□□

警官
けいかん

▶ けいかん ▶

名 警察；巡警

**249** □□□

経験
けいけん

▶ けいけん ▶

名・他サ 經驗
類 知る（認識，體驗）
し

**250** □□□

経済
けいざい

▶ けいざい ▶

名 經濟
類 金融（金融，通融資金）
きんゆう

**251** □□□

経済学
けいざいがく

▶ けいざいがく ▶

名 經濟學

**252** □□□

警察
けいさつ

▶ けいさつ ▶

名 警察；警察局的略稱
類 警官（警察）
けいかん

| Check 2　必考詞組 | Check 3　必考例句 |
|---|---|

□ 兄が本をくれる。
哥哥給我書。
▶ この本、田中先生に返してくれる？
這本書，可以幫我還給田中老師嗎？

□ 山田君が来る。
山田君來了。
▶ 山田君がいるから、君は休んでもいいだろう。
既然有山田在，你可以休假無妨。

□ 毛の長い猫。
長毛的貓。
▶ 赤ちゃんの髪の毛は細くてやわらかい。
小嬰兒的頭髮又細又軟。

□ 計画を立てる。
制定計畫。
▶ これからの計画についてご説明いたします。
關於往後的計畫容我在此說明。

□ 警官が走っていく。
警察奔跑過去。
▶ 僕は警官として社会のために働く。
我以警官的身分為社會服務。

□ 経験から学ぶ。
從經驗中學習。
▶ 旅行中、珍しい経験をしました。
旅途中得到了寶貴的經驗。

□ 経済雑誌を読む。
閱讀財經雜誌。
▶ 彼は経済問題ばかりか、教育についても詳しい。
他不僅通曉經濟問題，在教育方面也知之甚詳。

□ 大学で経済学を学ぶ。
在大學研讀經濟學。
▶ 日本に来てから経済学の勉強を始めました。
自從來到日本以後開始研讀了經濟學。

□ 警察を呼ぶ。
叫警察。
▶ 警察が泥棒を捕まえてくれた。
警察為我們抓到了竊賊。

| Check 1 必考單字 | 高低重音 | 詞性、類義詞與對義詞 |
|---|---|---|

**253**□□□

ケーキ
【cake】 ▸ ケーキ ▸ 名 蛋糕
類 菓子（糕點）

**254**□□□

携帯電話
けいたいでん わ ▸ けいたいでんわ ▸ 名 手機，行動電話
類 ケータイ（手機）

**255**□□□

怪我
け が ▸ けが ▸ 名 受傷；傷害；過失
類 傷（傷口，創傷）
きず

**256**□□□

景色
け しき ▸ けしき ▸ 名 景色，風景
類 風景（風景，情景）
ふうけい

**257**□□□

けしゴム
【消しgum】
け ▸ けしゴム ▸ 名 橡皮擦

**258**□□□

下宿
げ しゅく ▸ げしゅく ▸ 自サ 公寓；寄宿，住宿
類 住まい（居住，住所）
す

**259**□□□

決して
けっ ▸ けっして ▸ 副 決定；（後接否定）絕對（不）
類 きっと（一定，必然）

**260**□□□

けれども ▸ けれども ▸ 接助 然而；但是
類 しかし（但是）

**261**□□□

県
けん ▸ けん ▸ 名 縣

| **Check 2** 必考詞組 | **Check 3** 必考例句 |
|---|---|
| □ ケーキを作る。<br>做蛋糕。 | ▶ 初めてケーキを焼いてみました。<br>第一次嘗試烤了蛋糕。 |
| □ 携帯電話を使う。<br>使用手機。 | ▶ 会議中に携帯電話が鳴り出した。<br>開會時手機響了。 |
| □ 怪我がない。<br>沒有受傷。 | ▶ 私が昨日学校を休んだのは、けがをして病院へ行ったからだ。<br>我昨天向學校請假是因為受傷去醫院了。 |
| □ 景色がよい。<br>景色宜人。 | ▶ うわあ。こんな景色、日本では見られないね。<br>哇！這麼壯觀的景色在日本看不到吧！ |
| □ 消しゴムで消す。<br>用橡皮擦擦掉。 | ▶ 消しゴムがどこかに行ってしまった。<br>橡皮擦不知道到哪裡去了。 |
| □ 下宿を探す。<br>尋找公寓。 | ▶ 高三の娘は大学に入ったら下宿すると言っている。<br>高三的女兒說她一考上大學就要搬去外面租房間住。 |
| □ 決して学校に遅刻しない。<br>上學絕不遲到。 | ▶ この窓は決して開けないでください。<br>這扇窗請絕對不要打開。 |
| □ 読めるけれども書けません。<br>可以讀但是不會寫。 | ▶ 海へ行ったけれども、波が高くて泳げなかった。<br>雖然去了海邊，但由於浪太高而沒有辦法游泳。 |
| □ 神奈川県へ行く。<br>去神奈川縣。 | ▶ 日本の都道府県は 47 あるそうです。<br>據說日本有47個都道府縣。 |

| Check 1　必考單字 | 高低重音 | 詞性、類義詞與對義詞 |
|---|---|---|
| 262 □□□<br>けん<br>〜軒 | 〜けん | 接尾 …棟，…間，…家；房屋<br>類 棟（…棟） |
| 263 □□□<br>げんいん<br>原因 | げんいん | 名・自サ 原因<br>類 理由（理由） |
| 264 □□□<br>けん か<br>喧嘩 | けんか | 名・自サ 吵架，口角<br>類 争い（爭論） |
| 265 □□□<br>けんきゅう<br>研究 | けんきゅう | 名・他サ 研究；鑽研<br>類 計画（計劃） |
| 266 □□□<br>けんきゅうしつ<br>研究室 | けんきゅうしつ | 名 研究室 |
| 267 □□□<br>げん ご がく<br>言語学 | げんごがく | 名 語言學<br>類 語学（語言學） |
| 268 □□□<br>けんぶつ<br>見物 | けんぶつ | 名・他サ 觀光，參觀<br>類 観光（觀光，遊覽） |
| 269 □□□<br>けんめい<br>件名 | けんめい | 名 項目名稱；類別；（電腦）郵件主旨 |
| 270 □□□<br>こ<br>子 | こ | 名 小孩；孩子<br>類 子ども（孩子）<br>對 親（父母親） |

| **Check 2** 必考詞組 | **Check 3** 必考例句 |
|---|---|

□ 右から三軒目。
右邊數來第三間。

▶ 東ホテルは、橋を渡って右から三軒目ですよ。
東旅館就在過橋後右邊的第三家喔。

---

□ 原因を調べる。
調查原因。

▶ 事故の原因を調査しているところです。
事故的原因正在調查當中。

---

□ けんかが始まる。
開始吵架。

▶ 今のアパート、上の部屋に住んでいる人がね、毎晩大きな声でけんかするんだ。
我現在的公寓正上方的那戶鄰居呀，每天晚上都大聲吵架。

---

□ 文学を研究する。
研究文學。

▶ 毎日一時間泳いで、そしてビデオを見て、自分の泳ぎ方を研究します。
每天游一小時，然後看錄下來的影片，檢討自己的游泳動作。

---

□ M教授研究室
M教授的研究室

▶ 田中先生の研究室に電話をかけたが、誰もいなかった。
打了電話到田中老師的研究室，但是沒有人接聽。

---

□ 言語学が好きだ。
我喜歡語言學喔。

▶ これからも言語学の研究を続けていきます。
往後仍將持續研究語言學。

---

□ 見物に出かける。
外出遊覽。

▶ 今日は京都を見物して、明日は大阪に向かうつもりだ。
我計畫今天在京都觀光，明天前往大阪。

---

□ 件名が間違っていた。
弄錯項目名稱了。

▶ メールを送るときには、分かりやすい件名をつけましょう。
寄送電子郵件時，主旨要寫得簡單扼要喔。

---

□ 子を生む。
生小孩。

▶ うちの子が、悪いことをするはずがありません。
我家的孩子不可能做壞事！

| Check 1 必考單字 | 高低重音 | 詞性、類義詞與對義詞 |
|---|---|---|

**271** □□□

御～ ▶ ご～ ▶ 接頭 表示尊敬用語；（接在跟對方有關的事物，動作的漢字詞前）表示尊敬語，謙讓語
類 御（加在字頭表尊敬，鄭重）

**272** □□□

こう ▶ こう ▶ 副 如此；這樣，這麼
類 そう（那様）

**273** □□□

郊外 ▶ こうがい ▶ 名 郊外；市郊
類 田舎（鄉下）

**274** □□□

後期 ▶ こうき ▶ 名 後期，下半期，後半期
類 前期（上半期）

**275** □□□

講義 ▶ こうぎ ▶ 名・他サ 講義；大學課程
類 講座（〈大學裡的〉講座）

**276** □□□

工業 ▶ こうぎょう ▶ 名 工業
類 農業（農業）

**277** □□□

公共料金 ▶ こうきょうりょうきん ▶ 名 公共費用
類 ガス料金（瓦斯費）

**278** □□□

高校／
高等学校 ▶ こうこう／
こうとうがっこう ▶ 名 高中

**279** □□□

高校生 ▶ こうこうせい ▶ 名 高中生

| Check 2 　必考詞組 | Check 3 　必考例句 |
|---|---|
| □ ご両親によろしく。<br>請代向令尊令堂問好。 | ▶ ご主人の社長就任、おめでとうございます。<br>恭喜尊夫君就任總經理！ |
| □ こうなるとは思わなかった。<br>沒想到會變成這樣。 | ▶ 「おおやまは大きい山と書いてください。」「分かりました。こうですね。」<br>「おおやま請寫為大山。」「了解,是這兩個字沒錯吧？」 |
| □ 郊外に住む。<br>住在城外。 | ▶ 郊外に住むのはちょっと不便ですね。<br>住在郊外真有些不方便。 |
| □ 江戸後期の文学。<br>江戶後期的文學。 | ▶ 妊娠後期に入ると、いよいよ出産も近づいてきます。<br>進入孕期後期,終於快要生產了。 |
| □ 講義に出る。<br>課堂出席。 | ▶ 火曜日は9時から講義がある。<br>星期二從九點開始上課。 |
| □ 工業を興す。<br>開工。 | ▶ ナイロンは工業用製品にとってなくてはならない素材である。<br>對工業用製品而言,尼龍是不可或缺的原材料。 |
| □ 公共料金を払う。<br>支付公共事業費用。 | ▶ 4月から電気、ガス、水道などの公共料金が高くなる。<br>四月份起,水電瓦斯等公共事業費用即將調漲。 |
| □ 高校一年生。<br>高中一年級生。 | ▶ こんにちは、ゆきえです。17歳です。高校2年生です。<br>大家好,我叫雪繪,今年17歲,是高中二年級學生。 |
| □ 彼は高校生だ。<br>他是高中生。 | ▶ 高校生には煙草を売ってはいけません。<br>不可以將香菸賣給高中生。 |

| Check 1 必考單字 | 高低重音 | 詞性、類義詞與對義詞 |
|---|---|---|

**280** ☐☐☐
ごう
合コン ▸ ごうコン ▸ 名 聯誼
類 宴会（宴会）
えんかい

**281** ☐☐☐
こう じ ちゅう
工事中 ▸ こうじちゅう ▸ 名 施工中；（網頁）建製中
類 作業中（操作中）
さ ぎょうちゅう

**282** ☐☐☐
こうじょう
工場 ▸ こうじょう ▸ 名 工廠
類 工場（工廠）
こう ば

**283** ☐☐☐
こうちょう
校長 ▸ こうちょう ▸ 名 校長

**284** ☐☐☐
こうつう
交通 ▸ こうつう ▸ 名 交通；通信，往來
類 往復（往返）
おうふく

**285** ☐☐☐
こうどう
講堂 ▸ こうどう ▸ 名 大禮堂；禮堂
類 教室（教室）
きょうしつ

**286** ☐☐☐
こう む いん
公務員 ▸ こうむいん ▸ 名 公務員
類 役人（官員，公務員）
やくにん

**287** ☐☐☐
こくさい
国際 ▸ こくさい ▸ 名 國際
類 世界（世界）
せ かい

**288** ☐☐☐
こくない
国内 ▸ こくない ▸ 名 該國內部，國內
類 日本（日本）
に ほん
對 国外（國外）
こくがい

**Check 2** 必考詞組

□ テニス部と合コンしましょう。
我們和網球社舉辦聯誼吧。

□ 工事中となる。
施工中。

□ 工場を見学する。
參觀工廠。

□ 校長先生に会う。
會見校長。

□ 交通の便はいい。
交通十分便捷。

□ 講堂を使う。
使用禮堂。

□ 公務員になりたい。
想成為公務員。

□ 国際空港に着く。
抵達國際機場。

□ 国内旅行。
國內旅遊。

**Check 3** 必考例句

▶ 今夜の合コンにはお友達をたくさん連れて来てくださいね。
今晚的聯誼請多帶一些朋友來喔！

▶ 工事中は皆様に大変ご迷惑をお掛けしました。
施工期間造成各位極大的不便。

▶ 新しい工場を建てるために、土地を買った。
為了建造新工廠而買了土地。

▶ 校長先生が話されます。静かにしましょう。
校長要致詞了，大家保持安靜！

▶ この辺は交通が不便だが、美しい自然が残っている。
這一帶雖然交通不便，但還保有美麗的自然風光。

▶ 合唱コンクールの練習のために、生徒たちが講堂に集められた。
學生們為了合唱比賽的練習而齊聚在講堂裡。

▶ 昔と違って今は公務員も大変です。
不同與以往，現在的公務員工作繁重。

▶ 世界平和のために国際会議が開かれる。
為了維持世界和平而舉行國際會議。

▶ 夏休みに国内旅行に行く人は海外旅行を大きく上回る。
暑假在國內旅遊的人數遠遠超過出國旅遊的人數。

| Check 1 必考單字 | 高低重音 | 詞性、類義詞與對義詞 |
|---|---|---|

289 □□□
心
こころ

► こころ ►

名 心；內心；心情；心胸；心靈
類 思い（思想，感覺）

290 □□□
～ご座います

► ～ございます ►

特殊形 在，有；（「ござります」的音變）表示尊敬
類 ある（事物存在的狀態）

291 □□□
小匙
こさじ

► こさじ ►

名 小匙，茶匙

292 □□□
故障
こしょう

► こしょう ►

名・自サ 故障；障礙；毛病；異議
類 ミス（miss／錯誤）

293 □□□
子育て
こそだて

► こそだて ►

名・自サ 養育小孩，育兒
類 育児（育兒）

294 □□□
ご存知
ぞんじ

► ごぞんじ ►

名 你知道；您知道（尊敬語）

295 □□□
答え
こたえ

► こたえ ►

名 回答；答覆；答案
類 返事（回答，回覆）
對 問題（問題）

296 □□□
ご馳走
ちそう

► ごちそう ►

名・他サ 盛宴；請客，款待；豐盛佳餚
類 料理（烹調，做菜）

297 □□□
此方
こっち

► こっち ►

代 這裡，這邊；我，我們
類 此処（這裡）

## Check 2 / 必考詞組

□ 心の優しい人。
温柔的人。

□ おめでとうございます。
恭喜恭喜。

□ 小匙1杯の砂糖
一小匙的砂糖

□ 機械が故障した。
機器故障。

□ 子育てで忙しい。
養育小孩非常的忙碌。

□ ご存知でしたか。
您已經知道這件事了嗎？

□ 答えが合う。
答案正確。

□ ご馳走になる。
被請吃飯。

□ こっちへ来る。
到這裡來。

## Check 3 / 必考例句

▶ 悲しい話に心が痛む。
因悲慘愁苦的故事而感到痛心難過。

▶ こちらが当社の新製品でございます。
這是本公司的新產品。

▶ 熱いコーヒーに小さじ1杯のはちみつを入れて飲むのが好きです。
我喜歡在熱咖啡裡加入一小匙蜂蜜飲用。

▶ 暖房がつかない。故障したのかもしれない。
暖氣無法運轉，說不定是故障了。

▶ 子育てが終わったら、大学院に入ろうと思っている。
等養育小孩的任務告一段落，我想要到研究所進修。

▶ ご存知かと思いますが、最近、野菜がとても高いです。
我想您應該知道，最近蔬菜的價格非常昂貴。

▶ 次の質問に答えなさい。
請回答下一個問題。

▶ 「私がご馳走しますよ。」「いえ、今日は私がお誘いしたんですから、私に払わせてください。」
「由我請客吧！」「不行，今天是我做東，請讓我付帳。」

▶ 台風がこっちに来そうです。
颱風可能會撲向這邊。

| Check 1 必考單字 | 高低重音 | 詞性、類義詞與對義詞 |
|---|---|---|

**298** □□□
事
こと
▸ こと ▸
名 事情；事務；變故
類 用事（事情）

**299** □□□
小鳥
ことり
▸ ことり ▸
名 小鳥

**300** □□□
この間
あいだ
▸ このあいだ ▸
副 最近；前幾天
類 この頃（近來）
對 以後（今後，將來）

**301** □□□
この頃
ごろ
▸ このごろ ▸
副 近來
類 最近（近來）

**302** □□□
細かい
こま
▸ こまかい ▸
形 細小；詳細；精密；仔細；精打細算
類 詳しい（詳細，精通）

**303** □□□
塵／芥
ごみ　ごみ
▸ ごみ ▸
名 垃圾；廢物
類 くず（碎屑垃圾）

**304** □□□
米
こめ
▸ こめ ▸
名 米
類 ご飯（米飯）

**305** □□□
ご覧になる
らん
▸ ごらんになる ▸
他五（尊敬語）看，觀覽，閱讀

**306** □□□
これから
▸ これから ▸
名・副 從今以後；從此
類 今から（現在開始）

□ ことが起きる。
發生事情。

▶ 朝ご飯は、パンとか卵とかを食べることが多い。
我早餐通常吃麵包和蛋。

□ 小鳥が鳴く。
小鳥啁啾。

▶ あの小鳥の絵、上手ですねえ。
那幅小鳥的圖畫得真生動呀！

□ この間の試験はどうだった。
前陣子的考試結果如何？

▶ この間貸したお金、返してもらえるんでしょうね。
上次借的錢，你應該可以還了吧？

□ このごろの若者。
時下的年輕人。

▶ このごろ、地震とか台風とかが多くて怖いね。
最近不是地震就是颱風，好恐怖喔！

□ 細かく説明する。
詳細說明。

▶ 野菜を細かく切る。
把蔬菜切碎。

□ 燃えるゴミを出す。
把可燃垃圾拿去丟。

▶ この川には、ゴミがたくさん浮かんでいる。
這條河飄著許多垃圾。

□ お米がもうない。
米缸已經見底。

▶ 米とみそは、日本の台所になくてはならないものです。
米和味噌是日本的廚房必備的食材。

□ こちらをご覧になってください。
請看這邊。

▶ メールをご覧になった後、ご返信いただけると幸いです。
此封郵件過目之後，盼能覆信。

□ これからどうしようか。
接下來該怎麼辦呢？

▶ これから美術館で注意してほしいことを言います。
接下來要提醒在美術館裡參觀的注意事項。

| Check 1 必考單字 | 高低重音 | 詞性、類義詞與對義詞 |
|---|---|---|

**307** □□□
怖い（こわ）
► こわい ►
形 可怕的，令人害怕的
類 恐ろしい（おそ）（可怕，驚人）

**308** □□□
壊す（こわ）
► こわす ►
他五 毀壞；弄碎；破壞；損壞
類 割る（わ）（打破，破碎）

**309** □□□
壊れる（こわ）
► こわれる ►
自下一 壞掉，損壞；故障；破裂
類 割れる（わ）（破碎）

**310** □□□
コンサート
【concert】
► コンサート ►
名 音樂會，演奏會
類 ミュージック（music ／音樂，樂曲）

**311** □□□
今度（こん ど）
► こんど ►
名 下次；這次
類 今回（こんかい）（此次，這回）

**312** □□□
コンピューター
【computer】
► コンピューター ►
名 電腦
類 パソコン（Personal Computer ／
電腦）

**313** □□□
今夜（こん や）
► こんや ►
名 今夜，今天晚上

**314** □□□
最近（さいきん）
► さいきん ►
◯ T1 34
名·副 最近
類 今（いま）（現在）

**315** □□□
最後（さい ご）
► さいご ►
名 最後，最終；一旦…就沒辦法了
類 終わり（お）（終了）
對 最初（さいしょ）（最初）

□ 地震が多くて怖い。
地震頻傳，令人害怕。

▶ 大きい台風で、雨や風の音が怖かった。
超級颱風肆虐，狂風暴雨的蕭蕭聲真是嚇壞人了。

□ 茶碗を壊す。
把碗打碎。

▶ 冷たい物ばかり食べていると、おなかを壊すよ。
老是吃冰涼的食物，會弄壞肚子喔！

□ 電話が壊れている。
電話壞了。

▶ 1年しか使っていないのに、もう冷房が壊れた。
冷氣才剛用了一年就壞了。

□ コンサートを開く。
開演唱會。

▶ コンサートが、土曜日と日曜日にあるそうですね。どちらに行きますか。
聽說演唱會在星期六和星期天各有一場，你要去哪一場呢？

□ 今度アメリカに行く。
下次要去美國。

▶ 今度の土日は、全28巻の漫画を読もうと思っている。
我打算在這個週末看全套共28集的漫畫。

□ コンピューターがおかしい。
電腦怪怪的。

▶ コンピューターで簡単な文や絵が書ける人を探している。
我正在找能夠用電腦做簡單的文書和繪圖的人才。

□ 今夜は早く休みたい。
今晚想早點休息。

▶ 今夜、飲みに行こうよ。
今天晚上一起去喝兩杯吧！

□ 最近、雨が多い。
最近時常下雨。

▶ 最近の若い人は、文句ばかり言う。
近來的年輕人成天抱怨連連。

□ 最後までやりましょう。
一起堅持到最後吧。

▶ 最後に帰る人は、部屋の電気を消してください。
最後離開的人請關室內燈。

| Check 1 必考單字 | 高低重音 | 詞性、類義詞與對義詞 |
|---|---|---|

**316**□□□
さいしょ
**最初** ▶ さいしょ ▶ 名・副 最初，首先；開頭；第一次
類 初め（起初）
對 最後（最後）

**317**□□□
さい ふ
**財布** ▶ さいふ ▶ 名 錢包
類 バッグ（bag／袋子）

**318**□□□
さか
**坂** ▶ さか ▶ 名 斜坡；坡道；陡坡

**319**□□□
さが さが
**探す／捜す** ▶ さがす ▶ 他五 尋找，找尋；搜尋
類 尋ねる（尋找，詢問）

**320**□□□
さ
**下がる** ▶ さがる ▶ 自五 下降；下垂；降低；降溫；退步
類 下りる（下降）
對 上がる（上升）

**321**□□□
さか
**盛ん** ▶ さかん ▶ 形動 興盛；繁榮；熱心
類 元気（精神，朝氣）

**322**□□□
さ
**下げる** ▶ さげる ▶ 他下一 降下；降低，向下；掛；躲遠；收拾
類 落とす（落下）
對 上げる（舉起，增加）

**323**□□□
さ あ
**差し上げる** ▶ さしあげる ▶ 他下一 奉送；給您（「あげる」謙讓語）；舉
類 与える（給予，授與）

**324**□□□
さしだしにん
**差出人** ▶ さしだしにん ▶ 名 發信人，寄件人
對 宛先（收件人資料）

| **Check 2** 必考詞組 | **Check 3** 必考例句 |
|---|---|
| □ 最初に会った人。<br>一開始見到的人。 | ▶ まっすぐ行って、最初の角を右に曲がります。<br>直走，在第一個街角右轉。 |
| □ 財布を落とした。<br>掉了錢包。 | ▶ この財布は大きくて使いやすい。<br>這個錢包容量大，方便使用。 |
| □ 坂を下りる。<br>下坡。 | ▶ 男が息を切らせて、坂を登ってきた。<br>那男人上氣不接下氣地爬上了山坡。 |
| □ 読みたい本を探す。<br>尋找想看的書。 | ▶ 子どもが小学生になったら、パートの仕事を探そうと思う。<br>等孩子上小學了以後，我想去找個工作兼差。 |
| □ 熱が下がる。<br>漸漸退燒。 | ▶ 薬を飲んだのに、熱が下がりません。<br>藥都已經吃了，高燒還是沒退。 |
| □ 研究が盛んになる。<br>許多人投入（該領域的）研究。 | ▶ このごろ有機農業が盛んに行われている。<br>近年來有機農業非常盛行。 |
| □ 頭を下げる。<br>低下頭。 | ▶ うちの上司は、地位の高い人にだけ頭を下げる。<br>我們主管只會向位階比他高的人低頭致歉。 |
| □ これをあなたにさしあげます。<br>這個奉送給您。 | ▶ 日曜日、ゴルフの帰りに車で社長をご自宅まで送ってさしあげた。<br>星期天打完高爾夫球之後，開車將總經理送到了家門口。 |
| □ 差出人の住所。<br>寄件人地址。 | ▶ はがきを書くときは、差出人の名前ははがきの表に書きます。<br>寫明信片的時候，寄件者的姓名要寫在明信片的正面。 |

| Check 1　必考單字 | 高低重音 | 詞性、類義詞與對義詞 |
|---|---|---|

**325 □□□**

さっき　▶　さっき　▶
名·副 剛才，先前
類 先程（剛剛）

**326 □□□**

寂しい　▶　さびしい　▶
形 孤單；寂寞；荒涼；空虛
類 悲しい（悲傷）
對 にぎやか（熱鬧）

**327 □□□**

〜様　▶　〜さま　▶
接尾 先生，小姐；姿勢；樣子
類 〜さん（先生，小姐）

**328 □□□**

再来月　▶　さらいげつ　▶
副 下下個月

**329 □□□**

再来週　▶　さらいしゅう　▶
副 下下星期

**330 □□□**

サラダ
【salad】　▶　サラダ　▶
名 沙拉

**331 □□□**

騒ぐ　▶　さわぐ　▶
自五 吵鬧，騷動，喧囂；慌張；激動；吹捧
類 叫ぶ（喊叫）

**332 □□□**

触る　▶　さわる　▶
自五 碰觸，觸摸；接觸；觸怒；有關聯
類 探す（尋找）

**333 □□□**

産業　▶　さんぎょう　▶
名 產業，工業
類 工業（工業）

| Check 2 / 必考詞組 | Check 3 / 必考例句 |
|---|---|
| □ さっきから待っている。<br>從剛才就在等著你；已經<br>等你一會兒了。 | さっき来たばかりです。<br>我才剛到。 |
| □ 一人で寂しい。<br>一個人很寂寞。 | 息子が東京の大学に行ってしまって、寂しい。<br>兒子去了東京讀大學，家裡真冷清。 |
| □ こちらが木村様です。<br>這位是木村先生。 | お客様にお茶をお出ししました。<br>送了茶水給客人。 |
| □ 再来月また会う。<br>下下個月再見。 | 再来月結婚するので、今会場を探しているところです。<br>下下個月就要結婚了，現在還在找婚宴地點。 |
| □ 再来週まで待つ。<br>將等候到下下週為止。 | 再来週、チケットが送られてきたら、学校で渡します。<br>等下下星期票券送來之後再拿去學校轉交給你。 |
| □ サラダを作る。<br>做沙拉。 | サラダを作ろうと思ったら、キュウリがなかったのよ。<br>正打算做沙拉，這才發現沒有小黃瓜啊！ |
| □ 子どもが騒ぐ。<br>孩子在吵鬧。 | 駅前で人が騒いでいる。事故があったらしい。<br>車站前擠著一群人鬧烘烘的，好像發生意外了。 |
| □ 顔に触った。<br>觸摸臉。 | あなたのペットのハムスターに触らせてください。<br>你那隻寵物倉鼠借我摸一下。 |
| □ 健康産業を育てる。<br>培植保健產業。 | ここ数年、多様な外食産業が盛んです。<br>近幾年來，各種外食產業蓬勃發展。 |

| Check 1 必考單字 | 高低重音 | 詞性、類義詞與對義詞 |
|---|---|---|

T1 / 36

**334** □□□
サンダル
【sandal】　▶　サンダル　▶　名 拖鞋，涼鞋

**335** □□□
サンドイッチ
【sandwich】　▶　サンドイッチ　▶　名 三明治

**336** □□□
残念<sup>ざんねん</sup>　▶　ざんねん　▶　形動 遺憾，可惜；懊悔
類 恥ずかしい（害羞，難為情）

**337** □□□
市<sup>し</sup>　▶　し　▶　名 …市；城市，都市

**338** □□□
字<sup>じ</sup>　▶　じ　▶　名 文字；字體
類 文字（文字）

**339** □□□
試合<sup>しあい</sup>　▶　しあい　▶　名 比賽
類 競争（競爭，競賽）

**340** □□□
仕送りする<sup>しおく</sup>　▶　しおくりする　▶　名·自サ 匯寄生活費或學費
類 送る（寄送）

**341** □□□
仕方<sup>しかた</sup>　▶　しかた　▶　名 方法，做法
類 方法（方法，作法）

**342** □□□
叱る<sup>しか</sup>　▶　しかる　▶　他五 責備，責罵
類 喧嘩する（吵架）
對 褒める（稱讚）

| **Check 2** 必考詞組 | **Check 3** 必考例句 |
|---|---|
| □ サンダルを履く。<br>穿涼鞋。 | ▶ このサンダルは、かわいいけど歩きにくい。<br>這雙涼鞋雖然可愛，但是不好走。 |
| □ ハムサンドイッチを食べる。<br>吃火腿三明治。 | ▶ サンドイッチは、卵のとハムのと、どちらがいいですか。<br>你的三明治要夾蛋還是火腿呢？ |
| □ 残念に思う。<br>感到遺憾。 | ▶ ここにあった古いお寺が、火事で焼けてしまって、本当に残念です。<br>原本座落在這裡的古老寺院慘遭祝融之災，真是令人遺憾。 |
| □ 台北市<br>台北市 | ▶ ゴミは、市が決めた袋に入れて出しなさい。<br>垃圾請裝在市政府規定的袋子裡再拿出來丟。 |
| □ 字が見にくい。<br>字看不清楚；字寫得難看。 | ▶ 本の中に字を書いてはいけません。<br>書上不可以寫字。 |
| □ 試合が終わる。<br>比賽結束。 | ▶ 試合に勝つためには、不安をなくして、自信をつけましょう。<br>為了贏得比賽，要趕走焦慮，培養信心！ |
| □ 家に仕送りする。<br>給家裡寄生活補貼。 | ▶ 親の仕送りを受けずに大学を卒業した。<br>沒有讓父母補貼生活費，憑一己之力讀到了大學畢業。 |
| □ コピーの仕方が分かりません。<br>不會影印的操作方法。 | ▶ 「今日は道が混んでいるし…。やっぱり電車かな。」「あと1時間ね、仕方ないわね。」<br>「今天路上很塞…，是不是該搭電車呢？」「只剩下一小時了，也沒其他辦法了。」 |
| □ 先生に叱られた。<br>被老師罵了。 | ▶ レジを打つのが遅いため、いつもお客さんに叱られます。<br>由於結帳收銀太慢，總是遭到客人的責備。 |

| Check 1 必考單字 | 高低重音 | 詞性、類義詞與對義詞 |
|---|---|---|

**343** □□□
～式<sup>しき</sup>　▶　～しき　▶
図 儀式；典禮；方式；樣式；公式
類 儀式（儀式，典禮）

**344** □□□
試験<sup>しけん</sup>　▶　しけん　▶
図 考試；試驗
類 テスト（test ／試驗，考試）

**345** □□□
事故<sup>じこ</sup>　▶　じこ　▶
図 意外，事故；事由
類 出来事（事件，變故）

**346** □□□
地震<sup>じしん</sup>　▶　じしん　▶
図 地震
類 揺れる（地震，地球的運動）

**347** □□□
時代<sup>じだい</sup>　▶　じだい　▶
図 時代；潮流；朝代；歷史
類 とき（時間）

**348** □□□
下着<sup>したぎ</sup>　▶　したぎ　▶
図 內衣，貼身衣物
類 パンツ（pants ／貼身衣物，汗衫）
對 上着（上衣）

**349** □□□
支度<sup>したく</sup>　▶　したく　▶
名・自サ 準備，預備
類 用意（準備）

**350** □□□
しっかり　▶　しっかり　▶
副・自サ 結實，牢固；（身體）健壯；用力的，好好的；可靠
類 すっかり（完全）

**351** □□□
失敗<sup>しっぱい</sup>　▶　しっぱい　▶
自サ 失敗
類 ミス（miss ／錯誤）

| Check 2 必考詞組 | Check 3 必考例句 |
|---|---|
| □ 卒業式に出る。<br>去參加畢業典禮。 | ▶ 小学校の入学式で、子どもたちは皆嬉しそうだ。<br>在小學的入學典禮上，每個孩子看起來都很開心呢。 |
| □ 試験がうまくいく。<br>考試順利，考得好。 | ▶ 試験の結果は明日発表いたします。<br>明天會發表考試結果。 |
| □ 事故が起こる。<br>發生事故。 | ▶ 交通事故を起こしてしまいました。<br>引發交通事故。 |
| □ 地震が起きる。<br>發生地震。 | ▶ 地震だ。机の下に入れ！<br>地震！快躲到桌下！ |
| □ 時代が違う。<br>時代不同。 | ▶ 今の時代、やはり英語は話せないといけない。<br>這個時代，不會說英語還是不行。 |
| □ 下着を替える。<br>換貼身衣物。 | ▶ かわいい下着があったので、買いました。<br>看到可愛的內衣就買了。 |
| □ 支度ができる。<br>準備好。 | ▶ 子どもが帰る前に、晩ご飯の支度をしておきます。<br>孩子回來之前先準備晚餐。 |
| □ しっかり覚える。<br>牢牢地記住。 | ▶ そっちの椅子はこっちの椅子ほどしっかりしていない。<br>那邊的椅子不如這邊的椅子來得堅固。 |
| □ 試験に失敗した。<br>落榜了。 | ▶ 朝から失敗ばかりで、気分が悪い。<br>從早上就一直出錯，心情很糟。 |

| Check 1 必考單字 | 高低重音 | 詞性、類義詞與對義詞 |
|---|---|---|

352 □□□
しつれい
**失礼** ▶ しつれい ▶ 名・自サ 失禮，沒禮貌；失陪
類 無礼（沒禮貌，失禮）

353 □□□
していせき
**指定席** ▶ していせき ▶ 名 劃位座，對號入座
對 自由席（自由座）

354 □□□
じてん
**辞典** ▶ じてん ▶ 名 辭典；字典
類 字引き（〈俗〉字典，辭典）

355 □□□
しなもの
**品物** ▶ しなもの ▶ 名 物品，東西；貨品
類 商品（〈貨〉商品，貨品）

356 □□□
しばら
**暫く** ▶ しばらく ▶ 副 暫時，一會兒；好久
類 ちょっと（一會兒）

357 □□□
しま
**島** ▶ しま ▶ 名 島嶼
類 列島（列島）

358 □□□
しみん
**市民** ▶ しみん ▶ 名 市民，公民
類 国民（國民）

359 □□□
じむしょ
**事務所** ▶ じむしょ ▶ 名 辦事處；辦公室
類 オフィス（office ／辦公室）

360 □□□
しゃかい
**社会** ▶ しゃかい ▶ 名 社會；領域
類 世界（世界，世上）
對 個人（個人）

| Check 2 必考詞組 | Check 3 必考例句 |
|---|---|
| □ 失礼<sub>しつれい</sub>なことを言<sub>い</sub>う。<br>說失禮的話。 | 「え、佐藤<sub>さとう</sub>さんのお宅<sub>たく</sub>じゃありませんか。」「いいえ、うちは鈴木<sub>すずき</sub>ですけど。」「失礼<sub>しつれい</sub>しました。」<br>「咦，這裡不是佐藤公館嗎？」「不是，敝姓鈴木。」「對不起。」 |
| □ 指定席<sub>していせき</sub>を予約<sub>よやく</sub>する。<br>預約對號座位。 | 次<sub>つぎ</sub>の電車<sub>でんしゃ</sub>の指定席<sub>していせき</sub>はもうありません。<br>下一班電車的對號座已經售罄。 |
| □ 辞典<sub>じてん</sub>を引<sub>ひ</sub>く。<br>查字典。 | あさっての授業<sub>じゅぎょう</sub>には辞典<sub>じてん</sub>が必要<sub>ひつよう</sub>なので、必<sub>かなら</sub>ず持<sub>も</sub>って来<sub>く</sub>るようにということです。<br>後天的課程必須用到辭典，請務必帶來。 |
| □ 品物<sub>しなもの</sub>を棚<sub>たな</sub>に並<sub>なら</sub>べた。<br>將商品陳列在架上了。 | あと一ヶ月<sub>いっかげつ</sub>もすれば、冬<sub>ふゆ</sub>の品物<sub>しなもの</sub>は安<sub>やす</sub>くなるだろう。<br>再過一個月，冬季商品應該就會降價了吧。 |
| □ しばらくお待<sub>ま</sub>ちください。<br>請稍候。 | 母<sub>はは</sub>とけんかをして、しばらく家<sub>いえ</sub>に帰<sub>かえ</sub>っていない。<br>和媽媽吵架後，有一段時間沒回家了。 |
| □ 島<sub>しま</sub>へ渡<sub>わた</sub>る。<br>遠渡島上。 | 日本<sub>にほん</sub>の島<sub>しま</sub>の数<sub>かず</sub>は 6852 もあるということです。<br>日本的島嶼多達6852座。 |
| □ 市民<sub>しみん</sub>の生活<sub>せいかつ</sub>を守<sub>まも</sub>る。<br>捍衛公民生活。 | 古<sub>ふる</sub>い家屋<sub>かおく</sub>が市政府<sub>しせいふ</sub>によって取<sub>と</sub>り壊<sub>こわ</sub>されたため、市民<sub>しみん</sub>らが強<sub>つよ</sub>く抗議<sub>こうぎ</sub>した。<br>由於老屋遭到市政府拆除，因而引發了市民的強烈抗議。 |
| □ 事務所<sub>じむしょ</sub>を持<sub>も</sub>つ。<br>設有辦事處。 | 私<sub>わたし</sub>の事務所<sub>じむしょ</sub>は向<sub>む</sub>こうに見<sub>み</sub>える 12 階建<sub>かいだ</sub>てのビルの 3 階<sub>がい</sub>だ。<br>我的事務所就在從這邊看過去對面那棟十二層大樓的三樓。 |
| □ 社会<sub>しゃかい</sub>に出<sub>で</sub>る。<br>出社會。 | 大学<sub>だいがく</sub>を卒業<sub>そつぎょう</sub>して社会<sub>しゃかい</sub>に出<sub>で</sub>る。<br>大學畢業後進入社會。 |

| Check 1 必考單字 | 高低重音 | 詞性、類義詞與對義詞 |
|---|---|---|

**361** □□□
社長
しゃちょう
▶ しゃちょう ▶ 名 總經理；社長；董事長

**362** □□□
邪魔
じゃま
▶ じゃま ▶ 名・他サ 妨礙，阻擾，打擾；拜訪
類 迷惑（麻煩，妨礙）
めいわく

**363** □□□
ジャム【jam】 ▶ ジャム ▶ 名 果醬

**364** □□□
自由
じゆう
▶ じゆう ▶ 名・形動 自由；隨意；隨便；任意
類 暇（空閒時間）
ひま
對 邪魔（阻擾）
じゃま

**365** □□□
習慣
しゅうかん
▶ しゅうかん ▶ 名 習慣
類 文化（文化）
ぶんか

**366** □□□
住所
じゅうしょ
▶ じゅうしょ ▶ 名 地址
類 アドレス（address／住址）

**367** □□□
自由席
じゆうせき
▶ じゆうせき ▶ 名 自由座
類 指定席（對號座）
していせき

**368** □□□
終電
しゅうでん
▶ しゅうでん ▶ 名 最後一班電車，末班車
類 最終電車（最後一班電車）
さいしゅうでんしゃ

**369** □□□
柔道
じゅうどう
▶ じゅうどう ▶ 名 柔道
類 武道（武藝，武術）
ぶどう

**Check 2** 必考詞組 | **Check 3** 必考例句

□ 社長になる。
當上社長。

▶ 将来の夢は、大きい会社の社長になることです。
未來的夢想是成為一家大公司的總經理。

□ 邪魔になる。
阻礙，添麻煩

▶ 写真を撮るのに右の木が邪魔だ。
想要拍照，但是右邊那棵樹擋到鏡頭了。

□ パンにジャムをつける。
在麵包上塗果醬。

▶ ジャムがあるから、バターはつけなくてもいいです。
已經有果醬了，不必再抹奶油也沒關係。

□ 自由がない。
沒有自由。

▶ 思ったことを自由に話してください。
想到什麼請自由發言。

□ 習慣が変わる。
習慣改變；習俗特別。

▶ 私は朝、冷たいシャワーを浴びる習慣があります。
我習慣早上沖個冷水澡。

□ 住所がわからない。
不知道住址。

▶ お名前とご住所をお願いします。
請教您的大名和住址。

□ 自由席を取る。
預購自由座車廂的座位。

▶ 次の電車は指定席がもうないので、自由席に乗ることにした。
由於下一班電車的對號座已經售完，所以坐在自由座了。

□ 終電に乗る。
搭乘末班車。

▶ 彼は 23 時 40 分の終電に間に合わなかった。
他沒趕上23點40分的最後一班電車。

□ 柔道をやる。
練柔道。

▶ 相撲と柔道と、どちらが面白いですか。
相撲和柔道，哪一種比較有意思呢？

| Check 1 / 必考單字 | 高低重音 | 詞性、類義詞與對義詞 |
|---|---|---|

**370** □□□
じゅうぶん
**十分** ▶ じゅうぶん ▶
形動 十分；充分，足夠
類 たくさん（很多，足夠）
對 欠ける（不充足）

**371** □□□
しゅじん
**主人** ▶ しゅじん ▶
名 一家之主；老公，（我）丈夫，先生；老闆
類 夫（丈夫） 對 家内（妻子）

**372** □□□
じゅしん
**受信** ▶ じゅしん ▶
名・他サ（郵件、電報等）接收；收聽
類 送信（發信）

**373** □□□
しゅっせき
**出席** ▶ しゅっせき ▶
自サ 參加；出席
類 参加（參加）
對 欠席（缺席）

**374** □□□
しゅっぱつ
**出発** ▶ しゅっぱつ ▶
自サ 出發；起步；開頭
類 スタート（start／出發（點），開始）
對 帰る（回歸，回來）

**375** □□□
しゅみ
**趣味** ▶ しゅみ ▶
名 興趣；嗜好
類 好み（愛好，嗜好）

**376** □□□
じゅんび
**準備** ▶ じゅんび ▶
名・他サ 籌備；準備
類 予定（預定）

**377** □□□
しょうかい
**紹介** ▶ しょうかい ▶
名・他サ 介紹
類 案内（引導，陪同遊覽）

**378** □□□
しょうがつ
**正月** ▶ しょうがつ ▶
名 正月，新年
類 元旦（元旦）

**Check 2** 必考詞組　　　　**Check 3** 必考例句

---

□ 十分に休む。
　充分休息。

▶ 今出れば、2時の会議に十分間に合いますよ。
　現在出門的話，距離兩點開會還有相當充裕時間喔。

---

□ 主人の帰りを待つ。
　等待丈夫回家。

▶ ご主人、入院なさったんですか。それはいけませんね。
　您先生住院了嗎？真糟糕呀。

---

□ メールを受信する。
　收簡訊。

▶ 受信した中国語のメールが文字化けしてしまった。
　收到的中文電子郵件亂碼了。

---

□ 出席を取る。
　點名。

▶ 会社からは私のほか8名が出席、ほかの会社からお客様が4名いらっしゃる。
　本公司除我之外還有八名出席，其他公司則將有四位客戶蒞臨。

---

□ 出発が遅れる。
　出發延遲。

▶ 出発の時間が30分早くなりました。
　出發的時間早了30分鐘。

---

□ 趣味が多い。
　興趣廣泛。

▶ 私の趣味は旅行です。
　我的興趣是旅行。

---

□ 準備が足りない。
　準備不夠。

▶ 旅行の準備をします。
　預做旅行的準備。

---

□ 家族に紹介する。
　介紹給家人認識。

▶ お客様に合う旅行の計画を紹介します。
　介紹符合客戶需求的旅遊行程。

---

□ 正月を迎える。
　迎新年。

▶ 子どもはお正月に「お年玉」がもらえます。
　小孩子在新年時可以領到「紅包」。

---

| Check 1 必考單字 | 高低重音 | 詞性、類義詞與對義詞 |
|---|---|---|

**379** ☐☐☐

しょうがっこう
**小学校** ▸ しょうがっこう ▸ 名 小學

**380** ☐☐☐

しょうせつ
**小説** ▸ しょうせつ ▸ 名 小說
類 物語（故事）

**381** ☐☐☐

しょうたい
**招待** ▸ しょうたい ▸ 名・他サ 邀請
類 招く（招呼，招待）

**382** ☐☐☐

しょうち
**承知** ▸ しょうち ▸ 名・他サ 知道，了解，同意；許可
類 約束（約定）
對 遠慮（謝絕）

**383** ☐☐☐

しょうらい
**将来** ▸ しょうらい ▸ 名・他サ 未來；將來
類 未来（將來，未來）
對 昔（過去）

**384** ☐☐☐

しょくじ
**食事** ▸ しょくじ ▸ 名・自サ 用餐，吃飯；飯，餐
類 ご飯（用餐，米飯）

**385** ☐☐☐

しょくりょうひん
**食料品** ▸ しょくりょうひん ▸ 名 食品
類 食べ物（食物）
對 飲み物（飲料）

**386** ☐☐☐

しょしんしゃ
**初心者** ▸ しょしんしゃ ▸ 名 初學者
類 素人（外行人）
對 プロ（professional／內行人）

**387** ☐☐☐

じょせい
**女性** ▸ じょせい ▸ 名 女性
類 女（女性，女子）
對 男（男性，男子）

| Check 2 必考詞組 | Check 3 必考例句 |
|---|---|
| □ 小学校に上がる。<br>上小學。 | ▶ 小学校入学のとき買ってもらった机を、今でも使っている。<br>進入小學就讀時家裡買給我的書桌，直到現在我還在用。 |
| □ 小説を書く。<br>寫小說。 | ▶ 長い小説だけれど、とうとう読み終わった。<br>雖然這部小說很長，還是終於讀完了。 |
| □ 招待を受ける。<br>接受邀請。 | ▶ 友達を家に招待しました。<br>朋友邀請我去了他家。 |
| □ 時間のお話、承知しました。<br>關於時間上的問題，已經明白了。 | ▶ 以上の条件を承知していただけますか。<br>請問上述條件您都同意嗎？ |
| □ 近い将来<br>最近的將來 | ▶ 将来は外国で働くつもりです。<br>我將來打算到國外工作。 |
| □ 食事が終わる。<br>吃完飯。 | ▶ 携帯電話を見ながら食事をするな。<br>不要邊吃飯邊看手機！ |
| □ そこで食料品を買う。<br>在那邊購買食材。 | ▶ 故郷の母から衣類や食料品が送られてきた。<br>媽媽從故鄉寄來了衣服和食物。 |
| □ テニスの初心者。<br>網球初學者。 | ▶ 初心者とは、初めて習う人、習い始めたばかりの人のことです。<br>所謂初學者是指第一次學習的人，或是剛剛學習的人。 |
| □ 女性は強くなった。<br>女性變堅強了。 | ▶ 会場には日本の着物を着た女性も見えました。<br>會場裡也看到了身穿日本和服的女性。 |

| Check 1　必考單字 | 高低重音 | 詞性、類義詞與對義詞 |
|---|---|---|

**388** □□□
知(し)らせる ▸ しらせる ▸ 他下一 通知，讓對方知道
類 伝(つた)える（傳達，轉告）

**389** □□□
調(しら)べる ▸ しらべる ▸ 他下一 查閱，調查；審訊；捜査
類 確(たし)かめる（查明）

**390** □□□
新規作成(しんきさくせい)・する ▸ しんきさくせいする ▸ 名・他サ 新作，從頭做起；（電腦檔案）開新檔案

**391** □□□
人口(じんこう) ▸ じんこう ▸ 名 人口
類 人数(にんずう)（人數）

**392** □□□
信号無視(しんごうむし) ▸ しんごうむし ▸ 名 違反交通號誌，闖紅（黃）燈

**393** □□□
神社(じんじゃ) ▸ じんじゃ ▸ 名 神社
類 寺(てら)（寺廟）

**394** □□□
親切(しんせつ) ▸ しんせつ ▸ 名・形動 親切，客氣
類 丁寧(ていねい)（客氣）
對 冷(つめ)たい（冷淡）

**395** □□□
心配(しんぱい) ▸ しんぱい ▸ 名・形動 擔心；操心，掛念，憂慮
類 緊張(きんちょう)（緊張）
對 安心(あんしん)（安心）

**396** □□□
新聞社(しんぶんしゃ) ▸ しんぶんしゃ ▸ 名 報社

| Check 2　必考詞組 | Check 3　必考例句 |
|---|---|

□ 警察に知らせる。
報警。

▶ もし雨が降りそうだったら、運動会をやるかどうか、9時までにお知らせいたします。
假如看起來可能下雨，至遲將於九點通知是否照常舉行運動會。

---

□ 辞書で調べる。
查字典。

▶ 韓国の文化について調べています。
蒐集韓國文化的資訊。

---

□ ファイルを新規作成する。
開新檔案。

▶ 新規作成の画面が現れましたら、新規作成ボタンをクリックします。
當看到新增檔案的畫面出現後，請點選新增檔案的按鈕。

---

□ 人口が多い。
人口很多。

▶ 東京の人口は、1000万人以上のはずだ。
東京的人口應該已經超過一千萬人了。

---

□ 信号無視をする。
違反交通號誌。

▶ 信号無視でけがした男の人が病院に運ばれた。
未遵守交通規則而受了傷的那個男人被送往醫院了。

---

□ 神社に参る。
參拜神社。

▶ お祭りのときの写真が神社に貼ってある。
祭典時拍攝的照片貼在神社裡。

---

□ 親切に教える。
親切地教導。

▶ 誠君は体が大きくて、親切で、とても男らしい人です。
小誠體格壯碩又待人親切，是個很有男子氣魄的人。

---

□ 娘が心配だ。
女兒真讓我擔心。

▶ 今のところ大きな地震の心配はありませんが、注意が必要です。
目前雖不必擔心會發生大地震，但還是需要小心防範。

---

□ 新聞社に勤める。
在報社上班。

▶ 学生は、将来新聞社に勤めたいと言っている。
學生說他將來想到報社工作。

| Check 1 / 必考單字 | 高低重音 | 詞性、類義詞與對義詞 |
|---|---|---|

**397** □□□
すいえい
水泳 ▶ すいえい ▶ 名 游泳
類 泳ぐ（游泳）

**398** □□□
すいどう
水道 ▶ すいどう ▶ 名 自來水；自來水管
類 蛇口（水龍頭）

**399** □□□
ずいぶん
随分 ▶ ずいぶん ▶ 副 相當地，比想像的更多
類 大分（相當地）

**400** □□□
すうがく
数学 ▶ すうがく ▶ 名 數學
類 算数（算數，計數）

**401** □□□
スーツ【suit】 ▶ スーツ ▶ 名 套裝
類 洋服（西裝）

**402** □□□
スーツケース
【suitcase】 ▶ スーツケース ▶ 名 行李箱；手提旅行箱
類 トランク（trunk／旅行大提包，皮箱）

**403** □□□
スーパー
【supermarket】之略 ▶ スーパー ▶ 名 超級市場
類 店（店家）

**404** □□□
す
過ぎる ▶ すぎる ▶ 自上一 超過；過於，過度；經過
類 通る（經過，穿過）

**405** □□□
す
～過ぎる ▶ ～すぎる ▶ 接尾 過於…
類 多い（多的）

| Check 2 必考詞組 | Check 3 必考例句 |
|---|---|
| □ 水泳が上手だ。<br>擅長游泳。 | ▶ 泳げないから、水泳の授業は嫌いです。<br>因為不會游泳，所以討厭上游泳課。 |
| □ 水道を引く。<br>安裝自來水。 | ▶ 私はガス代や水道代を払いに行ってくる。<br>我去繳交瓦斯費和水費。 |
| □ ずいぶんたくさんある。<br>非常多。 | ▶ 隆君は、一年でずいぶん大きくなったね。<br>才過一年，小隆長高不少呢！ |
| □ 数学の教師。<br>數學老師。 | ▶ 英語はクラスで一番だが、数学はだめだ。<br>我英文是全班第一，但是數學不行。 |
| □ スーツを着る。<br>穿套裝。 | ▶ うちの会社は、スーツでなくてもいい。<br>我們公司可以不穿西裝上班。 |
| □ スーツケースを持つ。<br>拿著行李箱。 | ▶ スーツケースが５つもあったので、タクシーに乗ってきました。<br>由於行李箱多達五個，因此搭計程車去了。 |
| □ スーパーへ買い物に行く。<br>去超市買東西。 | ▶ このスーパーは、金曜日に買うと新鮮な野菜が買える。<br>挑星期五上這家超市，就能買到新鮮的蔬菜。 |
| □ 冗談が過ぎる。<br>玩笑開得過火。 | ▶ クリスマスが過ぎると、すぐ新しい年だ。<br>聖誕節一結束，很快就要迎接新年的到來。 |
| □ 食べすぎる。<br>吃太多。 | ▶ 新しい言葉が多すぎて、どうしても全部覚えることができない。<br>新的詞彙太多，怎麼樣都沒辦法全部背下來。 |

| Check 1 必考單字 | 高低重音 | 詞性、類義詞與對義詞 |
|---|---|---|

**406** □□□
空く
すく

自五 有縫隙；（內部的人或物）變少；飢餓；有空閒；（心情）舒暢
類 少ない（不多的）　對 込む（擁擠）

**407** □□□
少ない
すくない

形 少，不多的
類 少し（少量）
對 多い（多）

**408** □□□
直ぐに
すぐに

副 馬上
類 すぐ（馬上）

**409** □□□
スクリーン
【screen】
スクリーン

名 螢幕

**410** □□□
すごい
すごい

形 厲害的，出色的；可怕的
類 すばらしい（出色的）

**411** □□□
進む
すすむ

自五 進展；前進；上升
類 動く（移動）
對 止まる（停止）

**412** □□□
スタートボタン
【start button】
スタートボタン

名 （微軟作業系統的）開機鈕

**413** □□□
すっかり
すっかり

副 完全，全部；已經；都
類 全然（完全）

**414** □□□
ずっと
ずっと

副 遠比…更；一直
類 いつも（隨時，往常）

| Check 2 必考詞組 | Check 3 必考例句 |
|---|---|
| □ バスは空いていた。<br>公車上沒什麼人。 | この店はいつも混んでいるが、今日は空いている。<br>這家店平常幾乎客滿，今天卻空蕩蕩的。 |
| □ お金が少ない。<br>錢很少。 | 病院の食事はまずいし、少ないし、もう嫌だ。<br>醫院的伙食不但難吃而且份量又少，我再也不想吃了！ |
| □ すぐに帰る。<br>馬上回來。 | 電車は、動き出したと思ったら、またすぐに止まった。<br>電車正要啟動，卻又馬上停了下來。 |
| □ 大きなスクリーン。<br>很大的銀幕。 | スクリーンは映画を映す幕のことだ。<br>銀幕是指播映電影的布幕。 |
| □ すごく暑い。<br>非常熱。 | これ、すごくおいしいわよ。<br>這個真是太好吃了！ |
| □ 仕事が進む。<br>工作進展下去。 | 800 メートルくらい進み、橋を渡ると、左にテニスコートがあります。<br>往前走800公尺左右，過橋後的左邊有一座網球場。 |
| □ スタートボタンを押す。<br>按開機鈕。 | この機械の赤いスタートボタンを押したら電気が付きますよ。<br>只要按下這部機器的紅色啟動按鈕，就會亮起來囉！ |
| □ すっかり変わった。<br>徹底改變了。 | 姑の介護ですっかり疲れてしまった。<br>為了照顧婆婆，我已經筋疲力竭了。 |
| □ ずっと家にいる。<br>一直待在家。 | 一週間もずっと雨が降っています。<br>已經整整下了一星期的雨。 |

| Check 1 必考單字 | 高低重音 | 詞性、類義詞與對義詞 |
|---|---|---|

**415** □□□
ステーキ
【steak】
▸ ステーキ ▸ 名 牛排

**416** □□□
す
捨てる
▸ すてる ▸ 他下一 丟掉，拋棄；放棄；置之不理
類 投げる（投擲）
な
對 拾う（撿拾）
ひろ

**417** □□□
ステレオ
【stereo】
▸ ステレオ ▸ 名 音響；立體聲
類 レコード（record／唱片）

**418** □□□
ストーカー
【stalker】
▸ ストーカー ▸ 名 跟蹤狂
類 変態（變態）
へんたい

**419** □□□
すな
砂
▸ すな ▸ 名 沙子
類 石（石頭）
いし

**420** □□□
す ば
素晴らしい
▸ すばらしい ▸ 形 了不起；出色，極好的
類 立派（了不起，優秀）
りっぱ

**421** □□□
すべ
滑る
▸ すべる ▸ 自五 滑（倒）；滑動；（手）滑；跌落
類 落ちる（掉落，下降，落選）
お

**422** □□□
すみ すみ
隅／角
▸ すみ ▸ 名 角落
類 角（角落）
かど

**423** □□□
す
済む
▸ すむ ▸ 自五 （事情）完結，結束；過得去，沒問題；（問題）解決，（事情）了結
類 終わる（結束）
お

| Check 2 必考詞組 | Check 3 必考例句 |
|---|---|
| □ ステーキを食べる。<br>吃牛排。 | ▶ フランス料理のフルコースでは、肉料理はステーキとローストが２品出ます。<br>法國菜的全餐中，肉類部分會送上牛排和烤牛肉兩道。 |
| □ ゴミを捨てる。<br>丟垃圾。 | ▶ 半分しか食べないままで捨てちゃだめ！<br>不可以只吃了一半就丟掉！ |
| □ ステレオをつける。<br>打開音響。 | ▶ このステレオは、壊れてしまったから捨てよう。<br>這部音響已經壞了，就扔了吧。 |
| □ ストーカー事件が起こる。<br>發生跟蹤事件。 | ▶ 最近、ストーカーらしい人がいるのですが、どうしたらいいでしょうか。<br>最近出現了一個疑似跟蹤狂的人，該怎麼辦才好呢？ |
| □ 砂が目に入る。<br>沙子掉進眼睛裡。 | ▶ 浜辺にいる子どもたちが砂のお城を造っている。<br>在海邊玩的孩子們正在堆沙堡。 |
| □ 素晴らしい映画を楽しむ。<br>欣賞一部出色的電影。 | ▶ スカイツリーの上から見た景色はすばらしいものでした。<br>從晴空塔上面俯瞰的景色真是太壯觀了！ |
| □ 道が滑る。<br>路滑。 | ▶ 滑って転んでしまい、恥ずかしさで死にそうだった。<br>不慎腳滑摔倒了，羞得我簡直想死。 |
| □ 隅から隅まで探す。<br>找遍了各個角落。 | ▶ その人形は、ほこりをかぶって部屋の隅に立っていた。<br>那個人偶布滿了灰塵，站在房間的角落。 |
| □ 宿題が済んだ。<br>作業寫完了。 | ▶ 朝食はパンとコーヒーで済ませた。<br>早餐用麵包和咖啡打發了。 |

| Check 1 必考單字 | 高低重音 | 詞性、類義詞與對義詞 |
|---|---|---|

**424** □□□
掏摸
すり
► すり ►
名 扒手，小偷
類 泥棒（小偷）

**425** □□□
すると
► すると ►
接續 於是；這樣一來，結果；那麼
類 けれど（然而）

**426** □□□
〜製
せい
► 〜せい ►
接尾 製品；…製

**427** □□□
生活
せいかつ
► せいかつ ►
自サ 生活；謀生
類 暮らし（生活，度日）

**428** □□□
請求書
せいきゅうしょ
► せいきゅうしょ ►
名 帳單，繳費單

**429** □□□
生産
せいさん
► せいさん ►
名・自サ 生産
類 作る（製作）

**430** □□□
政治
せいじ
► せいじ ►
名 政治
類 法律（行政，政務）

**431** □□□
西洋
せいよう
► せいよう ►
名 西洋，西方，歐美
類 欧米（歐美，西方）
對 東洋（亞洲，東方）

**432** □□□
世界
せかい
► せかい ►
名 世界；天地；世上
類 国際（國際）

| Check 2 / 必考詞組 | Check 3 / 必考例句 |
|---|---|
| □ スリに金を取られた。<br>錢被扒手偷了。 | ▶ クレジットカードが入った財布をスリに盗まれた。<br>放了信用卡的錢包被扒手偷走了。 |
| □ すると急に暗くなった。<br>結果突然暗了下來。 | ▶ 僕は彼女に花をあげました。すると、彼女はにっこり微笑みました。<br>我送了她一束花，然後她莞然一笑。 |
| □ 台湾製の靴を買う。<br>買台灣製的鞋子。 | ▶ 日本製の車はアジア諸国から、遠いアフリカまで輸出されている。<br>日本製的汽車出口到亞洲各國，甚至遠至非洲。 |
| □ 生活に困る。<br>不能維持生活。 | ▶ あと三日、2000円で生活しなければなりません。<br>還有整整三天，只能靠這兩千圓過活。 |
| □ 請求書が届く。<br>收到繳費通知單。 | ▶ 修理費として40万の請求書が届いた。<br>四十萬的修繕估價單送來了。 |
| □ 車を生産している。<br>正在生產汽車。 | ▶ 地震の影響で車の生産が止まった。<br>地震導致汽車停止生產。 |
| □ 政治に関係する。<br>參與政治。 | ▶ 政治とか経済とかのことは分かりません。<br>政治和經濟那些事我不懂。 |
| □ 西洋に旅行する。<br>去西方國家旅行。 | ▶ 西洋料理の中で、どの料理が好きですか。<br>在西洋料理當中，你喜歡哪一種呢？ |
| □ 世界に知られている。<br>聞名世界。 | ▶ 世界を知るために、いろいろな国へ行ってみたい。<br>我想去許多國家來認識這個世界。 |

| Check 1 必考單字 | 高低重音 | 詞性、類義詞與對義詞 |
|---|---|---|

**433** □□□
せき
席 ▶ せき ▶
名 席位；座位；職位
類 いす（椅子）

**434** □□□
せつめい
説明 ▶ せつめい ▶
名・他サ 說明；解釋
類 相談（商量）そうだん

**435** □□□
せなか
背中 ▶ せなか ▶
名 背脊；背部
類 背（身高，身材，背後）せ
對 腹（肚子）はら

**436** □□□
ぜひ
是非 ▶ ぜひ ▶
副 務必；一定；無論如何；是非；好與壞
類 必ず（一定，務必）かなら

**437** □□□
せわ
世話 ▶ せわ ▶
名・他サ 照顧，照料，照應
類 手伝う（幫忙）てつだ

**438** □□□
せん
線 ▶ せん ▶
名 線；線路
類 点（點）てん

**439** □□□
ぜんぜん
全然 ▶ ぜんぜん ▶
副 （接否定）完全不…，一點也不…；根本；簡直
類 ほとんど（大部份）

**440** □□□
せんそう
戦争 ▶ せんそう ▶
名 戰爭
類 喧嘩（吵架）けんか

**441** □□□
せんぱい
先輩 ▶ せんぱい ▶
名 前輩；學姐，學長；老前輩
類 目上（長輩，上司）めうえ
對 後輩（學弟妹，後來的同事）こうはい

| Check 2 / 必考詞組 | Check 3 / 必考例句 |
|---|---|
| □ 席を立つ。<br>起立。 | ▶ 飛行機は窓側の席を予約しました。<br>這趟航班我預約了靠窗的座位。 |
| □ 説明がたりない。<br>解釋不夠充分。 | ▶ 電話でお話したことについてご説明いたします。<br>稍早在電話裡報告的事在此向您說明。 |
| □ 背中が痛い。<br>背部疼痛。 | ▶ 写真を撮りますから、あごを引いて背中を伸ばしてください。<br>要為您拍照了，請縮下巴、挺直背部。 |
| □ ぜひおいでください。<br>請一定要來。 | ▶ この本、面白いですよ。ぜひ読んでみてください。<br>這本書很好看喔，請一定要閱讀！ |
| □ 世話になる。<br>受到照顧。 | ▶ 古沢さんには、いつもお世話になっております。<br>平時承蒙古澤小姐多方關照。 |
| □ 線を引く。<br>畫條線。 | ▶ 駅のホームでは白い線の内側に立ちます。<br>在車站的月台上要站在白線後面。 |
| □ 全然知らなかった。<br>那時完全不知道（有這麼回事）。 | ▶ フランス語は全然分かりません。<br>我完全不會講法語。 |
| □ 戦争になる。<br>開戦。 | ▶ 戦争のことは孫の代まで伝えていかなければならないと思っている。<br>我認為戰爭的真相必須讓子孫了解才行。 |
| □ 高校の先輩。<br>高中時代的學長姐。 | ▶ 今日は先輩におごってもらった。<br>今天讓學長破費了。 |

| Check 1　必考單字 | 高低重音 | 詞性、類義詞與對義詞 |
|---|---|---|

**442**☐☐☐
せんもん
**専門** ▸ せんもん ▸ 名 專業；攻讀科系
類 学部（…科系）

**443**☐☐☐
**そう** ▸ そう ▸ 副 那樣，那樣的
類 それ程（那麼地）

**444**☐☐☐
そうしん
**送信・する** ▸ そうしんする ▸ 名・他サ（電）發報，播送，發射；發
送（電子郵件）
對 受信（接收）

**445**☐☐☐
そうだん
**相談** ▸ そうだん ▸ 名・他サ 商量；協商；請教；建議
類 会議（會議）

**446**☐☐☐
そうにゅう
**挿入・する** ▸ そうにゅうする ▸ 名・他サ 插入，裝入
類 入れる（放入）

**447**☐☐☐
そう べつ かい
**送別会** ▸ そうべつかい ▸ 名 送別會

**448**☐☐☐
そだ
**育てる** ▸ そだてる ▸ 他下一 養育；撫育，培植；培養
類 教える（指導）

**449**☐☐☐
そつぎょう
**卒業** ▸ そつぎょう ▸ 名・他サ 畢業
類 終わる（結束，做完）
對 入学（入學，上學）

**450**☐☐☐
そつぎょうしき
**卒業式** ▸ そつぎょうしき ▸ 名 畢業典禮
類 卒業（畢業）
對 入学式（入學典禮）

| Check 2 / 必考詞組 | Check 3 / 必考例句 |
|---|---|

□ 歴史学を専門にする。
専攻歴史學。
▶ 大学院での専門は何ですか。
請問您在研究所專攻什麼領域呢？

□ 私もそう考える。
我也那樣認為。
▶ 彼がそうしたのには、何か訳があるはずです。
他之所以做那種事，應該有某種理由。

□ ファックスで送信する。
以傳真方式發送。
▶ メールを間違って送信してしまった。
我寄錯電子郵件了。

□ 相談で決める。
通過商討決定。
▶ 彼女は誰にも相談せずに留学を決めた。
她沒和任何人商量就決定留學了。

□ 地図を挿入する。
插入地圖。
▶ 本文の最後に広告を挿入してください。
請在內頁的最後插入廣告。

□ 送別会に参加する。
參加歡送會。
▶ 送別会のとき、挨拶をお願いしたいんだけど。
舉辦歡送會時，想麻煩您致詞。

□ 庭でトマトを育てる。
在庭院裡栽種番茄。
▶ 私は子どもを5人育てました。
我養大了五個孩子。

□ 大学を卒業する。
大學畢業。
▶ 大学卒業までに資格を取りたい。
我想在大學畢業前考到證照。

□ 卒業式を行う。
舉行畢業典禮。
▶ 卒業式も無事に終わって、学生生活もとうとう終わってしまった。
畢業典禮順利結束，學生生涯終於劃下句點了。

| Check 1　必考單字 | 高低重音 | 詞性、類義詞與對義詞 |
|---|---|---|

**451** □□□
**外側**（そとがわ）
▶ そ|とがわ ▶
名 外部，外面，外側
類 表（外表）（おもて）
對 内側（内部）（うちがわ）

**452** □□□
**祖父**（そふ）
▶ そ|ふ ▶
名 祖父，外祖父
類 祖父さん（爺爺，老爺爺）（じい）
對 祖母（祖母，奶奶）（そぼ）

**453** □□□
**ソフト【soft】** ▶ ソ|フト ▶
名・形動 柔軟，軟的；不含酒精的飲料；壘球（ソフトボール之略）；軟件（ソフトウェア之略）；禮帽（ソフト帽之略）
類 柔らか（柔軟）（やわ）

**454** □□□
**祖母**（そぼ）
▶ そ|ぼ ▶
名 祖母，奶奶，外婆
類 祖母さん（奶奶，老奶奶）（ばあ）
對 祖父（祖父，爺爺）（そふ）

**455** □□□
**それで**
▶ そ|れで ▶
接續 後來，那麼；因此
類 そこで（於是，〈轉移話題〉那麼）

**456** □□□
**それに**
▶ そ|れに ▶
接續 而且，再者；可是，但是
類 その上（而且）（うえ）

**457** □□□
**それはいけませんね**
▶ そ|れは|い|けませんね ▶
寒暄 那可不行

**458** □□□
**それ程**（ほど）
▶ そ|れほど ▶
副 那種程度，那麼地
類 そんなに（那麼…）

**459** □□□
**そろそろ**
▶ そ|ろそろ ▶
副 漸漸地；快要，不久；緩慢
類 間もなく（不久，馬上）（ま）

| **Check 2** 必考詞組 | **Check 3** 必考例句 |
|---|---|
| □ 外側に紙を貼る。<br>在外面貼上紙張。 | ▶ 箱の外側にきれいな紙を貼ります。<br>在盒子的外側貼上漂亮的紙。 |
| □ 祖父に会う。<br>和祖父見面。 | ▶ 祖父を東京見物に連れて行く。<br>我要帶爺爺去東京觀光。 |
| □ ソフトに問題がある。<br>軟體故障。 | ▶ 機械に問題はないが、ソフトに問題があるようだ。<br>機器本身沒有問題，但是軟體似乎有問題。 |
| □ 祖母がなくなる。<br>祖母過世。 | ▶ 祖母が料理が好きで、よく私に教えてくれた。<br>奶奶喜歡下廚，時常教我做菜。 |
| □ それでどうした？<br>然後呢？ | ▶ 最近、タバコをやめました。それで体調がよくなりました。<br>最近戒菸了，身體也跟著變好了。 |
| □ 晴れだし、それに風もない。<br>晴朗而且無風。 | ▶ この家はお買い得だよ。新しいし、それに安い。<br>這間房子很值得買喔！不但剛剛蓋好，而且價格便宜。 |
| □ 風邪ですか。それはいけませんね。<br>感冒了嗎？那真糟糕呀。 | ▶ 「ときどき頭が痛くなるんです。」「それはいけませんね。病気かもしれませんよ。」<br>「我常常頭痛。」「那可真糟糕，說不定生病了！」 |
| □ それほど寒くはない。<br>沒有那麼冷。 | ▶ このラーメン屋は有名だが、それほどおいしくない。<br>這家拉麵店雖然有名，但沒那麼好吃。 |
| □ そろそろ始める時間だ。<br>差不多要開始了。 | ▶ もういい歳なんだから、そろそろ将来のことを考えなさい。<br>已經長那麼大了，差不多該為未來打算了。 |

| Check 1 必考單字 | 高低重音 | 詞性、類義詞與對義詞 |
|---|---|---|

**460 □□□**

そんな ▶ そんな ▶ 形動 那樣的；哪裡

**461 □□□**

そんなに ▶ そんなに ▶ 連體 那麼，那樣
類 それほど（那麼地）

🎧 T1／50

**462 □□□**

～代 (だい) ▶ ～だい ▶ 接尾 年代，（年齡範圍）…多歲；時
代；代，任
類 時代 (じだい)（時代）

**463 □□□**

退院 (たいいん) ▶ たいいん ▶ 名・自サ 出院
對 入院 (にゅういん)（住院）

**464 □□□**

大学生 (だいがくせい) ▶ だいがくせい ▶ 名 大學生

**465 □□□**

大事 (だいじ) ▶ だいじ ▶ 名・形動 重要的，保重，重要；小心，
謹慎；大問題
類 大切 (たいせつ)（重要，心愛）

**466 □□□**

大体 (だいたい) ▶ だいたい ▶ 名・副 大部分；大致，大概；本來；根
本
類 大抵 (たいてい)（大概）

**467 □□□**

大抵 (たいてい) ▶ たいてい ▶ 名・副 大抵，大多；大概；普通；適
度；幾乎
類 大体 (だいたい)（大部分）

**468 □□□**

タイプ
【type】 ▶ タイプ ▶ 名・他サ 款式；類型；打字
類 形 (かたち)（形式）

| Check 2 / 必考詞組 | Check 3 / 必考例句 |
|---|---|
| □ そんなことはない。<br>不會，哪裡。 | そんな難しい漢字は書けません。<br>我竟不曉得總經理住院了，實在太失禮了。 |
| □ そんなに暑くない。<br>沒有那麼熱。 | そんなに食べられないから、1個でいいわ。<br>吃不了那麼多，給我一個就夠了。 |
| □ 20代前半の若い女性。<br>二十至二十五歲的年輕女性。 | 私の家族は、祖父の代からこの村に住んでいる。<br>我們家族從爺爺那一輩就住在這座村子裡了。 |
| □ 三日で退院できます。<br>三天後即可出院。 | お医者さんの話では、もうすぐ退院できるそうだ。<br>照醫師的說法，應該很快就能出院了。 |
| □ 大学生になる。<br>成為大學生。 | 大学生なら、このくらいの本は読めるだろう。<br>既然是大學生，這種程度的書應該看得懂吧？ |
| □ 大事になる。<br>成為大問題。 | ジュースのコップが倒れて、大事な書類が汚れてしまった。<br>打翻了裝有果汁的杯子，把重要的文件弄髒了。 |
| □ だいたい60人ぐらい。<br>差不多六十個人左右。 | そこから映画館には、だいたい3分くらいで着きます。<br>從那裡去電影院，大約三分鐘左右就到了。 |
| □ たいていの人が知っている。<br>大多數人都知道。 | 日曜日はたいてい近くの川へ釣りに行きます。<br>星期天大多都到附近的河邊釣魚。 |
| □ 好きなタイプ。<br>喜歡的類型。 | 軽くてノートのように薄いタイプのパソコンがほしいです。<br>我想要一台重量輕、像筆記本一樣的薄型電腦。 |

た
行

**Part 1**

| Check 1 / 必考單字 | 高低重音 | 詞性、類義詞與對義詞 |
|---|---|---|

**469 □□□**
大分
<sub>だい ぶ</sub>
▶ だいぶ ▶
副 大約，相當地
類 大体（大致）
<sub>だいたい</sub>

**470 □□□**
台風
<sub>たい ふう</sub>
▶ たいふう ▶
名 颱風

**471 □□□**
倒れる
<sub>たお</sub>
▶ たおれる ▶
自下一 倒塌，倒下；垮台；死亡
類 亡くなる（死亡）
<sub>な</sub>

**472 □□□**
だから
▶ だから ▶
接續 所以，因此
類 ので（因此）

**473 □□□**
確か
<sub>たし</sub>
▶ たしか ▶
副・形動 的確，確實；清楚，明瞭；似乎，大概
類 はっきり（明確）

**474 □□□**
足す
<sub>た</sub>
▶ たす ▶
他五 添，補足，增加

**475 □□□**
出す
<sub>だ</sub>
▶ だす ▶
他五・接尾 拿出，寄出；發生；開始…；…起來

**476 □□□**
訪ねる
<sub>たず</sub>
▶ たずねる ▶
他下一 拜訪，訪問
類 訪れる（訪問，到來）
<sub>おとず</sub>

**477 □□□**
尋ねる
<sub>たず</sub>
▶ たずねる ▶
他下一 問，打聽；尋問
類 聞く（聽，問）
<sub>き</sub>

122

| **Check 2** 必考詞組 | **Check 3** 必考例句 |
|---|---|
| □ だいぶ暖かくなった。<br>相當暖和了。 | ▶ どうしたの。だいぶ具合が悪そうだね。<br>怎麼了？看你好像身體很不舒服的樣子？ |
| □ 台風に遭う。<br>遭遇颱風。 | ▶ 台風のときは、海に行くな。<br>颱風來襲期間禁止去海邊！ |
| □ 家が倒れる。<br>房屋倒塌。 | ▶ 祖母が倒れたため、今から新潟に行きます。<br>由於奶奶病倒了，我現在就要趕往新潟。 |
| □ 日曜日だから家にいる。<br>因為是星期天所以在家。 | ▶ もう夕方だから、安くしておくよ。<br>已經傍晚了，算你便宜一點吧！ |
| □ 確かな返事をする。<br>確切的回答。 | ▶ 彼女が時間通りに来るのは確かですか。<br>她真的會準時到達嗎？ |
| □ 一万円を足す。<br>加上一萬日圓。 | ▶ みそを小さじ1杯足してください。<br>請加入一小匙味噌。 |
| □ 泣き出す。<br>開始哭起來。 | ▶ 家族が死んだら、次の年の年賀状は出しません。<br>假如適逢符喪期間，隔年就不寄送賀年卡。 |
| □ 大学の先生を訪ねる。<br>拜訪大學教授。 | ▶ お祖父さんは子どもや孫たちが訪ねてきて嬉しそうだ。<br>見到兒女和孫兒來探望，令祖父看起來很開心呢！ |
| □ 道を尋ねる。<br>問路。 | ▶ 外国人が私に道を尋ねました。<br>外國人向我問了路。 |

123

| Check 1 必考單字 | 高低重音 | 詞性、類義詞與對義詞 |
|---|---|---|

478 □□□
ただいま ただいま
**唯今／只今** ▸ ただいま ▸ 名·副 馬上，剛才；我回來了
類 今（現在）

479 □□□
ただ
**正しい** ▸ ただしい ▸ 形 正確；端正；合情合理
類 確かな（確切）

480 □□□
たたみ
**畳** ▸ たたみ ▸ 名 榻榻米

481 □□□
た
**立てる** ▸ たてる ▸ 他下一 直立，立起，訂立；揚起；掀起；安置；保持
類 起こす（扶起）

482 □□□
た
**建てる** ▸ たてる ▸ 他下一 建立，建造
類 立てる（立起）

483 □□□
たと
**例えば** ▸ たとえば ▸ 副 例如

484 □□□
たな
**棚** ▸ たな ▸ 名 架子，棚架
類 本棚（書架）

485 □□□
たの
**楽しみ** ▸ たのしみ ▸ 名·形動 期待；快樂
類 喜び（喜悅，高興）
對 苦しみ（苦痛）

486 □□□
たの
**楽しむ** ▸ たのしむ ▸ 他五 享受，欣賞，快樂；以…為消遣；期待，盼望
類 喜ぶ（喜悅，高興） 對 苦しい（痛苦）

| Check 2 / 必考詞組 | Check 3 / 必考例句 |
|---|---|
| □ ただいま電話中です。<br>目前正在通話中。 | ただいま、お調べしますので、お待ちください。<br>現在立刻為您查詢，敬請稍候。 |
| □ 正しい答え<br>正確的答案 | 選択肢の中では2が正しい。<br>選項中的正確答案是2。 |
| □ 畳を換える。<br>換新榻榻米。 | 畳の上で寝たら、体が痛くなった。<br>睡在榻榻米上，身體好痛。 |
| □ 計画を立てる。<br>制訂計畫。 | この「計画」のポイントは、無理な計画を立てないことです。<br>這項「計畫」的重點是不要規劃無法完成的計畫。 |
| □ 家を建てる。<br>蓋房子。 | このお寺は、今から1300年前に建てられました。<br>這座寺院是距今1300年前落成的。 |
| □ これは例えばの話だ。<br>這只是打個比方。 | 果物でしたら、例えばみかん、りんご、バナナなども売っています。<br>以水果來說，例如橘子、蘋果、香蕉等都有販售。 |
| □ 棚に人形を飾る。<br>在架子上擺飾人偶。 | 棚から荷物を下ろします。<br>從架子把東西搬下來。 |
| □ 釣りをするのが楽しみです。<br>很期待去釣魚。 | このドラマを毎週楽しみにしています。<br>每星期都很期待收看這部影集。 |
| □ 音楽を楽しむ。<br>欣賞音樂。 | 夜景を眺めながら、1杯のワインをゆっくり楽しんだ。<br>一面欣賞夜景，一面慢慢品味一杯紅酒。 |

| Check 1 必考單字 | 高低重音 | 詞性、類義詞與對義詞 |
|---|---|---|

**487** □□□
た ほうだい
食べ放題 ▶ たべほうだい ▶
名 吃到飽，盡量吃，隨意吃
類 飲み放題（喝到飽）

**488** □□□
たま
偶に ▶ たまに ▶
副 偶然，偶爾，有時
類 ときどき（偶爾）
對 いつも（經常）

**489** □□□
ため
為 ▶ ため ▶
名 為了…由於；（表目的）為了；
（表原因）因為
類 ので（因為，由於）

**490** □□□
だめ
駄目 ▶ だめ ▶
名・形動 不行；沒用；無用
類 いや（不，不對）
對 良い（良好）

**491** □□□
た
足りる ▶ たりる ▶
自上一 足夠；可湊合；值得
類 足す（加上，添上）
對 除く（除外，除了）

**492** □□□
だんせい
男性 ▶ だんせい ▶
名 男性
類 男（男性，男子）
對 女（女性，女子）

**493** □□□
だんぼう
暖房 ▶ だんぼう ▶
名・他サ 暖氣；供暖
類 エアコン（air conditioner／空調）
對 冷房（冷氣設備）

**494** □□□
ち
血 ▶ ち ▶
名 血液，血；血緣
類 汗（汗）
對 肉（肉）

**495** □□□
ちい
小さな ▶ ちいさな ▶
連體 小，小的；年齡幼小
對 大きな（大的）

| **Check 2** 必考詞組 | **Check 3** 必考例句 |
|---|---|

□ このレストランは食<sup>た</sup>べ放題<sup>ほうだい</sup>だ。
這是間吃到飽的餐廳。

▶ 函館<sup>はこだて</sup>でおいしいものをお腹<sup>なか</sup>いっぱい食<sup>た</sup>べたければ、食<sup>た</sup>べ放題<sup>ほうだい</sup>コースがお勧<sup>すす</sup>めですよ。
假如想在函館盡情享用美食，建議選擇吃到飽的行程喔！

---

□ たまにテニスをする。
偶爾打網球。

▶ 母<sup>はは</sup>はいつも優<sup>やさ</sup>しいが、たまに怒<sup>おこ</sup>るととても恐<sup>こわ</sup>い。
媽媽平常都很溫柔，但偶爾生氣的時候會變得非常可怕。

---

□ 病気<sup>びょうき</sup>のために休<sup>やす</sup>む。
因為有病而休息。

▶ ゴミを減<sup>へ</sup>らすために、買<sup>か</sup>い物<sup>もの</sup>には自分<sup>じぶん</sup>の袋<sup>ふくろ</sup>を持<sup>も</sup>って行<sup>い</sup>く。
為了垃圾減量，我購物時總是自備袋子。

---

□ 野球<sup>やきゅう</sup>は上手<sup>じょうず</sup>だがゴルフはだめだ。
雖然很會打棒球，但高爾夫就完全不行了。

▶ ビルの前<sup>まえ</sup>は車<sup>くるま</sup>を止<sup>と</sup>めてはだめなんですよ。
不可以把車子停在大廈前面喔！

---

□ お金<sup>かね</sup>が足<sup>た</sup>りない。
錢不夠。

▶ 一ヶ月<sup>いっかげつ</sup>ぐらいヨーロッパへ遊<sup>あそ</sup>びに行<sup>い</sup>きたいんですが、40万円<sup>まんえん</sup>で足<sup>た</sup>りますか。
我想去歐洲玩一個月左右，請問四十萬圓夠嗎？

---

□ 大人<sup>おとな</sup>の男性<sup>だんせい</sup>を紹介<sup>しょうかい</sup>する。
介紹(妳認識)穩重的男士。

▶ 女性<sup>じょせい</sup>の服<sup>ふく</sup>は本館<sup>ほんかん</sup>の3階<sup>がい</sup>、男性<sup>だんせい</sup>の服<sup>ふく</sup>は本館<sup>ほんかん</sup>の4階<sup>かい</sup>です。
仕女服專櫃位於本館三樓，紳士服專櫃位於本館四樓。

---

□ 暖房<sup>だんぼう</sup>を付<sup>つ</sup>ける。
開暖氣。

▶ この辺<sup>あた</sup>りは暖<sup>あたた</sup>かいから、暖房<sup>だんぼう</sup>はなくてもかまわない。
這一帶很溫暖，不開暖氣也沒關係。

---

□ 赤<sup>あか</sup>い血<sup>ち</sup>。
鮮紅的血。

▶ ここ、どうしたの。血<sup>ち</sup>が出<sup>で</sup>ているよ。
你這裡怎麼了？流血了耶！

---

□ 小<sup>ちい</sup>さな声<sup>こえ</sup>で話<sup>はな</sup>す。
小聲說話。

▶ 多<sup>おお</sup>くの人<sup>ひと</sup>が分<sup>わ</sup>からないくらいの小<sup>ちい</sup>さな地震<sup>じしん</sup>は、1年<sup>ねん</sup>に5000回<sup>かいいじょう</sup>以上起<sup>お</sup>きています。
至於多數人都無法察覺的小地震，每年發生超過五千次。

| Check 1 必考單字 | 高低重音 | 詞性、類義詞與對義詞 |
|---|---|---|
| 496 □□□<br>ちかみち<br>近道 | ▶ ちかみち | ▶ 名 捷徑，近路<br>類 裏道（近路）<br>對 回り道（繞遠路） |
| 497 □□□<br>チェック<br>【check】 | ▶ チェック | ▶ 名・他サ 檢查；核對；對照；支票；花格；將軍（西洋棋）<br>類 調べる（調查） |
| 498 □□□<br>ちから<br>力 | ▶ ちから | ▶ 名 力量，力氣；能力；壓力；勢力<br>類 エネルギー（Energie／活力）<br>對 心（心情） |
| 499 □□□<br>ち かん<br>痴漢 | ▶ ちかん | ▶ 名 流氓，色情狂<br>類 ストーカー（stalker／跟蹤狂） |
| 500 □□□<br>ちっ<br>些とも | ▶ ちっとも | ▶ 副 一點也不…<br>類 すっかり（完全） |
| 501 □□□<br>～ちゃん | ▶ ～ちゃん | ▶ 接尾（表親暱稱謂）小…，表示親愛（「さん」的轉音）<br>類 君（君） |
| 502 □□□<br>ちゅうい<br>注意 | ▶ ちゅうい | ▶ 名・自他サ 注意，小心，仔細，謹慎；給建議，忠告<br>類 用意（注意） |
| 503 □□□<br>ちゅうがっこう<br>中学校 | ▶ ちゅうがっこう | ▶ 名 國中 |
| 504 □□□<br>ちゅう し<br>中止 | ▶ ちゅうし | ▶ 名・他サ 中止<br>類 止める（停止）<br>對 続く（繼續） |

## Check 2 / 必考詞組

□ 近道をする。
抄近路。

□ チェックが厳しい。
檢驗嚴格。

□ 力になる。
幫助；有依靠。

□ 男性は痴漢をしていた。
這個男人曾經對人做過性
騷擾的舉動。

□ ちっとも疲れていない。
一點也不累。

□ 健ちゃん、ここに来て。
小健，過來這邊。

□ 車に注意しましょう。
要小心車輛。

□ 中学校に入る。
上中學。

□ 中止になる。
活動暫停。

## Check 3 / 必考例句

▶ 畑の中を行けば近道だ。
從田地穿過去就是捷徑。

▶ ここを通る車はすべて厳しくチェックされました。
舉凡經過這裡的車輛全部都經過了嚴格的查核。

▶ 女なのに力が強い。
區區一個女人，力氣卻很大。

▶ 電車で痴漢にあった。
我在電車上遇到色狼了。

▶ 皆が彼はすごいと言うけど、私はちっともすごいと思わない。
大家都說他很厲害，我卻一點都不覺得他厲害。

▶ あ、けんちゃん、どこ行くの？
啊，小健，你要去哪裡？

▶ 誠君はいくら注意しても勉強しない。
不管訓過小誠多少次，他就是不肯用功。

▶ 天気が良かったら、午前10時までに中学校にお集まりください。
如果天氣晴朗，請在早上十點前到中學集合。

▶ 雨が降れば、旅行は中止です。
假如下雨，就取消旅行。

| Check 1　必考單字 | 高低重音 | 詞性、類義詞與對義詞 |
|---|---|---|
| 505 □□□<br>ちゅうしゃ<br>注射 | ちゅうしゃ | 自・他サ 注射，打針 |
| 506 □□□<br>ちゅうしゃ い はん<br>駐車違反 | ちゅうしゃいはん | 名 違規停車 |
| 507 □□□<br>ちゅうしゃじょう<br>駐車場 | ちゅうしゃじょう | 名 停車場 |
| 508 □□□<br>ちょう<br>〜町 | 〜ちょう | 名 鎮 |
| 509 □□□<br>ち り<br>地理 | ちり | 名 地理<br>類 地図（地圖） |
| 510 □□□<br>つうこう ど<br>通行止め | つうこうどめ | 名 禁止通行，無路可走 |
| 511 □□□<br>つうちょう き にゅう<br>通帳記入 | つうちょうきにゅう | 名 補登錄存摺 |
| 512 □□□<br>つ<br>（に）就いて | （に）ついて | 連語 關於<br>類 関して（關於） |
| 513 □□□<br>つか<br>捕まえる | つかまえる | 他下一 逮捕，抓；握住<br>類 捕らえる（逮捕，捉住） |

| Check 2 必考詞組 | Check 3 必考例句 |
|---|---|
| □ 注射を打つ。<br>打針。 | ▶ 男の子は注射を見て激しく泣き出した。<br>小男孩一看到針筒就嘶吼大哭了。 |
| □ 駐車違反になる。<br>違規停車。 | ▶ 彼は駐車違反で罰金をとられた。<br>他因為違規停車而遭到了罰款。 |
| □ 駐車場を探す。<br>找停車場。 | ▶ ここから 500 メートルぐらい行ったところに駐車場があります。<br>從這裡走五百公尺左右有一座停車場。 |
| □ 町長になる。<br>當鎮長。 | ▶ 彼は松の木町の町長に選ばれた。<br>他被選為松木鎮的鎮長。 |
| □ 地理を研究する。<br>研究地理。 | ▶ 地理とか歴史とか、社会科は好きじゃありません。<br>我不喜歡讀地理和歷史之類的社會科。 |
| □ 通行止めになっている。<br>規定禁止通行。 | ▶ 土砂崩れで、道路が通行止めになっています。<br>由於土石流而封鎖道路。 |
| □ 通帳記入をする。<br>補登錄存摺。 | ▶ 通帳記入欄がいっぱいになった。<br>存摺內頁已經刷滿了。 |
| □ 日本の歴史について研究する。<br>研究日本的歷史。 | ▶ これは、果物の輸入についてのグラフです。<br>這是有關水果進口狀況的圖表。 |
| □ 犯人を捕まえる。<br>捉犯人。 | ▶ 虫を捕まえるなど気持ち悪くてだめです。<br>抓蟲子實在太噁心了，我辦不到。 |

| Check 1　必考單字 | 高低重音 | 詞性、類義詞與對義詞 |
|---|---|---|
| 514 □□□<br>月<br>（つき） | つき | 名 月亮<br>類 星（星星）<br>對 日（太陽） |
| 515 □□□<br>月<br>（つき） | つき | 名 …個月；月份 |
| 516 □□□<br>点く<br>（つ） | つく | 自五 點亮，點上，（火）點著<br>類 点ける（點燃）<br>對 消える（火，燈等熄滅） |
| 517 □□□<br>作る<br>（つく） | つくる | 他五 作；創造；制定；編造；形成<br>類 生産（生産） |
| 518 □□□<br>漬ける<br>（つ） | つける | 他下一 浸泡；醃<br>類 浸す（浸泡，浸漬） |
| 519 □□□<br>点ける<br>（つ） | つける | 他下一 打開（家電類）；點燃<br>類 入れる（點燈）<br>對 消す（關掉） |
| 520 □□□<br>付ける（気を<br>付ける）<br>（つ）（き）（つ） | つける | 他下一 加上，安裝，配戴；寫上；察覺<br>到 |
| 521 □□□<br>都合<br>（つごう） | つごう | 名・他サ 情況，方便度；準備，安排；<br>設法；湊巧<br>類 具合（情況） |
| 522 □□□<br>伝える<br>（つた） | つたえる | 他下一 傳達，轉告；傳導<br>類 知らせる（通知） |

| **Check 2** 必考詞組 | **Check 3** 必考例句 |
|---|---|
| □ 月が見える。<br>可以看到月亮。 | ▶ 雲の間から月が出てきた。<br>月亮從雲隙間出現了。 |
| □ 月に一度集まる。<br>一個月集會一次。 | ▶ 単身赴任の夫とは月に2回しか会えません。<br>我和外派的丈夫每個月只能見兩次面。 |
| □ 電灯が点いた。<br>電燈亮了。 | ▶ 台風のため、電気が点かないうえ、水道も止まった。<br>颱風不僅造成停電，甚至導致停水。 |
| □ おつまみを作る。<br>作下酒菜。 | ▶ 趣味は、人形を作ることです。<br>我的興趣是製作人偶。 |
| □ 梅を漬ける。<br>醃梅子。 | ▶ お隣の奥さんに、自分で漬けた白菜をいただいた。<br>鄰居太太送來了自己醃的白菜。 |
| □ 火をつける。<br>點火。 | ▶ 昨夜テレビをつけっぱなしにして寝てしまった。<br>昨晚沒關電視就睡著了。 |
| □ 日記を付ける。<br>寫日記。 | ▶ 髪に飾りを付けます。<br>往頭髮別上髮夾。 |
| □ 都合が悪い。<br>不方便。 | ▶ 妹が都合が悪くなったから、僕が行かされた。<br>因為妹妹時間不方便，所以就派我去了。 |
| □ 気持ちを伝える。<br>將感受表達出來。 | ▶ お父様、お母様によろしくお伝えください。<br>請向令尊令堂代為問安。 |

| Check 1 必考單字 | 高低重音 | 詞性、類義詞與對義詞 |
|---|---|---|

**523** □□□
続く
つづく

> 自五 繼續；接連；跟著；堅持
> 類 続ける（持續）
> 對 切る（中斷）

**524** □□□
続ける
つづける

> 他下一 持續，繼續；接著
> 類 つながる（接連）
> 對 やめる（停止，放棄）

**525** □□□
包む
つつむ

> 他五 包圍，包住，包起來；隱藏；束起
> 類 入れる（裝進，放入）
> 對 開ける（打開）

**526** □□□
妻
つま

> 名 妻子，太太（自稱）
> 類 家内（內人，妻子）
> 對 夫（丈夫）

**527** □□□
爪
つめ

> 名 指甲；爪

**528** □□□
積もり
つもり

> 名 打算，企圖；估計，預計；（前接動詞過去形）（本不是那樣）就當作…

**529** □□□
積もる
つもる

> 他五・自五 堆積

**530** □□□
釣る
つる

> 他五 釣，釣魚；引誘
> 類 上げる（舉起，提高）

**531** □□□
連れる
つれる

> 自他下一 帶領，帶著
> 類 案内（引導）

| Check 2 必考詞組 | Check 3 必考例句 |
|---|---|
| □ いいお天気が続く。<br>連續是好天氣。 | ▶ これはインフルエンザですね。三日ほど高い熱が続くかもしれません。<br>這是流行性感冒喔，說不定會連續高燒三天。 |
| □ 話を続ける。<br>繼續講。 | ▶ ブログを書き続けるのは、けっこう大変なことだ。<br>要持續寫部落格需要很大的毅力。 |
| □ 体をタオルで包む。<br>用浴巾包住身體。 | ▶ 黒い毛皮のコートに身を包んだ女性は俳優です。<br>那位身穿黑色毛皮大衣的女人是演員。 |
| □ 妻も働いている。<br>妻子也在工作。 | ▶ 誕生日に、妻から手袋をもらった。<br>生日時，太太送了我手套。 |
| □ 爪を切る。<br>剪指甲。 | ▶ 伸ばしていた爪が、折れてしまった。<br>長長的指甲折斷了。 |
| □ 電車で行くつもりだ。<br>打算搭電車去。 | ▶ 大学には進学せずに、就職するつもりです。<br>我不打算上大學，想去工作。 |
| □ 塵が積もる。<br>堆積灰塵。 | ▶ 雪がどんどん積もっていきます。<br>雪越積越多。 |
| □ 甘い言葉で釣る。<br>用動聽的話語引誘。 | ▶ その旅館では、窓から魚が釣れるらしい。<br>聽說在那家旅館可以在窗前釣魚。 |
| □ 連れて行く。<br>帶去。 | ▶ 昨日は子どもを病院へ連れて行きました。<br>昨天帶孩子去了醫院。 |

| Check 1　必考單字 | 高低重音 | 詞性、類義詞與對義詞 |
|---|---|---|
| 532 □□□<br>ていねい<br>丁寧 | ▸ ていねい ▸ | 名・形動 對事物的禮貌用法；客氣；仔細<br>類 親切（親切，客氣） |
| 533 □□□<br>テキスト<br>【text】 | ▸ テキスト ▸ | 名 課本，教科書<br>類 教科書（課本） |
| 534 □□□<br>てきとう<br>適当 | ▸ てきとう ▸ | 名・自サ・形動 適當；適度；隨便<br>類 正しい（正確） |
| 535 □□□<br>で き<br>出来る | ▸ できる ▸ | 自上一 完成；能夠<br>類 済む（〈事情〉完結） |
| 536 □□□<br>で き<br>出来るだけ | ▸ できるだけ ▸ | 副 盡可能<br>類 なるべく（盡可能，盡量） |
| 537 □□□<br>～でございます | ▸ ～でございます ▸ | 自・特殊形 「だ」、「です」、「である」的鄭重說法<br>類 である（表斷定，說明） |
| 538 □□□<br>～てしまう | ▸ ～てしまう ▸ | 他五 強調某一狀態或動作徹底完了；懊悔<br>類 終わる（結束，做完） |
| 539 □□□<br>デスクトップ(パソコン)【desktop personal computer】之略 | ▸ デスクトップ<br>（パソコン） ▸ | 名 桌上型電腦<br>類 パソコン（Personal Computer／個人電腦） |
| 540 □□□<br>て つだ<br>手伝い | ▸ てつだい ▸ | 名 幫助；幫手；幫傭 |

| Check 2 必考詞組 | Check 3 必考例句 |
|---|---|
| □ 丁寧に読む。<br>仔細閲讀。 | ▶ 字はもっと丁寧に書きなさい。<br>請更用心寫字。 |
| □ 英語のテキスト<br>英文教科書 | ▶ テキストの12行目を読んでください。<br>請讀教科書的第十二行。 |
| □ 適当に運動する。<br>適度地運動。 | ▶ 次の3つの選択肢から適当なものを選びなさい。<br>請從下列三個選項中挑選適切的答案。 |
| □ 食事ができた。<br>飯做好了。 | ▶ 外国語ができるかどうかで、給料が違います。<br>薪資視具有外語能力與否而有所不同。 |
| □ できるだけ日本語を使う。<br>盡量使用日文。 | ▶ 子どもにはできるだけ、自分のことは自分でさせたいと思っています。<br>我希望讓孩子盡量自己的事情自己做。 |
| □ こちらがビールでございます。<br>為您送上啤酒。 | ▶ 山田産業の加藤でございます。<br>我是山田產業的加藤。 |
| □ 食べてしまう。<br>吃完。 | ▶ この暑さで、パンにかびが生えてしまった。<br>在這麼熱的氣溫下，麵包發霉了。 |
| □ デスクトップを買う。<br>購買桌上型電腦。 | ▶ かわいい花のかたちの時計をデスクトップに置いてみました。<br>在桌面上設置了可愛的花型時鐘。 |
| □ 手伝いを頼む。<br>請求幫忙。 | ▶ 入院している人の食事の手伝いをします。<br>我協助住院患者用餐。 |

137

| Check 1 必考單字 | 高低重音 | 詞性、類義詞與對義詞 |
|---|---|---|

**541** □□□
テニス
【tennis】
▶ テニス ▶ 名 網球

**542** □□□
テニスコート
【tennis court】
▶ テニスコート ▶ 名 網球場
類 野球場 (棒球場)

**543** □□□
手袋
てぶくろ
▶ てぶくろ ▶ 名 手套
類 グローブ (glove／手套)

**544** □□□
手前
てまえ
▶ てまえ ▶ 名・代 眼前；靠近自己這一邊；（當著
…的）面前；（謙）我，（藐）你

**545** □□□
手元
てもと
▶ てもと ▶ 名 身邊，手頭；膝下；生活，生計
類 周り (周圍，周邊)

**546** □□□
寺
てら
▶ てら ▶ 名 寺院
類 寺院 (寺廟，寺院)

**547** □□□
点
てん
▶ てん ▶ 名・接尾 分數；點；方面；觀點；
（得）分，件
類 ポイント (point／點，小數點，
分數)

**548** □□□
店員
てんいん
▶ てんいん ▶ 名 店員
類 店長 (店長)
對 店主 (老闆)

**549** □□□
天気予報
てんきよほう
▶ てんきよほう ▶ 名 天氣預報
類 お天気 (天氣，晴天)

| Check 2 / 必考詞組 | Check 3 / 必考例句 |
|---|---|
| □ テニスをやる。<br>打網球。 | ▶ 学生の時はテニスサークルでいつもテニスをしていた。<br>學生時代在網球社裡一天到晚打網球。 |
| □ テニスコートでテニスをやる。<br>在網球場打網球。 | ▶ テニスコートは昼のように明るかった。<br>網球場和白天一樣明亮。 |
| □ 手袋を取る。<br>摘下手套。 | ▶ 店員に勧められた白い手袋に決めた。<br>我決定買店員推薦的白手套了。 |
| □ 手前にある箸を取る。<br>拿起自己面前的筷子。 | ▶ ホテル大阪の看板の少し手前が公園の入り口になります。<br>從大阪旅館的招牌再往前一點，就是公園的入口。 |
| □ 手元にない。<br>手邊沒有。 | ▶ お手元の企画書をご覧ください。<br>請看手邊的企畫書。 |
| □ お寺はたくさんある。<br>有許多寺院。 | ▶ 日本人は、大みそかは寺に行き、元旦は神社に行く。<br>日本人會在除夕夜去寺院，元旦則到神社參拜。 |
| □ 点を取る。<br>得分。 | ▶ 1点足りなくて、試験に落ちてしまった。<br>我少了一分，沒通過考試。 |
| □ 店員を呼ぶ。<br>叫喚店員。 | ▶ 店員：「袋に入れますか。」客：「いいえ、そのままでいいです。」<br>「店員：要不要幫您裝袋？」「顧客：不必，我直接帶走就好。」 |
| □ ラジオの天気予報を聞く。<br>聽收音機的氣象預報。 | ▶ 天気予報では午前中はいい天気だそうですよ。<br>根據氣象預報，上午應該是好天氣。 |

| Check 1 必考單字 | 高低重音 | 詞性、類義詞與對義詞 |
|---|---|---|

**550** □□□
でんとう
電灯 ▶ でんとう ▶
名 電燈
類 明かり（亮光，燈）

**551** □□□
てんぷ
添付・する ▶ てんぷする ▶
名・他サ 添上，附上；（電子郵件）附加檔案
類 付ける（加上）

**552** □□□
でんぽう
電報 ▶ でんぽう ▶
名 電報
類 電文（電報的內文）

**553** □□□
てんらんかい
展覧会 ▶ てんらんかい ▶
名 展覽會
類 説明会（說明會）

**554** □□□
どうぐ
道具 ▶ どうぐ ▶
名 道具；工具；手段
類 器具（器具，用具）

**555** □□□
とうとう
到頭 ▶ とうとう ▶
副 終於，到底，終究
類 やっと（終於）

**556** □□□
どうぶつえん
動物園 ▶ どうぶつえん ▶
名 動物園

**557** □□□
とうろく
登録・する ▶ とうろくする ▶
名・他サ 登記；（法）登記，註冊；記錄
類 参加（參加）

**558** □□□
とお
遠く ▶ とおく ▶
名・副 遠處；很遠；差距很大
對 近く（近處）

| **Check 2** 必考詞組 | **Check 3** 必考例句 |
|---|---|
| □ 電灯がつく。<br>點亮電燈。 | ▶ 勉強しようと電灯をつけたばかりなのに、もう寝てしまった。<br>為了用功才剛剛把燈打開，卻睡著了。 |
| □ 写真を添付する。<br>附上照片。 | ▶ 図書館でコピーした資料を添付いたしましたので、ご参考までにご覧ください。<br>後面附上了在圖書館影印的資料，敬請參閱。 |
| □ 電報が来る。<br>來電報。 | ▶ 友人の結婚の知らせを聞いて、祝福の気持ちを込めて電報を打ちました。<br>聽到朋友即將結婚的佳音，我打了電報送上祝福。 |
| □ 展覧会を開く。<br>舉辦展覽會。 | ▶ 私の絵の展覧会に、内田さんも来てくださった。<br>內田先生也特地來看了我的畫展。 |
| □ 道具を使う。<br>使用道具。 | ▶ 人は言葉を話したり、道具を使ったりすることができます。<br>人類會說話，也會使用工具。 |
| □ とうとう彼は来なかった。<br>他終究沒來。 | ▶ 1年もかかったけど、とうとう治った。<br>耗費了一整年，終於把病治好了。 |
| □ 動物園に行く。<br>去動物園。 | ▶ 上野動物園で、パンダを見たことがある。<br>我曾在上野動物園看過貓熊。 |
| □ お客様の名前を登録する。<br>登記貴賓的大名。 | ▶ 暗証番号はご自身で登録していただいた4桁の数字です。<br>密碼是您親自註冊過的四位數字。 |
| □ 遠くから人が来る。<br>有人從遠處來。 | ▶ 遠くに山が見えます。<br>能夠遠遠地眺望山景。 |

た
行

Part
1

| Check 1 必考單字 | 高低重音 | 詞性、類義詞與對義詞 |
|---|---|---|

559 □□□
とお
通り ▸ とおり ▸ 名・接尾 道路，大街；（「どおり」接名詞後）一樣，照…樣；表示程度

560 □□□
とお
通る ▸ とおる ▸ 自五 經過；通過；合格；暢通；滲透；響亮
類 過ぎる（經過）

561 □□□
とき
時 ▸ とき ▸ 名 …時，時候；時期
類 頃（時候）

562 □□□
とく
特に ▸ とくに ▸ 副 特地，特別
類 別に（除外，特殊，特別）

563 □□□
とくばいひん
特売品 ▸ とくばいひん ▸ 名 特賣商品，特價商品

564 □□□
とくべつ
特別 ▸ とくべつ ▸ 形動 特別，特殊
類 大事な（要緊的）
對 一般（普通，一般）

565 □□□
とこや
床屋 ▸ とこや ▸ 名 理髮店；理髮師

566 □□□
とし
年 ▸ とし ▸ 名 年齡；一年；歲月；年代
類 歳（年齡）

567 □□□
とちゅう
途中 ▸ とちゅう ▸ 名 半路上，中途；半途
類 中途（中途，半路）

142

| **Check 2** 必考詞組 | **Check 3** 必考例句 |
|---|---|
| □ いつもの通り。<br>一如往常。 | ▶ 通りから遠い部屋の方がいいです。<br>我比較想要遠離馬路的房間。 |
| □ 左側を通る。<br>靠左邊走。 | ▶ 家の前をバスが通ります。<br>巴士會經過家門前。 |
| □ 時が来る。<br>時機到來；時候到來。 | ▶ 靴を買うときは、履いて少し歩いてみるといいですよ。<br>買鞋子的時候最好試穿，並且走幾步看看比較好喔！ |
| □ 特に用事はない。<br>沒有特別的事。 | ▶ 「先生、どこが悪いんですか。」「今のところは特に悪いところはありませんよ。」<br>「老師，您哪裡不舒服嗎？」「目前沒有特別不舒服的地方呀。」 |
| □ 特売品を買う。<br>買特價商品。 | ▶ うちの特売品は安いから、よく売れている。<br>本店的特價品很便宜，所以銷路很好。 |
| □ 特別な読み方。<br>特別的唸法。 | ▶ 先生は今日だけ特別に寝坊を許してくれた。<br>老師只有今天破例允許我睡晚一點。 |
| □ 床屋へ行く。<br>去理髮廳。 | ▶ 二ヶ月に1回ぐらい床屋に行きます。<br>大約每兩個月上理髮廳一次。 |
| □ 年を取る。<br>長歲數；上年紀。 | ▶ 節分には、年の数だけ豆を食べるとよい。<br>立春的前一天最好吃下和年紀相同數量的豆子。 |
| □ 途中で帰る。<br>中途返回。 | ▶ 八百屋に行く途中、ケーキ屋でアイスクリームを買った。<br>前往蔬果店的途中，我在蛋糕店買了冰淇淋。 |

| Check 1 必考單字 | 高低重音 | 詞性、類義詞與對義詞 |
|---|---|---|

**568** ☐☐☐
とっきゅう
**特急** ▶ とっきゅう ▶ 名 火速；特急列車；特快
對 普通（普通〈列車〉）

**569** ☐☐☐
どっち
**何方** ▶ どっち ▶ 代 哪一個
類 どれ（哪個）

**570** ☐☐☐
とど
**届ける** ▶ とどける ▶ 他下一 送達；送交，遞送；提交文件
類 届く（送達）

**571** ☐☐☐
と
**泊まる** ▶ とまる ▶ 自五 住宿，過夜；（船）停泊

**572** ☐☐☐
と
**止まる** ▶ とまる ▶ 自五 停止；止住；堵塞；落在
類 止める（停止）

**573** ☐☐☐
と
**止める** ▶ とめる ▶ 他下一 關掉，停止；戒掉
類 止める（停止）
對 動く（活動，移動）

**574** ☐☐☐
と か
**取り替える** ▶ とりかえる ▶ 他下一 交換；更換
類 入れ替える（更換）

**575** ☐☐☐
どろぼう
**泥棒** ▶ どろぼう ▶ 名 偷竊；小偷，竊賊
類 すり（扒手）

**576** ☐☐☐
**どんどん** ▶ どんどん ▶ 副 連續不斷，接二連三；（炮鼓等連續不斷的聲音）咚咚；（進展）順利；（氣勢）旺盛

| Check 2 / 必考詞組 | Check 3 / 必考例句 |
|---|---|
| □ 特急で東京へ立つ。<br>坐特快車到東京。 | ▶ 池袋へ行くには特急に乗るのが一番早いですか。<br>要去池袋的話，搭特快車是最快的方式。 |
| □ お宅はどっちですか?<br>請問您家在哪？ | ▶ こっちとこっち、どっちのスカートにしよう。<br>這件和這件，該買哪一件裙子呢？ |
| □ 花を届けてもらう。<br>請人代送花束。 | ▶ 今週中にこのテレビを届けてもらえますか。<br>這台電視機可以在本週內送來嗎？ |
| □ ホテルに泊まる。<br>住飯店。 | ▶ 泊まるところは、出発前に予約した方がいいと思う。<br>我覺得住的地方最好在出發前就先預約。 |
| □ 時計が止まる。<br>鐘停了。 | ▶ これは、食べ始めると止まらない。<br>這個一開始吃就愈吃愈想吃。 |
| □ 車を止める。<br>把車停下。 | ▶ 鍵をかけずに自転車を止めていたので、盗まれてしまいました。<br>停放腳踏車時沒上鎖，結果被偷走了。 |
| □ 大きい帽子と取り替える。<br>換成一頂大帽子。 | ▶ 買ったズボンが小さかったので、お店で大きいのと取り替えてもらいました。<br>之前買的褲子太小件，所以請店家幫忙換了一件大號的。 |
| □ 泥棒を捕まえた。<br>捉住了小偷。 | ▶ 窓ガラスが割れていたので、すぐ泥棒に入られたことが分かった。<br>由於窗玻璃破了，馬上就知道遭到了小偷入侵。 |
| □ どんどん忘れてしまう。<br>漸漸遺忘。 | ▶ たくさんありますから、どんどん食べてください。<br>準備了很多，請盡量享用。 |

145

| Check 1 必考單字 | 高低重音 | 詞性、類義詞與對義詞 |
|---|---|---|

**577** ☐☐☐

ナイロン
【nylon】 ▸ ナイロン ▸ 名 尼龍
類 綿（棉）

**578** ☐☐☐

<ruby>直<rt>なお</rt></ruby>す ▸ なおす ▸ 他五 修理；改正；改變；整理
類 <ruby>直<rt>なお</rt></ruby>る（修改）

**579** ☐☐☐

<ruby>治<rt>なお</rt></ruby>る ▸ なおる ▸ 自五 變好；改正；治癒
類 <ruby>良<rt>よ</rt></ruby>くなる（變好）

**580** ☐☐☐

<ruby>直<rt>なお</rt></ruby>る ▸ なおる ▸ 自五 復原；修理；治好
類 <ruby>治<rt>なお</rt></ruby>る（治癒）

**581** ☐☐☐

<ruby>中々<rt>なかなか</rt></ruby> ▸ なかなか ▸ 副・形動 相當；（後接否定）總是無法；形容超出想像
類 <ruby>随分<rt>ずいぶん</rt></ruby>（相當地）

**582** ☐☐☐

<ruby>泣<rt>な</rt></ruby>く ▸ なく ▸ 自五 哭泣
類 <ruby>鳴<rt>な</rt></ruby>く（鳴叫）

**583** ☐☐☐

<ruby>無<rt>な</rt></ruby>くす ▸ なくす ▸ 他五 弄丟，搞丟；喪失，失去；去掉
類 <ruby>落<rt>お</rt></ruby>とす（丟失）

**584** ☐☐☐

<ruby>亡<rt>な</rt></ruby>くなる ▸ なくなる ▸ 自五 死去，去世，死亡
類 <ruby>死<rt>し</rt></ruby>ぬ（死亡）
對 <ruby>生<rt>う</rt></ruby>まれる（出生）

**585** ☐☐☐

<ruby>無<rt>な</rt></ruby>くなる ▸ なくなる ▸ 自五 不見，遺失；用光了
類 <ruby>消<rt>き</rt></ruby>える（消失）

| **Check 2** 必考詞組 | **Check 3** 必考例句 |
|---|---|
| □ ナイロンの財布を買う。<br>購買尼龍材質的錢包。 | ナイロンのストッキングはすぐ破れる。<br>尼龍絲襪很快就抽絲了。 |
| □ 平仮名を漢字に直す。<br>把平假名置換為漢字。 | 作文を先生に直していただかないといけない。<br>不把作文拿去給老師修改是不行的。 |
| □ 傷が治る。<br>傷口復原。 | 息子の癌を治すためなら何でもします。<br>只要能治好兒子的癌症，任何事我都願意做。 |
| □ ご機嫌が直る。<br>（對方）心情轉佳。 | 調子が悪かった PC がやっと直りました。<br>終於把運行不太順暢的電腦拿去修好了。 |
| □ なかなか勉強になる。<br>很有參考價值。 | 夜、なかなか眠れないことがある。<br>晚上有時候會遲遲無法入睡。 |
| □ 大声で泣く。<br>大聲哭泣。 | 最初から最後まで泣かせる映画でした。<br>這部電影讓人從第一個鏡頭哭到最後一個鏡頭。 |
| □ お金をなくす。<br>弄丟錢。 | なくしたかばんはどれくらいの大きさですか。<br>請問您遺失的提包差不多有多大呢？ |
| □ 先生が亡くなる。<br>老師過世。 | 祖父が亡くなったため、学校を休んだ。<br>由於爺爺過世而向學校請了假。 |
| □ 痛みがなくなった。<br>疼痛消失了。 | 店から出たら、入り口に置いておいた傘がなくなっていた。<br>一走出店外，發現原本放在入口處的傘不見了。 |

| Check 1 必考單字 | 高低重音 | 詞性、類義詞與對義詞 |
|---|---|---|
| 586 □□□<br>な<br>投げる | ► なげる ► | 他下一 拋擲，丟，拋；放棄<br>類 捨てる（丟掉） |
| 587 □□□<br>な<br>為さる | ► なさる ► | 他五 做<br>類 する（做…） |
| 588 □□□<br>な ぜ<br>何故 | ► なぜ ► | 副 為什麼；如何<br>類 どうして（為什麼） |
| 589 □□□<br>なま<br>生ゴミ | ► なまごみ ► | 名 廚餘，有機垃圾，有水分的垃圾<br>類 ゴミ（垃圾） |
| 590 □□□<br>な<br>鳴る | ► なる ► | 自五 響，叫<br>類 叫ぶ（喊叫）<br><small>さけ</small> |
| 591 □□□<br>なるべく | ► なるべく ► | 副 盡可能，盡量<br>類 できるだけ（盡可能） |
| 592 □□□<br>な ほど<br>成る程 | ► なるほど ► | 副 原來如此<br>類 やはり（果然） |
| 593 □□□<br>な<br>慣れる | ► なれる ► | 自下一 習慣；熟悉<br>類 覚える（學會）<br><small>おぼ</small> |
| 594 □□□<br>にお<br>匂い | ► におい ► | 名 氣味；味道；風貌；氣息<br>類 味（味道）<br><small>あじ</small> |

□ ボールを投(な)げる。
擲球。

▶ 槍投(やりな)げとかボール投(な)げとか、物(もの)を投(な)げるスポーツは多(おお)い。
擲標槍和投球等等投擲物體的運動有很多種。

□ 研究(けんきゅう)をなさる。
作研究。

▶ 石川様(いしかわさま)ご結婚(けっこん)なさるのですか、おめでとうございます。
石川小姐要結婚了嗎？恭喜恭喜！

□ なぜ泣(な)いているのか？
你為什麼哭呀？

▶ なぜ引(ひ)っ越(こ)したいのですか。
為什麼想搬家呢？

□ 生(なま)ゴミを集(あつ)める。
將廚餘集中回收。

▶ 料理(りょうり)で出(で)た生(なま)ゴミは燃(も)えるゴミの日(ひ)に出(だ)してください。
烹飪時產生的廚餘請在可燃垃圾的回收日拿出來丟棄。

□ 電話(でんわ)が鳴(な)る。
電話響了起來。

▶ 時計(とけい)が鳴(な)ったのに起(お)きなかった。
鬧鐘已經響了卻沒有起床。

□ なるべく日本語(にほんご)を話(はな)しましょう。
我們盡量以日語交談吧。

▶ 今日(きょう)はなるべく早(はや)く帰(かえ)るよ。
今天要盡量早點回去喔！

□ なるほど、つまらない本(ほん)だ。
果然是本無聊的書。

▶ 「彼(かれ)は、決(けっ)して悪(わる)い人(ひと)ではない。」「なるほど君(きみ)の言(い)うとおりかもしれない。」
「他絕不是個壞人！」「有道理，你講的或許沒錯。」

□ 新(あたら)しい仕事(しごと)に慣(な)れる。
習慣新的工作。

▶ 部長(ぶちょう)に叱(しか)られるのは、もう慣(な)れました。
我已經習慣被經理罵了。

□ 匂(にお)いがする。
發出味道。

▶ いい匂(にお)いがしてきたら、火(ひ)を止(と)めます。
等聞到香味時就關火。

| Check 1 必考單字 | 高低重音 | 詞性、類義詞與對義詞 |
|---|---|---|

595 □□□

にが
苦い ▸ にがい ▸ 形 苦；痛苦，苦楚的；不愉快的
類 苦しい（痛苦）

596 □□□

にく
〜難い ▸ 〜にくい ▸ 接尾 難以，不容易
類 難しい（困難的）

597 □□□

に
逃げる ▸ にげる ▸ 自下一 逃走，逃跑；逃避；領先
類 避ける（避開）
對 捕まえる（逮捕）

598 □□□

にっ き
日記 ▸ にっき ▸ 名 日記
類 日誌（日記）

599 □□□

にゅういん
入院 ▸ にゅういん ▸ 自サ 住院
類 病気（生病，疾病）
對 退院（出院）

600 □□□

にゅうがく
入学 ▸ にゅうがく ▸ 自サ 入學
類 進学（升學，進修學問）

601 □□□

にゅうもんこう ざ
入門講座 ▸ にゅうもんこうざ ▸ 名 入門課程，初級課程

602 □□□

にゅうりょく
入力・する ▸ にゅうりょくする ▸ 名・他サ 輸入（功率）；輸入數據
類 入れる（加入）

603 □□□

に
似る ▸ にる ▸ 自上一 相似；相像，類似
類 同じ（相同）

| Check 2 / 必考詞組 | Check 3 / 必考例句 |
|---|---|
| □ 苦くて食べられない。<br>苦得難以下嚥。 | 「いかがですか。」「少し苦いですが、おいしいです。」<br>「你覺得如何？」「雖然有點苦，但是很好吃！」 |
| □ 言いにくい。<br>難以開口。 | この薬は苦くて飲みにくいです。<br>這種藥很苦，很難吞嚥。 |
| □ 問題から逃げる。<br>迴避問題。 | 地震のとき、エレベーターで逃げてはいけません。<br>地震發生時不可以搭乘電梯逃生。 |
| □ 日記に書く。<br>寫入日記。 | もう 20 年も日記を書き続けている。<br>我已經持續寫日記長達20年了。 |
| □ 入院することになった。<br>結果要住院了。 | 入院しなくてもできる簡単な手術です。<br>這是一項不必住院就能完成的小手術。 |
| □ 大学に入学する。<br>進入大學。 | 弟の入学祝いに自転車を買ってやりました。<br>我買了自行車送給弟弟作為入學賀禮。 |
| □ 入門講座を終える。<br>結束入門課程。 | それは初心者にも分かりやすい入門講座です。<br>那是初學者也能夠輕鬆聽懂的入門講座。 |
| □ 暗証番号を入力する。<br>輸入密碼。 | 名字を平仮名で入力してください。<br>請將姓名以平假名鍵入。 |
| □ 答えが似ている。<br>答案相近。 | 母親に似て、娘もまた頭がいい。<br>女兒像媽媽一樣頭腦聰明。 |

| Check 1 必考單字 | 高低重音 | 詞性、類義詞與對義詞 |
|---|---|---|

**604** □□□
にんぎょう
**人形** ▶ にんぎょう ▶ 名 洋娃娃，人偶
類 ドール（doll ／洋娃娃）

**605** □□□
ぬす
**盗む** ▶ ぬすむ ▶ 他五 偷盜，盜竊；背著…；偷閒
類 取る（拿取）

**606** □□□
ぬ
**塗る** ▶ ぬる ▶ 他五 塗抹，塗上
類 貼る（黏貼）

**607** □□□
ぬ
**濡れる** ▶ ぬれる ▶ 自下一 濕湮，淋濕
類 降る（〈雨、雪等〉降下）
對 乾く（乾燥，乾枯）

**608** □□□
ね だん
**値段** ▶ ねだん ▶ 名 價格
類 料金（費用）

**609** □□□
ねつ
**熱** ▶ ねつ ▶ 名 高溫；熱；發燒；熱情
類 熱さ（熱度）

**610** □□□
ねっしん
**熱心** ▶ ねっしん ▶ 名・形動 專注，熱衷
類 真面目（認真，老實）
對 冷たい（冷淡，冷漠）

**611** □□□
ね ぼう
**寝坊** ▶ ねぼう ▶ 自サ 睡懶覺，貪睡晚起的人

**612** □□□
ねむ
**眠い** ▶ ねむい ▶ 形 睏，想睡覺
類 眠る（睡覺）

| Check 2 必考詞組 | Check 3 必考例句 |
|---|---|
| □ 人形を飾る。<br>擺飾人偶。 | ► ひな祭りの人形を飾ったら、部屋がきれいになりました。<br>女兒節的人偶一擺放出來，房間頓時變得很漂亮。 |
| □ お金を盗む。<br>偷錢。 | ► 買ったばかりの自転車が盗まれた。<br>才剛買的自行車被偷了。 |
| □ 色を塗る。<br>上色。 | ► 早く治すためには、清潔な手で薬を塗りましょう。<br>為了盡快痊癒，請將手洗乾淨後塗抹藥膏。 |
| □ 雨に濡れる。<br>被雨淋濕。 | ► 夜遅く雨が降ったらしく、道路が濡れている。<br>深夜似乎下過雨，路上濕濕的。 |
| □ 値段を上げる。<br>提高價格。 | ► A店の値段とB店の値段を比べます。<br>比較A店的價格和B店的價格。 |
| □ 熱がある。<br>發燒。 | ► 薬を飲んだので、熱が下がりました。<br>因為吃了藥，所以退燒了。 |
| □ 仕事に熱心だ。<br>熱衷於工作。 | ► 中山さんは高橋さんと同じくらい熱心に勉強している。<br>中山同學和高橋同學一樣正在用功讀書。 |
| □ 今朝は寝坊してしまった。<br>今天早上睡過頭了。 | ► 寝坊して、友達を1時間も待たせてしまいました。<br>我睡過頭，害朋友足足等了一個鐘頭。 |
| □ 眠くなる。<br>想睡覺。 | ► 昨日遅くまで勉強したので、今はとても眠いんです。<br>昨天用功到很晚，結果今天睏得要命。 |

| Check 1　必考單字 | 高低重音 | 詞性、類義詞與對義詞 |
|---|---|---|

**613 □□□**
眠（ねむ）たい　▶　ねむたい　▶
形動 昏昏欲睡，睏倦
類 眠（ねむ）い（睏，想睡覺）

**614 □□□**
眠（ねむ）る　▶　ねむる　▶
自五 睡覺
類 寝（ね）る（睡魔）

**615 □□□**
ノートパソコン【notebook personal computer】之略　▶　ノートパソコン　▶
名 筆記型電腦

**616 □□□**
残（のこ）る　▶　のこる　▶
自五 留下，剩餘，剩下；殘存，殘留
類 残（のこ）す（剩下）
對 なくなる（完，用盡）

**617 □□□**
喉（のど）　▶　のど　▶
名 喉嚨；嗓音
類 首（くび）（脖子，頭）

**618 □□□**
飲（の）み放題（ほうだい）　▶　のみほうだい　▶
名 喝到飽，無限暢飲

**619 □□□**
乗（の）り換（か）える　▶　のりかえる　▶
他下一 轉乘，換車；倒換；改變，改行
類 乗（の）り継（つ）ぐ（接著乘坐）

**620 □□□**
乗（の）り物（もの）　▶　のりもの　▶
名 交通工具
類 電車（でんしゃ）（電車）

**621 □□□**
葉（は）　▶　は　▶
名 葉子，樹葉
類 葉（は）っぱ（葉，葉子）

| **Check 2** 必考詞組 | **Check 3** 必考例句 |
|---|---|
| □ 一日中眠たい。<br>一整天都昏昏欲睡。 | ▶ 眠たかったら冷たい水で顔を洗ってきなさい。<br>如果覺得睏，就去用冷水洗把臉！ |
| □ 暑くて眠れない。<br>太熱睡不著。 | ▶ お風呂の後にマッサージするとよく眠れます。<br>洗完澡後按摩，就能睡個好覺。 |
| □ ノートパソコンを取り替える。<br>更換筆電。 | ▶ 私はこのノートパソコンを8万円で買いました。<br>我用八萬圓買了這台筆記型電腦。 |
| □ お金が残る。<br>錢剩下來。 | ▶ 今日の夕飯は、ゆうべの残りのカレーを食べよう。<br>今天的晚飯吃昨天剩下的咖哩吧！ |
| □ のどが痛い。<br>喉嚨痛。 | ▶ 喉が渇いた。水が飲みたい。<br>口好渴，想喝水。 |
| □ ビールが飲み放題だ。<br>啤酒無限暢飲。 | ▶ 1時間半の飲み放題で、ビール10杯くらい飲みました。<br>在一個半小時的喝到飽時段中喝了十杯左右。 |
| □ 別のバスに乗り換える。<br>轉乘別的公車。 | ▶ 東京駅で中央線に乗り換えて立川駅まで行きたいと思います。<br>我想在東京車站轉乘中央線到立川車站。 |
| □ 乗り物に乗る。<br>乘坐交通工具。 | ▶ ディズニーランドに着いたら、まず最初にどの乗り物のところに行きますか。<br>一到迪士尼樂園，你最先想搭的遊樂器材是哪一種呢？ |
| □ 葉が落ちる。<br>葉落。 | ▶ 木の葉が赤くなった。<br>樹葉轉紅了。 |

| Check 1 / 必考單字 | 高低重音 | 詞性、類義詞與對義詞 |
|---|---|---|

**622** □□□
ばあい
場合 ▶ ばあい ▶
图 場合，時候；狀況，情形
類 時（…時，時候）

**623** □□□
パート
【part】 ▶ パート ▶
图 打工；部分，篇，章；職責，（扮演的）角色；分得的一份

**624** □□□
バーゲン【bargain ▶ バーゲン ▶
sale】之略
图 特價商品，出清商品；特賣
類 セール（sale ／特價）

**625** □□□
～倍 ▶ ～ばい ▶
接尾 倍，加倍

**626** □□□
はいけん
拝見 ▶ はいけん ▶
图·他サ（謙讓語）看，拜讀，拜見
類 見る（看）

**627** □□□
は いしゃ
歯医者 ▶ はいしゃ ▶
图 牙科，牙醫
類 歯科医（牙醫）

**628** □□□
～ばかり ▶ ～ばかり ▶
副助（接數量詞後，表大約份量）左右；(排除其他事情)僅，只；僅少，微小；(表排除其他原因)只因，只要…就
類 ぐらい（大約，大概）

**629** □□□
は
履く ▶ はく ▶
他五 穿（鞋、襪）
類 着る（穿）

**630** □□□
はこ
運ぶ ▶ はこぶ ▶
他五 運送，搬運；進行
類 渡す（交付）

| **Check 2** 必考詞組 | **Check 3** 必考例句 |
|---|---|
| □ 場合による。<br>根據場合。 | ▶ 20分以上遅れた場合は、教室に入ることができません。<br>如果遲到超過20分鐘，就無法進入教室。 |
| □ パートで働く。<br>打零工。 | ▶ 母はスーパーで週三日、パートをしています。<br>家母目前每星期在超市打工三天。 |
| □ バーゲン・セールで買った。<br>在特賣會時購買的。 | ▶ バーゲンセールに賢い観光客がおおぜい来た。<br>特賣會時來了很多懂得精打細算的觀光客。 |
| □ 三倍になる<br>成為三倍。 | ▶ 10の2倍は20です。<br>10的2倍是20。 |
| □ お手紙拝見しました。<br>已拜讀貴函。 | ▶ 先ほどのメールを拝見いたしました。<br>已經拜讀了剛才的來函。 |
| □ 歯医者に行く。<br>看牙醫。 | ▶ 歯医者にセラミックの歯を2本入れてもらった。<br>請牙醫師裝了兩顆全瓷牙冠。 |
| □ 遊んでばかりいる。<br>光只是在玩。 | ▶ 嘘ばかりつくと、友達がいなくなるよ。<br>如果老是說謊，會交不到朋友喔！ |
| □ くつを履く。<br>穿鞋。 | ▶ くつを履いたまま、家に入らないでください。<br>請不要穿著鞋子走進家門。 |
| □ 荷物を運ぶ。<br>搬運行李。 | ▶ 会議のために椅子とテーブルを運んでください。<br>為了布置會議場地，請將椅子和桌子搬過來。 |

| Check 1 / 必考單字 | 高低重音 | 詞性、類義詞與對義詞 |
|---|---|---|

**631**□□□
始<sup>はじ</sup>める ▶ はじめる ▶ 他下一 開始；開創
類 始<sup>はじ</sup>まる（開始）
對 終<sup>お</sup>わる（結束，做完）

**632**□□□
場所<sup>ばしょ</sup> ▶ ばしょ ▶ 名 地方，場所；席位，座位；地點，位置

**633**□□□
筈<sup>はず</sup> ▶ はず ▶ 名 應該；會；確實
類 訳<sup>わけ</sup>（原因，理由）

**634**□□□
恥<sup>は</sup>ずかしい ▶ はずかしい ▶ 形 羞恥的，丟臉的，害羞的；難為情的

**635**□□□
パソコン【personal computer】之略 ▶ パソコン ▶ 名 個人電腦

**636**□□□
発音<sup>はつおん</sup> ▶ はつおん ▶ 名・他サ 發音
類 アクセント（accent／重音，語調）

**637**□□□
はっきり ▶ はっきり ▶ 副・自サ 清楚；清爽；痛快
類 明<sup>あき</sup>らかに（顯然，清楚）

**638**□□□
花見<sup>はなみ</sup> ▶ はなみ ▶ 名 賞花
類 見物<sup>けんぶつ</sup>（觀賞）

**639**□□□
林<sup>はやし</sup> ▶ はやし ▶ 名 樹林；林立
類 森<sup>もり</sup>（森林）

| Check 2 / 必考詞組 | Check 3 / 必考例句 |
|---|---|
| □ 授業を始める。<br>開始上課。 | ▶ 自分を変えたいから、英会話を始めようと思っています。<br>因為想要改變自己，所以打算開始學習英語會話。 |
| □ 火事のあった場所。<br>發生火災的地方。 | ▶ ピアノは高いし、場所を取るから買えない。<br>鋼琴既昂貴又佔空間，所以沒辦法買。 |
| □ 明日きっと来るはずだ。<br>明天一定會來。 | ▶ 1万円札がお釣りで来るはずがありません。<br>不可能用一萬圓鈔票找零。 |
| □ 恥ずかしくなる。<br>感到害羞。 | ▶ 若いころに書いた詩は、恥ずかしくて読めません。<br>年輕時寫的詩實在太難為情了，沒辦法開口朗誦。 |
| □ パソコンがほしい。<br>想要一台電腦。 | ▶ パソコンの電源を入れてもすぐには動かない。<br>電腦即使打開電源，也沒辦法立刻啟動。 |
| □ 発音がはっきりする。<br>發音清楚。 | ▶ 外国人には発音しにくい言葉があるので、そこがいちばん難しいです。<br>有些詞句外國人很難發音，那就是最難學的部分。 |
| □ はっきり（と）見える。<br>清晰可見。 | ▶ 嫌ならはっきり断ったほうがいい。<br>不願意的話最好拒絕。 |
| □ 花見に出かける。<br>外出賞花。 | ▶ 「お花見」は、春に桜の花を見て楽しむことです。<br>「賞櫻」指的是在春天欣賞櫻花。 |
| □ 林の中を散歩する。<br>在林間散步。 | ▶ 林の中で虫にさされた。<br>在樹林裡被蟲子叮了。 |

| Check 1 必考單字 | 高低重音 | 詞性、類義詞與對義詞 |
|---|---|---|
| 640 □□□<br>はら<br>払う | はらう | 他五 支付；除去；達到；付出<br>類 だ<br>出す（拿出）<br>對 もらう（得到） |
| 641 □□□<br>ばんぐみ<br>番組 | ばんぐみ | 名 節目<br>類 ドラマ（drama／戲劇） |
| 642 □□□<br>はんたい<br>反対 | はんたい | 名・自サ 相反；反對；反<br>類 い ぎ<br>異議（異議）<br>對 さんせい<br>賛成（贊成） |
| 643 □□□<br>ハンバーグ<br>【hamburg】 | ハンバーグ | 名 漢堡肉 |
| 644 □□□<br>ひ<br>日 | ひ | 名 天數；天，日子；太陽；天氣<br>類 いちにち<br>一日（終日，一整天） |
| 645 □□□<br>ひ ひ<br>火／灯 | ひ | 名 火；燈<br>類 ひかり<br>光（光） |
| 646 □□□<br>ピアノ<br>【piano】 | ピアノ | 名 鋼琴 |
| 647 □□□<br>ひ<br>冷える | ひえる | 自下一 感覺冷；變冷；變冷淡<br>類 ひ<br>冷やす（使變涼）<br>對 あたた<br>暖まる（暖和，感到溫暖） |
| 648 □□□<br>ひかり<br>光 | ひかり | 名 光亮，光線；（喻）光明，希望；<br>威力，光榮<br>類 あか<br>灯り（燈火） |

## Check 2 　必考詞組

□ お金を払う。
付錢。

□ 番組の中で伝える。
在節目中告知觀眾。

□ 彼の意見に反対する。
反對他的意見。

□ ハンバーグを食べる。
吃漢堡。

□ 雨の日は外に出ない。
雨天不出門。

□ 火が消える。
火熄滅；寂寞，冷清。

□ ピアノを弾く。
彈鋼琴。

□ 料理が冷えてます。
飯菜涼了。

□ 光が強くて目が見えない。
光線太強，什麼都看不見。

## Check 3 　必考例句

▶ お金を払わなかったので、携帯電話を止められた。
因為沒有繳錢，手機被停話了。

▶ この番組は今月で終わります。
這個節目將在這個月結束。

▶ あなたが、彼の意見に反対する理由は何ですか。
你反對他的看法的理由是什麼？

今日の昼ご飯はハンバーグにしましょう。
今天的午餐就吃漢堡吧。

▶ その日、父は家を出たまま、帰らなかった。
那一天，父親離開家，沒有回來了。

▶ ストーブの火が消えそうになっている。
暖爐的火好像快要熄滅了。

▶ 50歳を過ぎてから、ピアノを習い始めたいと思います。
我想在過了50歲以後開始學鋼琴。

▶ 冬でも暖房のよく効いた部屋で冷えたビールを飲む人が多くなった。
有愈來愈多人即使是冬天，也會在開著很強的暖氣的房間裡喝冰啤酒。

▶ 音や光の出るカメラで写真を撮らないでください。
請不要用會發出聲響或閃光的相機拍照。

| Check 1 必考單字 | 高低重音 | 詞性、類義詞與對義詞 |
|---|---|---|

**649** □□□
ひか
光る ▸ ひ|かる ▸ 自五 發光，發亮；出眾

**650** □□□
ひ だ
引き出し ▸ ひ|きだし ▸ 名 抽屜

**651** □□□
ひげ
髭 ▸ ひ|げ ▸ 名 鬍鬚
しらひげ
類 白鬚（白鬍子）

**652** □□□
ひ こうじょう
飛行場 ▸ ひ|こうじょう ▸ 名 飛機場
くうこう
類 空港（機場）

**653** □□□
ひさ
久しぶり ▸ ひ|さしぶり ▸ 名 好久不見，許久，隔了好久
類 しばらく（暫時）

**654** □□□
び じゅつかん
美術館 ▸ び|じゅつ|かん ▸ 名 美術館
しょくぶつえん
類 植物園（植物園）

**655** □□□
ひ じょう
非常に ▸ ひ|じょうに ▸ 副 非常，很
類 とても（非常…）

**656** □□□
びっくり
吃驚 ▸ び|っくり ▸ 名‧副‧自サ 驚嚇，吃驚
おどろ
類 驚く（吃驚）

**657** □□□
ひ こ
引っ越す ▸ ひ|っこす ▸ 自五 搬家
うつ
類 移る（遷移）

□ 星が光る。
星光閃耀。

▶ 山の下には町の灯りがきらきら光っていた。
山脚下，城鎮的燈火閃閃發亮。

□ 引き出しを開ける。
拉開抽屜。

▶ 使ったはさみは引き出しに片付けてください。
使用完的剪刀請放回抽屜裡。

□ ひげが長い。
鬍子很長。

▶ ひげを伸ばすかどうか、迷っている。
我正在猶豫要不要留鬍子。

□ 飛行場へ迎えに行く。
去接機。

▶ 日本に帰る彼女を飛行場まで送った。
我送要回去日本的她到了機場。

□ 久しぶりに会う。
久違重逢。

▶ 「叔父さん、久しぶりです。」「ほんとうに久しぶりだね。元気かい？」
「叔叔，好久不見。」「真的好久不見呀，過得好嗎？」

□ 美術館を作る。
建美術館。

▶ 今、県立美術館にピカソの有名な絵が来ているということだ。
目前，縣立美術館正在展出畢卡索的知名畫作。

□ 非常に疲れている。
累極了。

▶ この建物は非常に大きい。
這棟建築非常大。

□ びっくりして逃げてしまった。
受到驚嚇而逃走了。

▶ その店のラーメンのおいしいのには、びっくりさせられた。
我被那家店的拉麵美味的程度給嚇了一跳。

□ 京都へ引っ越す。
搬去京都。

▶ 今、アパートを引っ越そうと思ってるんだよ。
我正在考慮搬離公寓呢。

は
行

Part
1

| Check 1 必考單字 | 高低重音 | 詞性、類義詞與對義詞 |
|---|---|---|

**658** □□□
ひつよう
必要 ▶ ひ‾つよう ▶
名・形動 必要，必需
類 いる（需要）
對 いらない（不需要）

**659** □□□
ひど
酷い ▶ ひ‾どい ▶
形 殘酷，無情；過分；非常
類 大変（非常）<sub>たいへん</sub>

**660** □□□
ひら
開く ▶ ひ‾らく ▶
他五・自五 打開；開著
類 開く（開，拉開）<sub>あ</sub>
對 閉まる（關門，緊閉）<sub>し</sub>

**661** □□□
ひる ま
昼間 ▶ ひ‾るま ▶
名 白天
類 昼（白天）<sub>ひる</sub>
對 夜（晚上）<sub>よる</sub>

**662** □□□
ひるやす
昼休み ▶ ひ‾るやすみ ▶
名 午休；午睡
類 休み（休息，休假）<sub>やす</sub>

**663** □□□
ひろ
拾う ▶ ひ‾ろう ▶
他五 撿拾；叫車
類 得る（得到）<sub>え</sub>
對 落とす（掉下，弄掉）<sub>お</sub>

**664** □□□
ファイル
【file】 ▶ ファ‾イル ▶
名・他サ 文件夾；合訂本，卷宗；（電腦）檔案；將檔案歸檔

**665** □□□
ふ
増える ▶ ふ‾える ▶
自下一 增加
類 増す（增加，增進）<sub>ま</sub>
對 減る（減少）<sub>へ</sub>

**666** □□□
ふか
深い ▶ ふ‾かい ▶
形 深的；晚的；茂密；濃的
類 厚い（深厚）<sub>あつ</sub>
對 浅い（淺，淺顯）<sub>あさ</sub>

| Check 2 必考詞組 | Check 3 必考例句 |
|---|---|
| □ 必要がある。<br>有必要。 | ▶ できるようになるためには、練習することが必要だ。<br>為了學到會，練習是必須的。 |
| □ ひどい目に遭う。<br>倒大楣。 | ▶ 「酷い雨ですね。」「台風が来ているらしいですよ。」<br>「好大的雨呀！」「聽說颱風快來了喔。」 |
| □ 内側へ開く。<br>往裡開。 | ▶ 東京で国際会議が開かれます。<br>將在東京舉行國際會議。 |
| □ 昼間働いている。<br>白天都在工作。 | ▶ 昼間だから込んでいると思いましたが、一人もいませんでした。<br>原本以為白天時段會很擁擠，結果一個人也沒有。 |
| □ 昼休みを取る。<br>午休。 | ▶ 昼休みにみんなで体操をするのは、この会社の習慣です。<br>在午休時段大家一起做體操是這家公司的慣例。 |
| □ 財布を拾う。<br>撿到錢包。 | ▶ ちょっと遠いからタクシーを拾いましょう。<br>距離有點遠，攔輛計程車吧。 |
| □ ファイルをコピーする。<br>影印文件；備份檔案。 | ▶ ファックスしてから、ファイルに入れておいてください。<br>傳真後，請放進文件夾歸檔。 |
| □ 外国人が増えている。<br>外國人日漸增加。 | ▶ 煙草をやめたら、体重が増えました。<br>自從戒菸之後，體重就增加了。 |
| □ 深い川を渡る。<br>渡過一道深河。 | ▶ 湖の深さを測ると、300メートルもありました。<br>測量湖水的深度後發現，居然深達300公尺。 |

| Check 1 必考單字 | 高低重音 | 詞性、類義詞與對義詞 |
|---|---|---|

667 □□□
ふくざつ
複雑 ▶ ふくざつ ▶ 名・形動 複雑
類 難しい（困難）
対 簡単（簡單）

668 □□□
ふくしゅう
復習 ▶ ふくしゅう ▶ 名・他サ 復習
類 勉強（努力學習，唸書）

669 □□□
ぶちょう
部長 ▶ ぶちょう ▶ 名 經理，部長

670 □□□
ふつう
普通 ▶ ふつう ▶ 名・形動・副 普通，平凡
類 並（普通）
対 特別（特別，特殊）

671 □□□
ぶどう
葡萄 ▶ ぶどう ▶ 名 葡萄

672 □□□
ふと
太る ▶ ふとる ▶ 自五 胖，肥胖；增加
類 丸い（圓潤的，肥胖的）
対 痩せる（瘦，貧瘠）

673 □□□
ふとん
布団 ▶ ふとん ▶ 名 被子，棉被
類 毛布（毯子）

674 □□□
ふね ふね
舟／船 ▶ ふね ▶ 名 舟，船；槽，盆
類 フェリー（ferry／渡輪）

675 □□□
ふ べん
不便 ▶ ふべん ▶ 名 不方便
類 だめ（無用）
対 便利（方便，便利）

| Check 2 / 必考詞組 | Check 3 / 必考例句 |
|---|---|
| □ 複雑になる。<br>變得複雜。 | ▶ この事件は複雑だから、そんなに簡単には片付かないだろう。<br>這起事件很複雜，應該沒有那麼容易解決吧。 |
| □ 復習がたりない。<br>複習做得不夠。 | ▶ 中学生になったら、予習と復習を自分でやらなければなりません。<br>成為中學生之後，預習和複習都必須自己來。 |
| □ 部長になる。<br>成為部長。 | ▶ 部長は遅刻を許さない厳しい人です。<br>經理為人嚴謹，不允許部屬遲到。 |
| □ 普通の日は暇です。<br>平常日很閒。 | ▶ 夫は、顔は普通だけれど、心の温かい人です。<br>我先生雖然長相平凡，但是待人熱忱。 |
| □ 葡萄でワインを作る。<br>用葡萄釀造紅酒。 | ▶ 庭で葡萄を育てています。<br>我在院子裡種了葡萄。 |
| □ 10キロも太ってしまった。<br>居然胖了十公斤。 | ▶ 太って、スカートがきつくなってしまった。<br>胖了以後，裙子變緊了。 |
| □ 布団をかける。<br>蓋被子。 | ▶ 絵本を読んであげるから、早く布団に入りなさい。<br>我讀圖畫書給你聽，快點上床！ |
| □ 船に乗る。<br>乘船。 | ▶ 船から島が見えた。<br>從船上看到了島嶼。 |
| □ この辺は不便だ。<br>這一帶的生活機能不佳。 | ▶ この掃除機、少し重いので、お年寄りにはちょっと不便かもしれません。<br>這台吸塵器有點重，老人家可能不太方便使用。 |

| Check 1 | 必考單字 | 高低重音 | 詞性、類義詞與對義詞 |
|---|---|---|---|

**676** □□□
踏む（ふ） ▶ ふむ ▶
他五 踩住，踩到；走上，踏上；實踐；經歷
類 踏まえる（踩踏）

**677** □□□
プレゼント【present】 ▶ プレゼント ▶
名・他サ 禮物；送禮
類 お土産（みやげ）（伴手禮）

**678** □□□
ブログ【blog】 ▶ ブログ ▶
名 部落格
類 サイト（site／網站）

**679** □□□
文化（ぶんか） ▶ ぶんか ▶
名 文化；文明
類 文明（ぶんめい）（文明，物質文化）
對 自然（しぜん）（自然，大自然）

**680** □□□
文学（ぶんがく） ▶ ぶんがく ▶
名 文學；文藝
類 小説（しょうせつ）（小説）

**681** □□□
文法（ぶんぽう） ▶ ぶんぽう ▶
名 文法

**682** □□□
別（べっ） ▶ べつ ▶
名・形動・接尾 區別另外；除外，例外；特別；按…區分

**683** □□□
別に（べっ） ▶ べつに ▶
副 分開；額外；除外；（後接否定）（不）特別，（不）特殊
類 特に（とく）（特地，特別）

**684** □□□
ベル【bell】 ▶ ベル ▶
名 鈴聲
類 鈴（すず）（鈴鐺）

| Check 2 必考詞組 | Check 3 必考例句 |
|---|---|
| □ 人の足を踏む。<br>踩到別人的腳。 | ▶ カーブの途中でブレーキを踏むと、車は曲がらなくなって危ないです。<br>在過彎時踩煞車，可能導致車子無法順利轉彎，很危險。 |
| □ プレゼントをもらう。<br>收到禮物。 | ▶ この番組を聞いているみなさんに、チケットをプレゼントします。<br>本節目將會致贈票券給正在收聽的各位聽眾。 |
| □ ブログに写真を載せる。<br>在部落格裡貼照片。 | ▶ ブログの更新が遅くなってしまい、大変申しわけありません。<br>太慢更新部落格了，非常抱歉。 |
| □ 文化が高い。<br>文化水準高。 | ▶ 日本の文化を世界に紹介しようと思います。<br>我想將日本文化介紹給全世界。 |
| □ 文学を楽しむ。<br>欣賞文學。 | ▶ 子どもの頃から本が好きだったので、文学部に進みたいと思います。<br>因為我從小就喜歡看書，所以想進文學系就讀。 |
| □ 文法に合う。<br>合乎語法。 | ▶ この本は文法の説明は分かりやすいが、字がちょっと小さすぎる。<br>這本書文法的說明雖然很清楚，但是字體太小了。 |
| □ 別にする。<br>…除外。 | ▶ 彼女がいるのに、別の人を好きになってしまいました。<br>他都已經有女朋友了，卻還愛上了別人。 |
| □ 別に予定はない。<br>沒甚麼特別的行程。 | ▶ 姉は別に美人ではないけれど、みんなに好かれる。<br>姐姐雖不特別漂亮，但大家都喜歡她。 |
| □ ベルを押す。<br>按鈴。 | ▶ ベルが鳴ったら、書くのをやめてください。<br>鈴聲一響就請停筆。 |

| Check 1 必考單字 | 高低重音 | 詞性、類義詞與對義詞 |
|---|---|---|

685 □□□

ヘルパー
【helper】 ▶ ヘルパー ▶ 名 幫傭；看護
類 手伝い（幫忙）

686 □□□

変 ▶ へん ▶ 名・形動 反常；奇怪，怪異；變化，改變；意外
類 おかしい（反常）

687 □□□

返事 ▶ へんじ ▶ 自サ 回答，回覆，答應
類 答え（回答，回覆）

688 □□□

返信・する ▶ へんしんする ▶ 自サ 回信，回電
類 知らせ（信息）
對 往信（去信）

689 □□□

～方 ▶ ～ほう ▶ 名 …方，邊；方面
類 方面（方面）

690 □□□

貿易 ▶ ぼうえき ▶ 名・自サ 貿易
類 経済（經濟）

691 □□□

放送 ▶ ほうそう ▶ 名・他サ 廣播；播映，播放；傳播
類 番組（節目）

692 □□□

法律 ▶ ほうりつ ▶ 名 法律
類 規則（規則）

693 □□□

僕 ▶ ぼく ▶ 代 我（男性用）
類 私（我）
對 君（你／妳）

| Check 2 ／ 必考詞組 | Check 3 ／ 必考例句 |
|---|---|
| □ ヘルパーさんは忙しい。<br>看護很忙碌。 | 祖母を助けるため、ヘルパーさんを頼みたいと思っています。<br>為了協助奶奶的起居，我想請個幫手。 |
| □ 変な音がする。<br>發出異樣的聲音。 | 変な味がする。塩と砂糖を間違えた。<br>味道怪怪的。我把鹽和糖加反了。 |
| □ 返事を待つ。<br>等待回音。 | メールをご覧になった後、お返事いただけると幸いです。<br>此封郵件過目之後，盼能覆信。 |
| □ 欠席の返信を書く。<br>寫信回覆恕不出席。 | お手数ですが、ご確認のうえご返信をお願いします。<br>敬請於確認之後回信，麻煩您了。 |
| □ こっちのほうがはやい。<br>這邊比較快。 | 今は甘いものより辛いものの方が好きです。<br>現在比起甜食，更喜歡吃辛辣的東西。 |
| □ 貿易を行う。<br>進行貿易。 | 日本と台湾の間では、貿易が盛んに行われている。<br>目前日本和台灣之間貿易往來暢旺。 |
| □ 野球の放送を見る。<br>觀看棒球賽事轉播。 | 夕飯の時間にこんな番組を放送してはいけない。<br>晚餐時段不可以播映這種節目。 |
| □ 法律を作る。<br>制定法律。 | 誰でも法律は守らなければならない。<br>任何人都必須遵守法律才行。 |
| □ 僕は二十歳だ。<br>我二十歳了。 | 君には君の夢があり、僕には僕の夢がある。<br>你有你的夢想，我有我的理想。 |

| Check 1 必考單字 | 高低重音 | 詞性、類義詞與對義詞 |
|---|---|---|

**694** ▢▢▢
ほし
星　　　　▶　　ほし　　▶
> 名 星星，星形；星標；小點；靶心
> 類 星座（星座）せいざ

**695** ▢▢▢
ほ ぞん
保存・する　▶　ほぞんする　▶
> 名・他サ 保存；儲存（電腦檔案）
> 類 残す（留下）のこ

**696** ▢▢▢
ほど
程　　　　▶　　ほど　　▶
> 副助 …的程度；越…越…

**697** ▢▢▢
ほとん
殆ど　　　▶　ほとんど　▶
> 名・副 大部份；幾乎
> 類 あまり（不太…）

**698** ▢▢▢
ほ
褒める　　▶　ほめる　　▶
> 他下一 稱讚，誇獎
> 類 拍手（鼓掌）はくしゅ
> 對 叱る（斥責）しか

**699** ▢▢▢
ほんやく
翻訳　　　▶　ほんやく　▶
> 名・他サ 翻譯
> 類 訳す（翻譯）やく

🔊 T1 75

**700** ▢▢▢
まい
参る　　　▶　まいる　　▶
> 自五 來，去（「行く、来る」的謙讓い　　く
> 語）；認輸；參拜；受不了
> 類 行く／来る（去／來）

**701** ▢▢▢
ま
曲がる　　▶　まがる　　▶
> 自五 彎曲；轉彎；傾斜；乖僻

**702** ▢▢▢
ま
負ける　　▶　まける　　▶
> 自下一 輸；屈服
> 類 落ちる（落選）お
> 對 勝つ（勝利，贏）か

□ 星がきれいに見える。
可以清楚地看到星空。

▶ 星が出ているから、明日は晴れるでしょう。
星星出現了，所以明天應該是晴天吧。

□ 冷蔵庫に入れて保存する。
放入冰箱裡冷藏。

▶ PCに資料を保存します。
把資料存在PC裡。

□ 見えないほど暗い。
暗得幾乎看不到。

▶ 桜ほど日本人に愛されている花はありません。
沒有任何花能像櫻花這樣廣受日本人的喜愛。

□ ほとんど意味がない。
幾乎沒有意義。

▶ テストはほとんど分からなかった。
考題幾乎都不會寫。

□ 勇気ある行為を褒める。
讚揚勇敢的行為。

▶ 先生から「絵がうまい、絵がうまい」と褒められた。
老師稱讚了我：「畫得真好、畫得真好！」

□ 翻訳が出る。
出譯本。

▶ 私の興味は、好きな作家の作品を翻訳をすることです。
我的嗜好是翻譯喜歡的作家的作品。

□ すぐ参ります。
我立刻就去。

▶ 部長が病気のため、私が参りました。
因為經理生病了，所以由我代理前往。

□ 角を曲がる。
在轉角處拐彎。

▶ 左に曲がったら、富士山が左後ろに見えます。
向左轉後，在左後方可以看到富士山。

□ 戦争に負ける。
戰敗。

▶ 試合に負けたことはよくないが、経験になったことはよかった。
比賽輸了雖然不好，卻能成為很好的經驗。

| Check 1 必考單字 | 高低重音 | 詞性、類義詞與對義詞 |
|---|---|---|

**703** □□□
<ruby>真面目<rt>ま じ め</rt></ruby> ▸ まじめ ▸ [名・形動] 認真；老實；嚴肅；誠實；正經
[類] <ruby>熱心<rt>ねっしん</rt></ruby>（專注，熱中）
[對] <ruby>不真面目<rt>ふ ま じ め</rt></ruby>（不認真）

**704** □□□
<ruby>先ず<rt>ま</rt></ruby> ▸ まず ▸ [副] 首先；總之；大概
[類] <ruby>初め<rt>はじ</rt></ruby>（開始）

**705** □□□
<ruby>又は<rt>また</rt></ruby> ▸ または ▸ [接續] 或是，或者
[類] あるいは（或者，也許）

**706** □□□
<ruby>間違える<rt>ま ちが</rt></ruby> ▸ まちがえる ▸ [他下一] 錯；弄錯

**707** □□□
<ruby>間に合う<rt>ま あ</rt></ruby> ▸ まにあう ▸ [自五] 來得及，趕得上；夠用；能起作用
[類] <ruby>役立つ<rt>やく だ</rt></ruby>（有用，有益）
[對] <ruby>遅れる<rt>おく</rt></ruby>（遲到）

**708** □□□
～まま ▸ まま ▸ [名] 如實，照舊；隨意
[類] ように（像⋯一樣）

**709** □□□
<ruby>回る<rt>まわ</rt></ruby> ▸ まわる ▸ [自五] 巡視；迴轉；繞彎；轉移；營利

**710** □□□
<ruby>漫画<rt>まん が</rt></ruby> ▸ まんが ▸ [名] 漫畫
[類] アニメ（animation／動畫）

**711** □□□
<ruby>真ん中<rt>ま なか</rt></ruby> ▸ まんなか ▸ [名] 正中央，中間
[類] <ruby>中央<rt>ちゅうおう</rt></ruby>（中央，中心）
[對] <ruby>隅<rt>すみ</rt></ruby>（角落）

あ
か
さ
た
な
は
**ま**
や
ら
わ

まじめ～まんなか

□ 真面目に働く。
認真工作。

▶ まさか、真面目なアリさんが遊びに行くはずがありませんよ。
那麼認真的亞里小姐總不可能去玩吧？

□ まずビールを飲む。
先喝杯啤酒。

▶ 僕は、朝起きたらまずシャワーを浴びます。
我早上起床第一件事就是去沖澡。

□ 鉛筆またはボールペンを使う。
使用鉛筆或原子筆。

▶ 黒または青のペンで記入してください。
請用黑色或是藍色的原子筆填寫。

□ 時間を間違えた。
弄錯時間。

▶ おつりの計算を間違えて、叱られた。
找錯零，挨罵了。

□ 飛行機に間に合う。
趕上飛機。

▶ タクシーで行ったのに、パーティーに間に合いませんでした。
我都已經搭計程車去了，還是來不及趕上酒會。

□ 思ったままを書く。
照心中所想寫出。

▶ その格好のままではクラブに入れないよ。
不要穿成那副德性進去夜店啦！

□ あちこちを回る。
四處巡視。

▶ お茶を飲むときは、お茶碗を2回回して、それから飲みます。
喝茶的時候要將茶碗轉兩次，然後啜飲。

□ 漫画を読む。
看漫畫。

▶ 眼鏡を取ると美人、というのは、漫画ではよくあることです。
摘下眼鏡後赫然是位美女──漫畫裡經常出現這樣的場景。

□ 真ん中に立つ。
站在正中央。

▶ パンのお皿を持ってきて、テーブルの真ん中においてください。
請把麵包盤端來，擺在餐桌的正中央。

**1**

| Check 1　必考單字 | 高低重音 | 詞性、類義詞與對義詞 |
|---|---|---|

**712** ☐☐☐
み
**見える** ▶ みえる ▶ 自下一 看見；看得見；看起來
類 会う（見面，碰面）

**713** ☐☐☐
みずうみ
**湖** ▶ みずうみ ▶ 名 湖，湖泊
類 温泉（温泉）

**714** ☐☐☐
み　そ
**味噌** ▶ みそ ▶ 名 味噌

**715** ☐☐☐
み　つ
**見付かる** ▶ みつかる ▶ 自五 被看到；發現了；找到

**716** ☐☐☐
み　つ
**見付ける** ▶ みつける ▶ 他下一 發現，找到；目睹

**717** ☐☐☐
みどり
**緑** ▶ みどり ▶ 名 綠色；嫩芽
類 グリーン（green／綠色）

**718** ☐☐☐
みなと
**港** ▶ みなと ▶ 名 港口，碼頭
類 空港（機場）

**719** ☐☐☐
みんな
**皆** ▶ みんな ▶ 名・代・副 全部；大家；所有的，全都，完全
類 全部（全部）

**720** ☐☐☐
む
**向かう** ▶ むかう ▶ 自五 面向

176

| **Check 2** 必考詞組 | **Check 3** 必考例句 |
|---|---|

□ 星が見える。
看得見星星。

▶ 部屋の窓から富士山が見えます。
從房間的窗戶可以遠望富士山。

---

□ 池は湖より小さい。
池塘比湖泊小。

▶ 琵琶湖は日本で一番大きい湖です。
琵琶湖是日本的第一大湖。

---

□ 味噌汁を飲む。
喝味噌湯。

▶ スプーンを使って、みその量を量る。
使用湯匙量味噌的量。

---

□ 結論が見つかる。
找出結論。

▶ 大学は卒業したけれど、仕事が見つからない。
雖然已經大學畢業了，但還沒找到工作。

---

□ 答えを見つける。
找出答案。

▶ 二十歳になったら仕事を見つけて働きたい。
等到滿二十歲，我想找地方工作。

---

□ 緑が少ない。
綠葉稀少。

▶ 美香ちゃん、洗濯するからその緑色のシャツを脱いでください。
小美香，我要洗衣服了，把那件綠色的襯衫脫下來。

---

□ 港に寄る。
停靠碼頭。

▶ 船が港に近づいた
船舶接近了碼頭。

---

□ 皆で 500 元だ。
全部共是五百元。

▶ 今晩の合コンでは、多分皆女王様ゲームをするでしょう。
今晚的聯誼，大家大概會玩女王遊戲吧。

---

□ 鏡に向かう。
對著鏡子。

▶ 「もしもし、今どこですか。」「今、車でそちらに向かっているところです。」
「喂？你現在在哪裡？」「現在正在車上去你那邊。」

177

| Check 1 必考單字 | 高低重音 | 詞性、類義詞與對義詞 |
|---|---|---|

**721**□□□
迎える（むか）
▶ むかえる
▶ 他下一 迎接；迎合；聘請

**722**□□□
昔（むかし）
▶ むかし
▶ 名 以前
類 以前（いぜん）（以前，之前）
對 今（いま）（現在）

**723**□□□
虫（むし）
▶ むし
▶ 名 昆蟲

**724**□□□
息子（むすこ）
▶ むすこ
▶ 名 兒子，令郎；男孩

**725**□□□
娘（むすめ）
▶ むすめ
▶ 名 女兒，令嬡，令千金；少女

**726**□□□
村（むら）
▶ むら
▶ 名 村莊，村落
類 里（さと）（鄉間）

**727**□□□
無理（むり）
▶ むり
▶ 名・自サ・形動 不可能，不合理；勉強；逞強；強求
類 複雑（ふくざつ）（複雑） 對 適当（てきとう）（適當）

**728**□□□
～目（め）
▶ め
▶ 接尾 第…；…一些的；正當…的時候

**729**□□□
メール
【mail】
▶ メール
▶ 名 郵政，郵件；郵船，郵車
類 電子メール（でんし）（mail ／電子郵件）

| Check 2 必考詞組 | Check 3 必考例句 |
|---|---|
| □ 客を迎える。<br>迎接客人。 | ▶ 父が車で迎えに来てくれた。<br>爸爸開車來接我了。 |
| □ 昔も今もきれいだ。<br>一如往昔的美麗。 | ▶ この町は、昔と違ってとても静かになりました。<br>這座城鎮變得非常安靜，和以前不一樣了。 |
| □ 虫が刺す。<br>蟲子叮咬。 | ▶ もう秋だなあ、庭で虫が鳴き始めた。<br>已經入秋了呢，院子裡的昆蟲開始鳴叫了。 |
| □ 息子の姿が見えない。<br>不見兒子的身影。 | ▶ こちらが、山田先生の奥さん。で、こっちが息子さんの誠君。<br>這位是山田老師的夫人，然後這一位是他們的少爺小誠。 |
| □ 娘の結婚に反対する。<br>反對女兒的婚事。 | ▶ 娘さんはあなたに似て、とてもかわいいです。<br>令千金長得像您，可愛極了。 |
| □ 村の人はみんなやさしい。<br>村裡的人們大家都很善良。 | ▶ 近頃、村に戻って働き始める若者が多くなってきた。<br>這陣子開始有愈來愈多年輕人回到村子裡工作了。 |
| □ 無理もない。<br>怪不得。 | ▶ 車を持ち上げるなんて、無理だよ。<br>想把車子抬起來，不可能啦！ |
| □ 二行目を見る。<br>看第二行。 | ▶ あの後ろから2番目の男の人、よくテレビに出てる人じゃない？<br>倒數第二個男人，是不是常常上電視的那個人呀？ |
| □ メールアドレスを教える。<br>告訴對方郵件地址。 | ▶ 何度も連絡したのに、いくら時間がなくても、メールを見るぐらいできたでしょう？<br>都已經聯絡那麼多次了，就算再怎麼沒空，至少總會收個信吧？ |

| Check 1 必考單字 | 高低重音 | 詞性、類義詞與對義詞 |
|---|---|---|

**730 □□□**

（メール）アドレ
ス【mail address】 ▸ （メール）アドレス ▸

名 電子信箱地址，電子郵件地址
類 イーメールアドレス
　　（email address ／電郵地址）

**731 □□□**

召し上がる ▸ めしあがる ▸

他五 （敬）吃，喝
類 食べる（吃）

**732 □□□**

珍しい ▸ めずらしい ▸

形 罕見的，少見，稀奇
類 すばらしい（出色的）

**733 □□□**

申し上げる ▸ もうしあげる ▸

他下一 說（「言う」的謙讓語），講，
提及
類 話す（說，講，告訴）

**734 □□□**

申す ▸ もうす ▸

自五 （謙讓語）叫作，說，叫
類 言う（說話，講話）

**735 □□□**

もう直ぐ ▸ もうすぐ ▸

副 不久，馬上

**736 □□□**

もう一つ ▸ もうひとつ ▸

連語 更；再一個

**737 □□□**

燃えるゴミ ▸ もえるごみ ▸

名 可燃垃圾

**738 □□□**

若し ▸ もし ▸

副 如果，假如
類 たとえば（譬如）

| **Check 2** 必考詞組 | **Check 3** 必考例句 |
|---|---|
| □ メールアドレスを交換する。<br>互換電子郵件地址。 | ▶ 僕のメールアドレスを教えますから、何か書くものはありますか。<br>我把電子郵件信箱留給你，有沒有紙筆呢？ |
| □ コーヒーを召し上がる。<br>喝咖啡。 | ▶ 先生、これ、どうぞ召し上がってください。<br>老師，這個請您享用。 |
| □ 珍しい話を聞く。<br>聆聽稀奇的見聞。 | ▶ 今年は珍しく大雪が降りました。<br>今年罕見地下了大雪。 |
| □ お礼を申し上げます。<br>向您致謝。 | ▶ 私が一番申し上げたかったことは、それはあくまでも噂だということです。<br>我最想申明的是，那只不過是謠言而已。 |
| □ うそは申しません。<br>不會對您說謊。 | ▶ 私は李と申します。<br>敝姓李。 |
| □ もうすぐ春が来る。<br>馬上春天就要來了。 | ▶ 早く食べないと、もうすぐなくなるよ。<br>不吃快一點，可能一下子就會被吃光了喔！ |
| □ もう一つ足す。<br>追加一個。 | ▶ もう一つ別のものを見せてください。<br>請給我看另一件。 |
| □ 燃えるゴミを集める。<br>收集可燃垃圾。 | ▶ 燃えるゴミと燃えないゴミを正しく分けて捨ててください。<br>可燃垃圾和不可燃垃圾請確實分類丟棄。 |
| □ もし雨が降ったら。<br>如果下雨的話。 | ▶ もし痛くなったら、まず薬を飲んでください。<br>萬一感覺疼痛，請先服藥。 |

| Check 1 必考單字 | 高低重音 | 詞性、類義詞與對義詞 |
|---|---|---|
| **739**☐☐☐<br>もちろん<br>勿論 | ▶ もちろん | ▶ 副 當然；不用說 |
| **740**☐☐☐<br>も<br>持てる | ▶ もてる | ▶ 自下一 能拿，能保持；受歡迎，吃香<br>類 人気（人望） |
| **741**☐☐☐<br>もど<br>戻る | ▶ もどる | ▶ 自五 返回，回到；回到手頭；折回<br>類 還る（回歸，歸還）<br>對 進む（前進） |
| **742**☐☐☐<br>も めん<br>木綿 | ▶ もめん | ▶ 名 棉花；棉，棉質<br>類 材料（材料） |
| **743**☐☐☐<br>もら<br>貰う | ▶ もらう | ▶ 他五 接受，收到，拿到；受到；承擔；<br>傳上<br>類 受ける（接受）　對 やる（給予） |
| **744**☐☐☐<br>もり<br>森 | ▶ もり | ▶ 名 樹林 |
| **745**☐☐☐<br>や<br>焼く | ▶ やく | 🔘 T1／79<br>▶ 他五 焚燒；烤；曬黑；燒製；沖印<br>類 焼ける（烤熟） |
| **746**☐☐☐<br>やくそく<br>約束 | ▶ やくそく | ▶ 名・他サ 約定，商訂；規定，規則；<br>（有）指望，前途<br>類 規則（規則） |
| **747**☐☐☐<br>やく た<br>役に立つ | ▶ やくにたつ | ▶ 慣 有益處，有幫助，有用<br>類 役立つ（有用，有益） |

| Check 2 / 必考詞組 | Check 3 / 必考例句 |
|---|---|
| □ もちろん嫌です。<br>當然不願意！ | ▶ 「今度お宅に遊びに行ってもいいですか。」「もちろん。大歓迎ですよ。」<br>「下次可以到府上玩嗎？」「當然可以，非常歡迎！」 |
| □ 学生に持てる先生<br>廣受學生歡迎的老師。 | ▶ その飴、持てるだけ持って行っていいよ。<br>那些糖果，能拿多少請儘管拿喔！ |
| □ 家に戻る。<br>回到家。 | ▶ 財布は戻ってきたけれど、中のお金はなくなっていた。<br>錢包雖然找回來了，但是裡面的錢已經不見了。 |
| □ もめんのシャツ。<br>棉質襯衫。 | ▶ 家で洗濯することができるもめんの服を探しています。<br>我正在找可以在家裡洗滌的棉質衣服。 |
| □ ハガキをもらう。<br>收到明信片。 | ▶ 友達に台湾土産のウーロン茶をもらいました。<br>我收到了朋友從台灣帶來的烏龍茶伴手禮。 |
| □ 森に入る。<br>走進森林。 | ▶ 森の中で、道に迷ってしまいました。<br>在森林裡迷路了。 |
| □ 魚を焼く。<br>烤魚。 | ▶ 魚は、焼く前に塩を振っておきます。<br>魚在煎之前先撒上鹽。 |
| □ 約束を守る。<br>守約。 | ▶ 12時にリカちゃんと映画館で会う約束がある。<br>和梨花約好12點在電影院見面。 |
| □ 仕事で役に立つ。<br>對工作有幫助。 | ▶ 私でお役に立てることがあったら、何でもおっしゃってくださいね。<br>假如有我幫得上忙得地方，請儘管告訴我喔。 |

| Check 1 必考單字 | 高低重音 | 詞性、類義詞與對義詞 |
|---|---|---|
| 748 □□□<br>焼ける<br><sub>や</sub> | やける | 自下一 著火，烤熟；（被）烤熟；變黑<br>類 沸く（燒開）<br><sub>わ</sub> |
| 749 □□□<br>優しい<br><sub>やさ</sub> | やさしい | 形 優美的，溫柔的，體貼的，親切的<br>類 親切（親切的）<br><sub>しんせつ</sub> |
| 750 □□□<br>〜やすい | やすい | 形 容易… |
| 751 □□□<br>痩せる<br><sub>や</sub> | やせる | 自下一 痩；貧瘠<br>類 細い（變痩，變細）<br><sub>ほそ</sub><br>對 太る（胖，肥胖）<br><sub>ふと</sub> |
| 752 □□□<br>やっと | やっと | 副 終於，好不容易<br>類 とうとう（終於） |
| 753 □□□<br>やはり | やはり | 副 依然，仍然；果然；依然 |
| 754 □□□<br>止む<br><sub>や</sub> | やむ | 自五 停止；結束<br>類 終わる（結束，完結）<br><sub>お</sub><br>對 始まる（開始，發生）<br><sub>はじ</sub> |
| 755 □□□<br>止める<br><sub>や</sub> | やめる | 他下一 停止 |
| 756 □□□<br>遣る<br><sub>や</sub> | やる | 他五 給，給與；派去<br>類 与える（給予，授與）<br><sub>あた</sub> |

| Check 2 必考詞組 | Check 3 必考例句 |
|---|---|
| □ 肉が焼ける。<br>肉烤熟。 | ▶ 肉が焼けてきたよ。そろそろ、いいかな。<br>肉烤了好一會兒囉，差不多可以吃了吧？ |
| □ 人にやさしくする。<br>殷切待人。 | ▶ やさしい漢字なら読めます。<br>如果是簡單的漢字，我看得懂。 |
| □ わかりやすい。<br>易懂。 | ▶ この自転車は、乗りやすいです。<br>這輛自行車騎起來很輕鬆。 |
| □ 病気でやせる。<br>因生病所以消瘦。 | ▶ パパは若いときはやせていなかったし、眼鏡もかけていなかった。<br>爸爸年輕時身材既不瘦，也沒有戴眼鏡。 |
| □ 答えはやっと分かった。<br>終於知道答案了。 | ▶ 「中田さん、お体の具合はどうですか。」「ええ、やっと良くなりました。」<br>「中田先生，您身體還好嗎？」「託您的福，終於康復了。」 |
| □ 子どもはやはり子どもだ。<br>小孩終究是小孩。 | ▶ ドラマより、やはり元の小説のほうが、いろいろ想像することができていいです。<br>比起影集，還是看原著小說更有想像空間。 |
| □ 雨が止む。<br>雨停。 | ▶ 今日は雪だけど、夕方には止むと天気予報で言っていました。<br>氣象預報說過，今天雖然會下雪，但是到傍晚就會停了。 |
| □ 煙草をやめる。<br>戒菸。 | ▶ 家族のためなら煙草も酒もやめます。<br>假如是為了家人著想，就該戒菸和戒酒。 |
| □ 手紙をやる。<br>寄信。 | ▶ こんなにたくさんの仕事を今日中にやるのは、無理です。<br>這麼多工作都要在今天之內做完，根本不可能。 |

| Check 1 必考單字 | 高低重音 | 詞性、類義詞與對義詞 |
|---|---|---|

**757** ☐☐☐

<ruby>柔<rt>やわ</rt></ruby>らかい　▶　やわらかい　▶　形 柔軟的，柔和的；溫柔；靈活

**758** ☐☐☐

<ruby>湯<rt>ゆ</rt></ruby>　▶　ゆ　▶
名 開水，熱水；浴池；溫泉；洗澡水
類 <ruby>泉<rt>いずみ</rt></ruby>（泉水）
對 <ruby>水<rt>みず</rt></ruby>（冷水，水）

**759** ☐☐☐

<ruby>夕飯<rt>ゆうはん</rt></ruby>　▶　ゆうはん　▶
名 晩飯
類 <ruby>晩飯<rt>ばんめし</rt></ruby>（晚餐）
對 <ruby>朝飯<rt>あさめし</rt></ruby>（早餐）

**760** ☐☐☐

<ruby>夕<rt>ゆう</rt></ruby>べ　▶　ゆうべ　▶
名 昨晚；傍晚
類 <ruby>昨晚<rt>さくばん</rt></ruby>（昨晚）

**761** ☐☐☐

ユーモア
【humor】　▶　ユーモア　▶
名 幽默，滑稽，詼諧
類 <ruby>面白<rt>おもしろ</rt></ruby>い（有趣）

**762** ☐☐☐

<ruby>輸出<rt>ゆしゅつ</rt></ruby>　▶　ゆしゅつ　▶
名・他サ 輸出，出口
類 <ruby>貿易<rt>ぼうえき</rt></ruby>（貿易）

**763** ☐☐☐

<ruby>輸入<rt>ゆにゅう</rt></ruby>　▶　ゆにゅう　▶　名・他サ 進口

**764** ☐☐☐

<ruby>指<rt>ゆび</rt></ruby>　▶　ゆび　▶
名 手指；趾頭
類 <ruby>親指<rt>おやゆび</rt></ruby>（大拇指）

**765** ☐☐☐

<ruby>指輪<rt>ゆびわ</rt></ruby>　▶　ゆびわ　▶
名 戒指
類 リング（ring／戒指）

| | |
|---|---|
| □ 柔らかい光。<br>柔和的光線。 | ▶ とても柔らかいから、赤ちゃんでも食べられます。<br>這個非常軟嫩，連小寶寶也能嚼得動。 |
| □ お湯に入る。<br>入浴，洗澡。 | ▶ お湯が沸いてきたら、麺を入れて 10 分ぐらいゆでます。<br>等熱水滾了以後下麵，煮10分鐘左右。 |
| □ 夕飯を食べる。<br>吃晚飯。 | ▶ 今日、友達と映画を見に行くことにしたので、夕飯はいりません。<br>今天要和朋友去看電影，所以不回家吃晚飯。 |
| □ 夕べ遅く家に帰った。<br>昨夜很晚才回到家。 | ▶ 夕べ遅く電話がかかってきたが、知らない番号だったので、出なかった。<br>昨晚深夜收到一通陌生號碼打來的電話，我沒有接聽。 |
| □ ユーモアの分かる人。<br>懂幽默的人。 | ▶ 私は格好いい人よりもユーモアのある人が好きです。<br>比起體格壯碩的人，我更喜歡具有幽默感的人。 |
| □ 海外への輸出が多い。<br>許多都出口海外。 | ▶ 1996 年からは、米の輸出がまた増えてきました。<br>自1996年起，稻米的外銷量又增加了。 |
| □ 車を輸入する。<br>進口汽車。 | ▶ フランスからいろんな種類のワインが輸入された。<br>從法國進口了許多種類的紅酒。 |
| □ 指で指す。<br>用手指。 | ▶ 自分の体で好きな所は、指です。<br>我最喜歡自己身體的部位是手指。 |
| □ 指輪をはめる。<br>戴上戒指。 | ▶ 彼女にあげる結婚指輪を探しています。<br>我正在找要送給她的結婚戒指。 |

| Check 1 必考單字 | 高低重音 | 詞性、類義詞與對義詞 |
|---|---|---|

**766** □□□
ゆめ
夢 ▶ ゆめ ▶
名 夢；夢想
類 願い（心願）
對 本当（真的）

**767** □□□
ゆ
揺れる ▶ ゆれる ▶
自下一 搖動，搖晃；動搖

**768** □□□
よう
用 ▶ よう ▶
名 事情；用途；用處
類 用事（事情，工作）

**769** □□□
よう い
用意 ▶ ようい ▶
名・自サ 準備；注意
類 支度（準備，預備）

**770** □□□
よう じ
用事 ▶ ようじ ▶
名 工作，有事
類 用件（應做的事，事情的內容）

**771** □□□
よくいらっしゃ
いました ▶ よくいらっしゃいました ▶
寒暄 歡迎光臨
類 ようこそ（歡迎光臨）

**772** □□□
よご
汚れる ▶ よごれる ▶
自下一 弄髒，髒污；齷齪
類 汚い（骯髒的）

**773** □□□
よ しゅう
予習 ▶ よしゅう ▶
名・他サ 預習
類 勉強（努力學習，唸書）

**774** □□□
よ てい
予定 ▶ よてい ▶
名・他サ 預定
類 スケジュール（schedule／日程表，行程表）

□ 夢を見る。
做夢。

▶ 夢に死んだ祖母が出てきた。
已過世的奶奶出現在我的夢裡。

---

□ 心が揺れる。
心神不定。

▶ 「今朝大きな地震があったよね！」「ええ、結構揺れたわね。」
「今天早上發生了大地震對吧！」「是呀，搖得真厲害啊。」

---

□ 用がなくなる。
沒了用處。

▶ おまえに用はない。帰れ。
我不想看到你，滾回去！

---

□ 飲み物を用意します。
準備飲料。

▶ 会議に参加する12人分のお弁当を用意しておきます。
我會預先準備好出席會議的12人份便當。

---

□ 用事がある。
有事。

▶ すみません。用事があるので行けません。
不好意思，因為有事所以沒辦法去。

---

□ 日本によくいらっしゃいました。
歡迎來到日本。

▶ あの方は、その頃、私の家によくいらっしゃいます。
想當年，那位人士經常光臨舍下。

---

□ 空気が汚れた。
空氣被汙染。

▶ 洗濯するから、その汚れたシャツを脱いでください。
我要洗衣服了，把那件髒襯衫脫下來。

---

□ 明日の数学の予習をする。
預習明天的數學。

▶ 予習は「どこがわからないか」を知るために行うものです。
預習是為了知道「哪裡不懂」所做的準備。

---

□ 予定が変わる。
預定發生變化。

▶ 来週の金曜日に帰る予定です。
我計畫下週五回去。

| Check 1 必考單字 | 高低重音 | 詞性、類義詞與對義詞 |
|---|---|---|

**775** □□□
よ やく
予約 ▸ よやく ▸ 名・他サ 預約；預定

**776** □□□
よ
寄る ▸ よる ▸ 自五 順路，順道去…；接近；偏；傾
向於；聚集，集中
類 訪ねる（拜訪）

**777** □□□
よ よ
因る／依る／ ▸ よる ▸ 自五 因為，由於，根據
よ 類 による（根據）
拠る

**778** □□□
よろこ
喜ぶ ▸ よろこぶ ▸ 自五 喜悅，高興；欣然接受；值得慶祝
類 嬉しい（喜悅）

**779** □□□
よろ
宜しい ▸ よろしい ▸ 形 好；恰好；適當
類 オーケー（OK ／行，對）

**780** □□□
よわ
弱い ▸ よわい ▸ 形 虛弱；不高明；軟弱的
類 柔らかい（柔軟的）
對 強い（強壯）

◉ T1 / 82

**781** □□□
ラップ【rap】 ▸ ラップ ▸ 名 饒舌樂，饒舌歌；一圈【lap】；往
返時間（ラップタイム之略）；保
鮮膜【wrap】

**782** □□□
ラブラブ ▸ ラブラブ ▸ 名・形動（情侶，愛人等）甜蜜、如膠
【love】 似漆

**783** □□□
り ゆう
理由 ▸ りゆう ▸ 名 理由，原因
類 訳（理由）

| Check 2 必考詞組 | Check 3 必考例句 |
|---|---|
| □ 予約を取る。<br>預約。 | このレストランは、半年先まで予約でいっぱいです。<br>這家餐廳的預約已經排到半年後了。 |
| □ 近くに寄って見る。<br>靠近看。 | 買い物に行く途中で、美容院に寄るつもりだ。<br>我打算去購物的途中順便繞到美髮沙龍。 |
| □ 彼の話によると。<br>根據他的描述。 | 天気予報によると、明日は雨らしい。<br>根據氣象預報，明天可能會下雨。 |
| □ 成功を喜ぶ。<br>為成功而喜悅。 | 私たちが会いに行くと祖母はとても喜びます。<br>看到我們去探望，奶奶非常開心。 |
| □ どちらでもよろしい。<br>哪一個都好，怎樣都行。 | こちらから1時間ぐらいあとでお電話を差し上げてもよろしいでしょうか。<br>請問大約一小時後回電方便嗎？ |
| □ 酒が弱い。<br>酒量差。 | これは人の弱さと優しさを描いた映画です。<br>這是一部描寫人性的軟弱與關懷的電影。 |
| □ ラップを聞く。<br>聽饒舌音樂。 | ラップミュージックが好きで、よく聴いています。<br>我很喜歡饒舌音樂，時常聽。 |
| □ 彼氏とラブラブ。<br>與男朋友甜甜密密。 | あの二人は子どもが生まれても、相変わらずラブラブです。<br>那兩個人在生了孩子以後，還是一樣甜甜蜜蜜的。 |
| □ 理由を聞く。<br>詢問原因。 | 「どうしていつも黒い服を着ているんですか。」<br>「特に理由はありませんが。」<br>「為什麼你總是穿著黑色的衣服呢？」「沒什麼特別的理由。」 |

| Check 1　必考單字 | 高低重音 | 詞性、類義詞與對義詞 |
|---|---|---|

**784** □□□
りょう
利用　　▶　りょう　▶　名・他サ 利用
類 使う（使用）

**785** □□□
りょうほう
両方　　▶　りょうほう　▶　名 兩方，兩種，雙方
類 二つ（兩個）
對 片方（一邊，〈兩個中的〉一個）

**786** □□□
りょかん
旅館　　▶　りょかん　▶　名 旅館
類 宿（住宿處，旅館）

**787** □□□
る す
留守　　▶　るす　▶　名 不在家；看家
類 欠席（缺席）

**788** □□□
れいぼう
冷房　　▶　れいぼう　▶　名・他サ 冷氣

**789** □□□
れき し
歴史　　▶　れきし　▶　名 歷史；來歷
類 地理（地理）

**790** □□□
レジ
【register】　　▶　レジ　▶　名 收銀台

**791** □□□
レポート
【report】　　▶　レポート　▶　名 報告

**792** □□□
れんらく
連絡　　▶　れんらく　▶　名・自サ 聯繫，聯絡；通知；聯運
類 知らせる（通知，告知）

| Check 2 / 必考詞組 | Check 3 / 必考例句 |
|---|---|
| □ 機会を利用する。<br>利用機會。 | ▶ 本日も市営地下鉄をご利用いただき、ありがとうございます。<br>感謝各位乘客搭乘市營地鐵。 |
| □ 両方の意見を聞く。<br>聽取雙方意見。 | ▶ 肺は左右両方にあるが、右側の方が大きい。<br>肺部左右兩邊都有，但是右側的比較大。 |
| □ 旅館に泊まる。<br>住旅館。 | ▶ 温泉街はホテルや旅館がたくさんあってにぎやかです。<br>溫泉小鎮裡有許多旅館和旅店，很熱鬧。 |
| □ 家を留守にする。<br>看家。 | ▶ 部屋の電気が消えているから、山田さんは留守だろう。<br>既然房間裡的電燈沒亮，山田小姐應該不在吧。 |
| □ 冷房をつける。<br>開冷氣。 | ▶ うちの冷房が故障してしまった。<br>我家的冷氣故障了。 |
| □ 歴史を作る。<br>創造歷史。 | ▶ 最近の若者は、あまり歴史の本を読まないようだ。<br>最近的年輕人似乎不太讀歷史書。 |
| □ レジを打つ。<br>收銀。 | ▶ スーパーでレジの仕事をすることになりました。<br>我找到在超市結帳收銀的工作了。 |
| □ レポートにまとめる。<br>整理成報告。 | ▶ 直してあげるから、レポートができたら持ってきなさい。<br>我會幫你改報告，完成後拿過來。 |
| □ 連絡を取る。<br>取得連繫。 | ▶ もし飛行機が遅れたら連絡してください。<br>萬一班機延遲了，請和我聯繫。 |

| Check 1 必考單字 | 高低重音 | 詞性、類義詞與對義詞 |
|---|---|---|

**793 □□□**
わ
沸かす ▸ わかす ▸ 他五 使…沸騰，煮沸；使沸騰
類 沸く（沸騰）

**794 □□□**
わか
別れる ▸ わかれる ▸ 自下一 分別，離別，分開
類 分かれる（分開）
對 会う（見面，碰面）

**795 □□□**
わ
沸く ▸ わく ▸ 自五 煮沸騰，沸，煮開；興奮；熔化；吵嚷
類 立つ（〈煙、霧、熱氣〉升起）

**796 □□□**
わけ
訳 ▸ わけ ▸ 名 道理，原因，理由；意思；當然；麻煩
類 原因（原因）

**797 □□□**
わす もの
忘れ物 ▸ わすれもの ▸ 名 遺忘物品，遺失物
類 落とし物（遺失物）

**798 □□□**
わら
笑う ▸ わらう ▸ 他五・自五 笑；譏笑
對 泣く（哭泣）

**799 □□□**
わり あい
割合 ▸ わりあい ▸ 名・副 比率

**800 □□□**
わり あい
割合に ▸ わりあいに ▸ 副 比較；雖然…但是
類 割に（比較，分外）

**801 □□□**
わ
割れる ▸ われる ▸ 自下一 破掉，破裂；裂開；暴露；整除
類 割る（打破，破碎）

| Check 2 必考詞組 | Check 3 必考例句 |
|---|---|
| □ お湯を沸かす。<br>把水煮沸。 | 初めにお湯を沸かしてください。それから砂糖を少し入れてください。<br>首先請燒一鍋熱水，接著請加入少許糖。 |
| □ 彼と会社の前で別れた。<br>和他在公司前道別了。 | 恋人と別れたが、どうしても彼女のことが忘れられない。<br>雖然和情人分手了，但我實在無法忘記她。 |
| □ 会場が沸く。<br>會場熱血沸騰。 | 子ども達の見事な踊りに会場が沸いた。<br>孩子們精彩的舞蹈沸騰了整個會場。 |
| □ わけが分かる。<br>知道意思；知道原因；明白事理。 | ゴルフを始めて 7 年にもなるのに、全然うまくならないのはどういうわけだろう。<br>從開始打高爾夫球都已經七年了，到現在還是完全沒有進步，到底是什麼原因呢？ |
| □ 忘れ物を取りに行く。<br>去取回遺失的物品。 | お忘れ物をなさいませんよう、気をつけてお降りください。<br>下車時請小心，不要忘記您的隨身物品。 |
| □ 赤ちゃんを笑わせた。<br>逗嬰兒笑了。 | 彼女は、どんな時でも笑っている。<br>她無論任何時候總是笑臉迎人。 |
| □ 割合が増える。<br>比率增加。 | 経費の中で、人件費の割合は約 30 パーセントです。<br>成本當中，人事費的佔比大約是百分之30。 |
| □ 割合によく働く。<br>比較能幹。 | 若いが割合にしっかりしている。<br>他雖然年輕，但言談舉止非常穩重。 |
| □ 窓ラスが割れる。<br>窗玻璃破裂。 | このお皿は薄くて割れやすいので、気をつけてください。<br>這枚盤子很薄，容易碎裂，請小心。 |

# 1 場所、空間與範圍

| 裏<br>うら | 背面；裡面，背後；內部；內幕 | 裏から入る。<br>うら　はい | 從背面進入。 |
| 表<br>おもて | 表面；正面；前面；正門；外邊 | 表から出る。<br>おもて　で | 從正門出來。 |
| 以外<br>いがい | 除…之外，以外 | 英語以外全部ひどかった。<br>えいご　いがいぜんぶ | 除了英文以外，全都很糟。 |
| 真ん中<br>ま　なか | 正中央，中間 | 真ん中に立つ。<br>ま　なか　た | 站在正中央。 |
| 間<br>あいだ | 間隔；中間；期間；之間；關係；空隙 | 長い間休みました。<br>なが　あいだやす | 休息了很長一段時間。 |
| 隅／角<br>すみ　すみ | 角落 | 隅から隅まで探す。<br>すみ　すみ　さが | 找遍了各個角落。 |
| 手前<br>てまえ | 眼前；靠近自己這一邊；（當著…的）面前；（謙）我，（藐）你 | 手前にある箸を取る。<br>てまえ　　　はし　と | 拿起自己面前的筷子。 |
| 手元<br>てもと | 身邊，手頭；膝下；生活，生計 | 手元にない。<br>てもと | 手邊沒有。 |
| 此方<br>こっち | 這裡，這邊；我，我們 | 此方へ来る。<br>こっち　く | 到這裡來。 |
| 何方<br>どっち | 哪一個 | お宅は何方ですか？<br>たく　どっち | 請問您家在哪？ |
| 遠く<br>とお | 遠處；很遠；差距很大 | 遠くから人が来る。<br>とお　　　ひと　く | 有人從遠處來。 |
| ～方<br>ほう | …方，邊；方面 | こっちのほうがはやい。 | 這邊比較快。 |
| 空く<br>あ | 空著；閒著；有空；空隙；空缺 | 3階の部屋が空いている。<br>がい　へや　あ | 三樓的房間是空著的。 |

## 2 地點

| 地理<br>ち り | 地理 | 地理を研究する。<br>ち り けんきゅう | 研究地理。 |
|---|---|---|---|
| 社会<br>しゃかい | 社會；領域 | 社会に出る。<br>しゃかい で | 出社會。 |
| 西洋<br>せいよう | 西洋，西方，歐美 | 西洋に旅行する。<br>せいよう りょこう | 去西方國家旅行。 |
| 世界<br>せ かい | 世界；天地；世上 | 世界に知られている。<br>せ かい し | 聞名世界。 |
| 国内<br>こくない | 該國內部，國內 | 国内旅行。<br>こくないりょこう | 國內旅遊。 |
| 村<br>むら | 村莊，村落 | 村の人はみんなやさしい。<br>むら ひと | 村民都很善良。 |
| 田舎<br>い なか | 鄉下，農村；故鄉 | 田舎に帰る。<br>いなか かえ | 回家鄉。 |
| 郊外<br>こうがい | 郊外；市郊 | 郊外に住む。<br>こうがい す | 住在城外。 |
| 島<br>しま | 島嶼 | 島へ渡る。<br>しま わた | 遠渡島上。 |
| 海岸<br>かいがん | 海岸，海濱，海邊 | 海岸で遊ぶ。<br>かいがん あそ | 在海邊玩。 |
| 湖<br>みずうみ | 湖，湖泊 | 池は湖より小さい。<br>いけ みずうみ ちい | 池塘比湖泊小。 |
| アジア | 亞洲 | アジアに広がる。<br>ひろ | 擴散至亞州。 |
| アフリカ | 非洲 | アフリカに遊びに行く。<br>あそ い | 去非洲玩。 |
| アメリカ | 美國；美洲 | アメリカへ行く。<br>い | 去美國。 |

| | | | |
|---|---|---|---|
| 県<br>けん | 縣 | 神奈川県へ行く。<br>かながわけん　い | 去神奈川縣。 |
| 市<br>し | …市；城市，都市 | 台北市<br>タイペイ　し | 台北市 |
| ～町<br>ちょう | 鎮 | 町長になる。<br>ちょうちょう | 當鎮長。 |
| 坂<br>さか | 斜坡；坡道；陡坡 | 坂を下りる。<br>さか　お | 下坡。 |

# 1 過去、現在、未來

🔊 T2 / 03

| | | | |
|---|---|---|---|
| さっき | 剛才，先前 | さっきから待っている。 | 從剛才就在等著你；已經等你一會兒了。 |
| 夕べ | 昨晚；傍晚 | 夕べ遅く家に帰った。 | 昨夜很晚才回到家。 |
| この間 | 最近；前幾天 | この間の試験はどうだった。 | 前陣子的考試結果如何？ |
| 最近 | 最近 | 最近、雨が多い。 | 最近時常下雨。 |
| 最後 | 最後，最終；一旦…就沒辦法了 | 最後までやりましょう。 | 一起堅持到最後吧。 |
| 最初 | 最初，首先；開頭；第一次 | 最初に会った人。 | 一開始見到的人。 |
| 昔 | 以前 | 昔も今もきれいだ。 | 一如往昔的美麗。 |
| 唯今／只今 | 馬上，剛才；我回來了 | ただいま電話中です。 | 目前正在通話中。 |
| 今夜 | 今夜，今天晚上 | 今夜は早く休みたい。 | 今晚想早點休息。 |
| 明日 | 明天；將來 | 明日の朝。 | 明天早上。 |
| 今度 | 下次；這次 | 今度アメリカに行く。 | 下次要去美國。 |
| 再来週 | 下下星期 | 再来週まで待つ。 | 將等候到下下週為止。 |
| 再来月 | 下下個月 | 再来月また会う。 | 下下個月再見。 |
| 将来 | 未來；將來 | 近い将来。 | 最近的將來。 |

T2 / 04

| とき<br>時 | …時，時候；時期 | とき く<br>時が来る。 | 時機到來；時候到來。 |
|---|---|---|---|
| ひ<br>日 | 天數；天，日子；太陽；天氣 | あめ ひ そと で<br>雨の日は外に出ない。 | 雨天不出門。 |
| とし<br>年 | 年齡；一年；歲月；年代 | とし と<br>年を取る。 | 長歲數；上年紀。 |
| はじ<br>始める | 開始；開創 | じゅぎょう はじ<br>授業を始める。 | 開始上課。 |
| お<br>終わり | 終了，結束，最後，終點，盡頭；末期 | なつやす お<br>夏休みもそろそろ終わりだ。 | 暑假也差不多要結束了。 |
| いそ<br>急ぐ | 急忙，快走，加快，趕緊，著急 | いそ かえ<br>急いで帰りましょう。 | 趕緊回家吧！ |
| す<br>直ぐに | 馬上 | す かえ<br>すぐに帰る。 | 馬上回來。 |
| ま あ<br>間に合う | 來得及，趕得上，夠用；能起作用 | ひこうき ま あ<br>飛行機に間に合う。 | 趕上飛機。 |
| あさ ね ぼう<br>朝寝坊 | 睡懶覺；賴床；愛賴床的人 | きょう あさ ね ぼう<br>今日は朝寝坊をした。 | 今天早上賴床了。 |
| お<br>起こす | 喚醒，叫醒；扶起；發生；引起 | もんだい お<br>問題を起こす。 | 鬧出問題。 |
| ひる ま<br>昼間 | 白天 | ひる ま はたら<br>昼間働いている。 | 白天都在工作。 |
| く<br>暮れる | 天黑；日暮；年終；長時間處於…中 | あき く<br>秋が暮れる。 | 秋天結束。 |
| じ だい<br>時代 | 時代；潮流；朝代；歷史 | じ だい ちが<br>時代が違う。 | 時代不同。 |

## 1 寒暄用語

T2 05

| | | | |
|---|---|---|---|
| 行って参ります | 我走了 | Ａ社に行って参ります。 | 我這就去 A 公司。 |
| いってらっしゃい | 慢走，好走，路上小心 | 旅行、お気をつけていってらっしゃい。 | 敬祝旅途一路順風。 |
| よくいらっしゃいました | 歡迎光臨 | 日本によくいらっしゃいました。 | 歡迎來到日本。 |
| お蔭 | 多虧 | あなたのおかげです。 | 承蒙您相助。 |
| お蔭様で | 託福，多虧 | おかげさまで元気で働いています。 | 託您的福，才能精神飽滿地工作。 |
| お大事に | 珍重，請多保重 | じゃ、お大事に。 | 那麼，請多保重。 |
| 畏まりました | 知道，了解（「わかる」謙讓語） | ２名様ですね。かしこまりました。 | 是兩位嗎？我了解了。 |
| お待たせしました | 讓您久等了 | すみません、お待たせしました。 | 不好意思，讓您久等了。 |
| お目出度うございます | 恭喜 | お誕生日おめでとうございます。 | 生日快樂！ |
| それはいけませんね | 那可不行 | 風邪ですか。それはいけませんね。 | 感冒了嗎？那真糟糕呀。 |

| お子<ruby>子<rt>こ</rt></ruby>さん | 令郎；您孩子 | お子<ruby>子<rt>こ</rt></ruby>さんはおいくつですか。 | 您的孩子幾歲了呢？ |
| 息子<ruby>息子<rt>むすこ</rt></ruby> | 兒子，令郎；男孩 | 息子<ruby>息子<rt>むすこ</rt></ruby>の姿<ruby>姿<rt>すがた</rt></ruby>が見<ruby>見<rt>み</rt></ruby>えない。 | 看不到兒子的蹤影。 |
| 娘<ruby>娘<rt>むすめ</rt></ruby> | 女兒，令嬡，令千金；少女 | 娘<ruby>娘<rt>むすめ</rt></ruby>の結婚<ruby>結婚<rt>けっこん</rt></ruby>に反対<ruby>反対<rt>はんたい</rt></ruby>する。 | 反對女兒的婚事。 |
| お嬢<ruby>嬢<rt>じょう</rt></ruby>さん | 令嬡；您女兒；小姐；千金小姐 | 田中<ruby>田中<rt>たなか</rt></ruby>さんのお嬢<ruby>嬢<rt>じょう</rt></ruby>さん。 | 田中先生的千金。 |
| 高校生<ruby>高校生<rt>こうこうせい</rt></ruby> | 高中生 | 彼<ruby>彼<rt>かれ</rt></ruby>は高校生<ruby>高校生<rt>こうこうせい</rt></ruby>だ。 | 他是高中生。 |
| 大学生<ruby>大学生<rt>だいがくせい</rt></ruby> | 大學生 | 大学生<ruby>大学生<rt>だいがくせい</rt></ruby>になる。 | 成為大學生。 |
| 先輩<ruby>先輩<rt>せんぱい</rt></ruby> | 前輩；學姐，學長；老前輩 | 高校<ruby>高校<rt>こうこう</rt></ruby>の先輩<ruby>先輩<rt>せんぱい</rt></ruby>。 | 高中時代的學長姐。 |
| 客<ruby>客<rt>きゃく</rt></ruby> | 客人；顧客 | 客<ruby>客<rt>きゃく</rt></ruby>を迎<ruby>迎<rt>むか</rt></ruby>える。 | 迎接客人。 |
| 店員<ruby>店員<rt>てんいん</rt></ruby> | 店員 | 店員<ruby>店員<rt>てんいん</rt></ruby>を呼<ruby>呼<rt>よ</rt></ruby>ぶ。 | 叫喚店員。 |
| 社長<ruby>社長<rt>しゃちょう</rt></ruby> | 總經理；社長；董事長 | 社長<ruby>社長<rt>しゃちょう</rt></ruby>になる。 | 當上社長。 |
| お金持<ruby>金持<rt>かねも</rt></ruby>ち | 有錢人 | お金持<ruby>金持<rt>かねも</rt></ruby>ちになる。 | 變成有錢人。 |
| 市民<ruby>市民<rt>しみん</rt></ruby> | 市民，公民 | 市民<ruby>市民<rt>しみん</rt></ruby>の生活<ruby>生活<rt>せいかつ</rt></ruby>を守<ruby>守<rt>まも</rt></ruby>る。 | 捍衛公民生活。 |
| 君<ruby>君<rt>きみ</rt></ruby> | 您；你（男性對同輩以下的親密稱呼） | 君<ruby>君<rt>きみ</rt></ruby>にあげる。 | 給你。 |
| ～員<ruby>員<rt>いん</rt></ruby> | 人員；成員 | 店員<ruby>店員<rt>てんいん</rt></ruby>に値段<ruby>値段<rt>ねだん</rt></ruby>を聞<ruby>聞<rt>き</rt></ruby>きます。 | 向店員詢問價錢。 |

## 3 男女

| | | | |
|---|---|---|---|
| だんせい<br>男性 | 男性 | おとな だんせい しょうかい<br>大人の男性を紹介する。 | 介紹（妳認識）穩重的男士。 |
| じょせい<br>女性 | 女性 | じょせい つよ<br>女性は強くなった。 | 女性變堅強了。 |
| かのじょ<br>彼女 | 她；女朋友 | かのじょ<br>彼女ができる。 | 交到女友。 |
| かれ<br>彼 | 他；男朋友 | かれ<br>彼とけんかした。 | 和他吵架了。 |
| かれ し<br>彼氏 | 男朋友；他 | かれ し ま<br>彼氏を待っている。 | 等著男友。 |
| かれ ら<br>彼等 | 他們，那些人 | かれ きょうだい<br>彼らは兄弟だ。 | 他們是兄弟。 |
| じんこう<br>人口 | 人口 | じんこう おお<br>人口が多い。 | 人口很多。 |
| みんな<br>皆 | 全部；大家；所有的，全都，完全 | みんな げん<br>皆で 500 元だ。 | 全部共是 500 元。 |
| あつ<br>集まる | 集合；聚集 | えき まえ あつ<br>駅の前に集まる。 | 在車站前集合。 |
| あつ<br>集める | 收集，集合，集中 | きって あつ<br>切手を集める。 | 收集郵票。 |
| つ<br>連れる | 帶領，帶著 | つ い<br>連れて行く。 | 帶去。 |
| か<br>欠ける | 缺損；缺少 | さら か<br>お皿が欠ける。 | 盤子缺角。 |

| 祖父<br>そふ | 祖父，外祖父 | 祖父に会う。<br>そふ　あ | 和祖父見面。 |
| 祖母<br>そぼ | 祖母，奶奶，外婆 | 祖母がなくなる。<br>そぼ | 祖母過世。 |
| 親<br>おや | 父母，雙親 | 親を失う。<br>おや　うしな | 失去雙親。 |
| 夫<br>おっと | 丈夫 | 夫と別れる。<br>おっと　わか | 和丈夫離婚。 |
| 主人<br>しゅじん | 一家之主；老公，（我）丈夫，<br>先生；老闆 | 主人の帰りを待つ。<br>しゅじん　かえ　ま | 等待丈夫回家。 |
| 妻<br>つま | 妻子，太太（自稱） | 妻も働いている。<br>つま　はたら | 妻子也在工作。 |
| 家内<br>かない | 妻子 | 家内に相談する。<br>かない　そうだん | 和妻子討論。 |
| 子<br>こ | 小孩；孩子 | 子を生む。<br>こ　う | 生小孩。 |
| 赤ちゃん<br>あか | 嬰兒 | うちの赤ちゃん。<br>あか | 我們家的小嬰娃。 |
| 赤ん坊<br>あか　ぼう | 嬰兒；不諳人情世故的人 | 赤ん坊を風呂に入れた。<br>あか　ぼう　ふろ　い | 幫嬰兒洗了澡。 |
| 育てる<br>そだ | 養育；撫育，培植；培養 | 庭でトマトを育てる。<br>にわ　そだ | 在庭院裡栽種番茄。 |
| 子育て<br>こそだ | 養育小孩，育兒 | 子育てで忙しい。<br>こそだ　いそが | 忙著育兒。 |
| 似る<br>に | 相似；相像，類似 | 答えが似ている。<br>こた　に | 答案相近。 |
| 僕<br>ぼく | 我（男性用） | 僕は二十歳だ。<br>ぼく　はたち | 我二十歲了！ |

## 5 態度、性格

| | | | |
|---|---|---|---|
| しんせつ<br>親切 | 親切，客氣 | しんせつ おし<br>親切に教える。 | 親切地教導。 |
| ていねい<br>丁寧 | 對事物的禮貌用法；客氣；仔細 | ていねい よ<br>丁寧に読む。 | 仔細閱讀。 |
| ねっしん<br>熱心 | 專注，熱衷 | しごと ねっしん<br>仕事に熱心だ。 | 熱衷於工作。 |
| まじめ<br>真面目 | 認真；老實；嚴肅；誠實；正經 | まじめ はたら<br>真面目に働く。 | 認真工作。 |
| いっしょうけんめい<br>一生懸命 | 拼命，努力，一心，專心 | いっしょうけんめい はたら<br>一生懸命に働く。 | 拼命地工作。 |
| やさ<br>優しい | 優美的，溫柔的，體貼的，親切<br>的 | ひと<br>人にやさしくする。 | 殷切待人。 |
| てきとう<br>適当 | 適當；適度；隨便 | てきとう うんどう<br>適当に運動する。 | 適度地運動。 |
| お か<br>可笑しい | 奇怪的，可笑的；不正常 | い ちょうし<br>胃の調子がおかしい。 | 胃不太舒服。 |
| こま<br>細かい | 細小；詳細；精密；仔細；精打<br>細算 | こま せつめい<br>細かく説明する。 | 詳細說明。 |
| さわ<br>騒ぐ | 吵鬧，騷動，喧囂；慌張；激<br>動；吹捧 | こ さわ<br>子どもが騒ぐ。 | 孩子在吵鬧。 |
| ひど<br>酷い | 殘酷，無情；過分；非常 | め あ<br>ひどい目に遭う。 | 倒大楣。 |

| <ruby>関係<rt>かんけい</rt></ruby> | 關係；影響；牽連；涉及 | <ruby>関係<rt>かんけい</rt></ruby>がある。 | 有關係；有影響；發生關係。 |
| --- | --- | --- | --- |
| <ruby>紹介<rt>しょうかい</rt></ruby> | 介紹 | <ruby>家族<rt>か ぞく</rt></ruby>に<ruby>紹介<rt>しょうかい</rt></ruby>する。 | 介紹給家人認識。 |
| <ruby>世話<rt>せ わ</rt></ruby> | 照顧，照料，照應 | <ruby>世話<rt>せ わ</rt></ruby>になる。 | 受到照顧。 |
| <ruby>別<rt>わか</rt></ruby>れる | 分別，離別，分開 | <ruby>彼<rt>かれ</rt></ruby>と<ruby>会社<rt>かいしゃ</rt></ruby>の<ruby>前<rt>まえ</rt></ruby>で<ruby>別<rt>わか</rt></ruby>れた。 | 和他在公司前道別了。 |
| <ruby>挨拶<rt>あいさつ</rt></ruby> | 寒暄；致詞；拜訪 | <ruby>挨拶<rt>あいさつ</rt></ruby>に<ruby>立<rt>た</rt></ruby>つ。 | 起身致詞。 |
| <ruby>喧嘩<rt>けん か</rt></ruby> | 吵架，口角 | けんかが<ruby>始<rt>はじ</rt></ruby>まる。 | 開始吵架。 |
| <ruby>遠慮<rt>えんりょ</rt></ruby> | 客氣；謝絕；深謀遠慮 | <ruby>遠慮<rt>えんりょ</rt></ruby>がない。 | 不客氣，不拘束。 |
| <ruby>失礼<rt>しつれい</rt></ruby> | 失禮，沒禮貌；失陪 | <ruby>失礼<rt>しつれい</rt></ruby>なことを<ruby>言<rt>い</rt></ruby>う。 | 說失禮的話。 |
| <ruby>褒<rt>ほ</rt></ruby>める | 稱讚，誇獎 | <ruby>勇気<rt>ゆう き</rt></ruby>ある<ruby>行為<rt>こう い</rt></ruby>を<ruby>褒<rt>ほ</rt></ruby>める。 | 讚揚勇敢的行為。 |
| <ruby>役<rt>やく</rt></ruby>に<ruby>立<rt>た</rt></ruby>つ | 有益處，有幫助，有用 | <ruby>仕事<rt>し ごと</rt></ruby>に<ruby>役<rt>やく</rt></ruby>に<ruby>立<rt>た</rt></ruby>つ。 | 對工作有幫助。 |
| <ruby>自由<rt>じ ゆう</rt></ruby> | 自由；隨意；隨便；任意 | <ruby>自由<rt>じ ゆう</rt></ruby>がない。 | 沒有自由。 |
| <ruby>習慣<rt>しゅうかん</rt></ruby> | 習慣 | <ruby>習慣<rt>しゅうかん</rt></ruby>が<ruby>変<rt>か</rt></ruby>わる。 | 習慣改變；習俗特別。 |

## 1 人體

| | | | |
|---|---|---|---|
| 格好／恰好<br>（かっこう／かっこう） | 樣子，適合；外表，裝扮；情況 | 格好をかまう。<br>（かっこう） | 講究外表。 |
| 髪<br>（かみ） | 頭髮；髮型 | 髪の毛を切る。<br>（かみ・け・き） | 剪頭髮。 |
| 毛<br>（け） | 毛髮，頭髮；毛線，毛織物 | 毛の長い猫。<br>（け・なが・ねこ） | 長毛的貓。 |
| 髭<br>（ひげ） | 鬍鬚 | ひげが長い。<br>（なが） | 鬍子很長。 |
| 首<br>（くび） | 脖子；頸部；職位；解僱 | 首が痛い。<br>（くび・いた） | 脖子痛。 |
| 喉<br>（のど） | 喉嚨；嗓音 | のどが痛い。<br>（いた） | 喉嚨痛。 |
| 背中<br>（せ・なか） | 背脊；背部 | 背中が痛い。<br>（せ・なか・いた） | 背部疼痛。 |
| 腕<br>（うで） | 胳臂；腕力；本領；支架 | 細い腕。<br>（ほそ・うで） | 很細的胳臂。 |
| 指<br>（ゆび） | 手指；趾頭 | ゆびで指す。<br>（さ） | 用手指。 |
| 爪<br>（つめ） | 指甲；爪 | 爪を切る。<br>（つめ・き） | 剪指甲。 |
| 血<br>（ち） | 血液，血；血緣 | 赤い血。<br>（あか・ち） | 鮮紅的血。 |
| おなら | 屁 | おならをする。 | 放屁。 |

## 2 生死與體質

| 生きる | 活著，生存；謀生；獻身於；有效；有影響 | 生きて帰る。 | 生還。 |
|---|---|---|---|
| 亡くなる | 死去，去世，死亡 | 先生が亡くなる。 | 老師過世。 |
| 動く | 動，移動；擺動；改變；行動；動搖 | 手が痛くて動かない。 | 手痛得不能動。 |
| 触る | 碰觸，觸摸；接觸；觸怒；有關聯 | 顔に触った。 | 觸摸臉。 |
| 眠い | 睏，想睡覺 | 眠くなる。 | 想睡覺。 |
| 眠る | 睡覺 | 暑くて眠れない。 | 太熱睡不著。 |
| 太る | 胖，肥胖；增加 | 10キロも太ってしまった。 | 居然胖了十公斤。 |
| 痩せる | 瘦；貧瘠 | 病気で痩せる。 | 因生病所以消瘦。 |
| 弱い | 虛弱；不高明；軟弱的 | 酒が弱い。 | 酒量差。 |
| 折る | 折，折疊，折斷，中斷 | 紙を折る。 | 摺紙。 |

## 3 疾病與治療

| | | | |
|---|---|---|---|
| 熱<br>ねつ | 高溫；熱；發燒；熱情 | 熱がある。<br>ねつ | 發燒。 |
| インフルエンザ | 流行性感冒 | インフルエンザにかかる。 | 得了流感。 |
| 怪我<br>け が | 受傷；傷害；過失 | 怪我がない。<br>け が | 沒有受傷。 |
| 花粉症<br>か ふんしょう | 花粉症，因花粉而引起的過敏鼻炎 | 花粉症にかかる。<br>か ふんしょう | 患上花粉症。 |
| 倒れる<br>たお | 倒塌，倒下；垮台；死亡 | 家が倒れる。<br>いえ たお | 房屋倒塌。 |
| 入院<br>にゅういん | 住院 | 入院することになった。<br>にゅういん | 結果要住院了。 |
| 注射<br>ちゅうしゃ | 注射，打針 | 注射を打つ。<br>ちゅうしゃ う | 打針。 |
| 塗る<br>ぬ | 塗抹，塗上 | 色を塗る。<br>いろ ぬ | 上色。 |
| お見舞い<br>み ま | 慰問品；探望 | お見舞いに行く。<br>み ま い | 去探望。 |
| 具合<br>ぐ あい | 情況；（健康等）狀況，方法 | 具合がよくなる。<br>ぐ あい | 情況好轉。 |
| 治る<br>なお | 變好；改正；治癒 | 傷が治る。<br>きず なお | 傷口復原。 |
| 退院<br>たいいん | 出院 | 三日で退院できます。<br>みっか たいいん | 三天後即可出院。 |
| ヘルパー | 幫傭；看護 | ヘルパーさんは忙しい。<br>いそが | 看護很忙碌。 |
| 歯医者<br>は いしゃ | 牙科，牙醫 | 歯医者に行く。<br>は いしゃ い | 看牙醫。 |
| ～てしまう | 強調某一狀態或動作徹底完了；懊悔 | 食べてしまう。<br>た | 吃完。 |

| | | | |
|---|---|---|---|
| うんどう<br>運動 | 運動；活動；宣傳活動 | うんどう<br>運動が好きだ。 | 我喜歡運動。 |
| テニス | 網球 | テニスをやる。 | 打網球。 |
| テニスコート | 網球場 | テニスコートでテニスをやる。 | 在網球場打網球。 |
| ちから<br>力 | 力量，力氣；能力；壓力；勢力 | ちから<br>力になる。 | 幫助；有依靠。 |
| じゅうどう<br>柔道 | 柔道 | じゅうどう<br>柔道をやる。 | 練柔道。 |
| すいえい<br>水泳 | 游泳 | すいえい じょうず<br>水泳が上手だ。 | 擅長游泳。 |
| か か<br>駆ける／駈ける | 奔跑，快跑 | いそ か<br>急いで駆ける。 | 快跑。 |
| う<br>打つ | 打擊，打 | う<br>メールを打ちます。 | 打簡訊。 |
| すべ<br>滑る | 滑（倒）；滑動；（手）滑；跌落 | みち すべ<br>道が滑る。 | 路滑。 |
| な<br>投げる | 拋擲，丟，拋；放棄 | な<br>ボールを投げる。 | 擲球。 |
| しあい<br>試合 | 比賽 | しあい お<br>試合が終わる。 | 比賽結束。 |
| きょうそう<br>競争 | 競爭 | きょうそう ま<br>競争に負ける。 | 競爭失敗。 |
| か<br>勝つ | 贏，勝利；克服 | しあい か<br>試合に勝つ。 | 贏得比賽。 |
| しっぱい<br>失敗 | 失敗 | しけん しっぱい<br>試験に失敗した。 | 落榜了。 |
| ま<br>負ける | 輸；屈服 | せんそう ま<br>戦争に負ける。 | 戰敗。 |

## 1　自然與氣象

| | | | |
|---|---|---|---|
| えだ<br>枝 | 樹枝；分枝 | えだ　き<br>枝を切る。 | 修剪樹枝。 |
| くさ<br>草 | 草，雜草 | にわ　くさ　と<br>庭の草を取る。 | 清除庭院裡的雜草。 |
| は<br>葉 | 葉子，樹葉 | は　お<br>葉が落ちる。 | 葉落。 |
| ひら<br>開く | 打開；開著 | うちがわ　ひら<br>内側へ開く。 | 往裡開。 |
| う<br>植える | 栽種，種植；培養；嵌入 | き　う<br>木を植える。 | 種樹。 |
| お<br>折れる | 折彎；折斷；轉彎；屈服；操勞 | あし　お<br>いすの足が折れた。 | 椅腳斷了。 |
| くも<br>雲 | 雲朵 | くも　しろ<br>雲は白い。 | 雲朵亮白。 |
| つき<br>月 | 月亮 | つき　み<br>月が見える。 | 可以看到月亮。 |
| ほし<br>星 | 星星，星形；星標；小點；靶心 | ほし　み<br>星がきれいに見える。 | 可以清楚地看到星空。 |
| じ しん<br>地震 | 地震 | じ しん　お<br>地震が起きる。 | 發生地震。 |
| たいふう<br>台風 | 颱風 | たいふう　あ<br>台風に遭う。 | 遭遇颱風。 |
| き せつ<br>季節 | 季節 | き せつ　か<br>季節が変わる。 | 季節嬗遞。 |
| ひ<br>冷える | 感覺冷；變冷；變冷淡 | りょうり　ひ<br>料理が冷えてます。 | 飯菜涼了。 |
| や<br>止む | 停止；結束 | あめ　や<br>雨が止む。 | 雨停。 |

| 下がる | 下降；下垂；降低；降溫；退步 | 熱が下がる。 | 漸漸退燒。 |
|---|---|---|---|
| 林 | 樹林；林立 | 林の中を散歩する。 | 在林間散步。 |
| 森 | 樹林 | 森に入る。 | 走進森林。 |
| 光 | 光亮，光線；（喻）光明，希望；威力，光榮 | 光が強くて目が見えない。 | 光線太強，什麼都看不見。 |
| 光る | 發光，發亮；出眾 | 星が光る。 | 星光閃耀。 |
| 映る | 映照，反射；相稱；看，覺得 | 水に映る。 | 倒映水面。 |
| どんどん | 連續不斷，接二連三；（炮鼓等連續不斷的聲音）咚咚；（進展）順利；（氣勢）旺盛 | どんどん忘れてしまう。 | 漸漸遺忘。 |

## 2 各種物質

🔘T2/16

| | | | |
|---|---|---|---|
| <ruby>空気<rt>くうき</rt></ruby> | 空氣；氣氛 | <ruby>空気<rt>くうき</rt></ruby>が<ruby>汚<rt>よご</rt></ruby>れる。 | 空氣很髒。 |
| <ruby>火<rt>ひ</rt></ruby>／<ruby>灯<rt>ひ</rt></ruby> | 火；燈 | <ruby>火<rt>ひ</rt></ruby>が<ruby>消<rt>き</rt></ruby>える。 | 火熄滅；寂寞，冷清。 |
| <ruby>石<rt>いし</rt></ruby> | 石頭；岩石；（猜拳）石頭；石板；鑽石；結石；堅硬 | <ruby>石<rt>いし</rt></ruby>で<ruby>作<rt>つく</rt></ruby>る。 | 用石頭做的。 |
| <ruby>砂<rt>すな</rt></ruby> | 沙子 | <ruby>砂<rt>すな</rt></ruby>が<ruby>目<rt>め</rt></ruby>に<ruby>入<rt>はい</rt></ruby>る。 | 沙子掉進眼睛裡。 |
| ガソリン | 汽油 | ガソリンが<ruby>切<rt>き</rt></ruby>れる。 | 汽油耗盡。 |
| ガラス | 玻璃 | ガラスを<ruby>割<rt>わ</rt></ruby>る。 | 打破玻璃。 |
| <ruby>絹<rt>きぬ</rt></ruby> | 絲織品；絲 | <ruby>絹<rt>きぬ</rt></ruby>の<ruby>服<rt>ふく</rt></ruby>を<ruby>着<rt>き</rt></ruby>る。 | 穿著絲織服裝。 |
| ナイロン | 尼龍 | ナイロンの<ruby>財布<rt>さいふ</rt></ruby>を<ruby>買<rt>か</rt></ruby>う。 | 購買尼龍材質的錢包。 |
| <ruby>木綿<rt>もめん</rt></ruby> | 棉花；棉，棉質 | <ruby>木綿<rt>もめん</rt></ruby>のシャツ。 | 棉質襯衫。 |
| <ruby>塵<rt>ごみ</rt></ruby>／<ruby>芥<rt>ごみ</rt></ruby> | 垃圾；廢物 | <ruby>燃<rt>も</rt></ruby>えるゴミを<ruby>出<rt>だ</rt></ruby>す。 | 把可燃垃圾拿去丟。 |
| <ruby>捨<rt>す</rt></ruby>てる | 丟掉，拋棄；放棄；置之不理 | ゴミを<ruby>捨<rt>す</rt></ruby>てる。 | 丟垃圾。 |
| <ruby>固<rt>かた</rt></ruby>い／<ruby>硬<rt>かた</rt></ruby>い／<ruby>堅<rt>かた</rt></ruby>い | 堅硬；凝固；結實；可靠；嚴厲 | <ruby>硬<rt>かた</rt></ruby>い<ruby>石<rt>いし</rt></ruby>。 | 堅硬的石頭。 |

# 1 烹調與食物味道

| 漬ける | 浸泡；醃 | 梅を漬ける。 | 醃梅子。 |
|---|---|---|---|
| 包む | 包圍，包住，包起來；隱藏；束起 | 体をタオルで包む。 | 用浴巾包住身體。 |
| 焼く | 焚燒；烤；曬黑；燒製；沖印 | 魚を焼く。 | 烤魚。 |
| 焼ける | 著火，烤熟；（被）烤熟；變黑 | 肉が焼ける。 | 肉烤熟。 |
| 沸かす | 使…沸騰，煮沸；使沸騰 | お湯を沸かす。 | 把水煮沸。 |
| 沸く | 煮沸騰，沸，煮開；興奮；熔化；吵嚷 | 会場が沸く。 | 會場熱血沸騰。 |
| 味 | 味道；滋味；趣味；甜頭 | 味がいい。 | 好吃，美味；富有情趣。 |
| 味見 | 試吃，嚐味道 | スープの味見をする。 | 嚐嚐湯的味道。 |
| 匂い | 氣味；味道；風貌；氣息 | 匂いがする。 | 發出味道。 |
| 苦い | 苦；痛苦，苦楚的；不愉快的 | 苦くて食べられない。 | 苦得難以下嚥。 |
| 柔らかい | 柔軟的，柔和的；溫柔；靈活 | 柔らかい光。 | 柔和的光線。 |
| 大匙 | 大匙，湯匙 | 大匙二杯の塩。 | 兩大匙的鹽。 |
| 小匙 | 小匙，茶匙 | 小匙一杯の砂糖。 | 一小匙的砂糖。 |

## 2 用餐與食物

| | | | |
|---|---|---|---|
| <ruby>夕飯<rt>ゆうはん</rt></ruby> | 晚飯 | <ruby>夕飯<rt>ゆうはん</rt></ruby>を<ruby>食<rt>た</rt></ruby>べる。 | 吃晚飯。 |
| <ruby>空<rt>す</rt></ruby>く | 有縫隙；（內部的人或物）變少，稀疏；飢餓；有空閒；（心情）舒暢 | バスは<ruby>空<rt>す</rt></ruby>いていた。 | 公車上沒什麼人。 |
| <ruby>支度<rt>したく</rt></ruby> | 準備，預備 | <ruby>支度<rt>したく</rt></ruby>ができる。 | 準備好。 |
| <ruby>準備<rt>じゅんび</rt></ruby> | 籌備；準備 | <ruby>準備<rt>じゅんび</rt></ruby>が<ruby>足<rt>た</rt></ruby>りない。 | 準備不夠。 |
| <ruby>用意<rt>ようい</rt></ruby> | 準備；注意 | <ruby>飲<rt>の</rt></ruby>み<ruby>物<rt>もの</rt></ruby>を<ruby>用意<rt>ようい</rt></ruby>します。 | 準備飲料。 |
| <ruby>食事<rt>しょくじ</rt></ruby> | 用餐，吃飯；飯，餐 | <ruby>食事<rt>しょくじ</rt></ruby>が<ruby>終<rt>お</rt></ruby>わる。 | 吃完飯。 |
| <ruby>咬<rt>か</rt></ruby>む／<ruby>噛<rt>か</rt></ruby>む | 咬 | ガムを<ruby>噛<rt>か</rt></ruby>む。 | 嚼口香糖。 |
| <ruby>残<rt>のこ</rt></ruby>る | 留下，剩餘，剩下；殘存，殘留 | <ruby>お金<rt>かね</rt></ruby>が<ruby>残<rt>のこ</rt></ruby>る。 | 錢剩下來。 |
| <ruby>食料品<rt>しょくりょうひん</rt></ruby> | 食品 | そこで<ruby>食料品<rt>しょくりょうひん</rt></ruby>を<ruby>買<rt>か</rt></ruby>う。 | 在那邊購買食材。 |
| <ruby>米<rt>こめ</rt></ruby> | 米 | <ruby>お米<rt>こめ</rt></ruby>がもうない。 | 米缸已經見底。 |
| <ruby>味噌<rt>みそ</rt></ruby> | 味噌 | <ruby>味噌汁<rt>みそしる</rt></ruby>を<ruby>飲<rt>の</rt></ruby>む。 | 喝味噌湯。 |
| ジャム | 果醬 | パンにジャムをつける。 | 在麵包上塗果醬。 |
| <ruby>湯<rt>ゆ</rt></ruby> | 開水，熱水；浴池；溫泉；洗澡水 | <ruby>お湯<rt>ゆ</rt></ruby>に<ruby>入<rt>はい</rt></ruby>る。 | 入浴，洗澡。 |
| <ruby>葡萄<rt>ぶどう</rt></ruby> | 葡萄 | <ruby>葡萄<rt>ぶどう</rt></ruby>でワインを<ruby>作<rt>つく</rt></ruby>る。 | 用葡萄釀造紅酒。 |

| | | | |
|---|---|---|---|
| 外食<br>がいしょく | 外食，在外用餐 | 外食をする。<br>がいしょく | 吃外食。 |
| ご馳走<br>ち そう | 盛宴；請客，款待；豐盛佳餚 | ご馳走になる。<br>ち そう | 被請吃飯。 |
| 喫煙席<br>きつえんせき | 吸煙席，吸煙區 | 喫煙席を選ぶ。<br>きつえんせき えら | 選擇吸菸區。 |
| 禁煙席<br>きんえんせき | 禁煙席，禁煙區 | 禁煙席に座る。<br>きんえんせき すわ | 坐在禁菸區。 |
| 宴会<br>えんかい | 宴會，酒宴 | 宴会に出席する。<br>えんかい しゅっせき | 出席宴會。 |
| 合コン<br>ごう | 聯誼 | テニス部と合コンしましょう。<br>ぶ ごう | 我們和網球社舉辦聯誼吧。 |
| 歓迎会<br>かんげいかい | 歡迎會，迎新會 | 歓迎会を開く。<br>かんげいかい ひら | 開歡迎會。 |
| 送別会<br>そうべつかい | 送別會 | 送別会に参加する。<br>そうべつかい さん か | 參加歡送會。 |
| 食べ放題<br>た ほうだい | 吃到飽，盡量吃，隨意吃 | このレストランは食べ放題だ。<br>た ほうだい | 這是間吃到飽的餐廳。 |
| 飲み放題<br>の ほうだい | 喝到飽，無限暢飲 | ビールが飲み放題だ。<br>の ほうだい | 啤酒無限暢飲。 |
| おつまみ | 下酒菜，小菜 | おつまみを作る。<br>つく | 作下酒菜。 |
| サンドイッチ | 三明治 | ハムサンドイッチを食べる。<br>た | 吃火腿三明治。 |
| ケーキ | 蛋糕 | ケーキを作る。<br>つく | 做蛋糕。 |
| サラダ | 沙拉 | サラダを作る。<br>つく | 做沙拉。 |

| ステーキ | 牛排 | ステーキを食べる。 | 吃牛排。 |
| --- | --- | --- | --- |
| 代<sup>か</sup>わりに | 代替・替代 | 人<sup>ひと</sup>の代<sup>か</sup>わりに行<sup>い</sup>く。 | 代理他人去。 |
| レジ | 收銀台 | レジを打<sup>う</sup>つ。 | 收銀。 |

# 1 服裝、配件與素材

| 着物<br>きもの | 衣服；和服 | 着物を脱ぐ。<br>きもの ぬ | 脱衣服。 |
|---|---|---|---|
| 下着<br>したぎ | 內衣，貼身衣物 | 下着を替える。<br>したぎ か | 換貼身衣物。 |
| 手袋<br>てぶくろ | 手套 | 手袋を取る。<br>てぶくろ と | 摘下手套。 |
| イヤリング | 耳環 | イヤリングをつける。 | 戴耳環。 |
| 財布<br>さいふ | 錢包 | 財布を落とした。<br>さいふ お | 掉了錢包。 |
| 濡れる<br>ぬ | 濡溼，淋溼 | 雨に濡れる。<br>あめ ぬ | 被雨淋溼。 |
| 汚れる<br>よご | 弄髒，髒污；齷齪 | 空気が汚れた。<br>くうき よご | 空氣被汙染。 |
| サンダル | 拖鞋，涼鞋 | サンダルを履く。<br>は | 穿涼鞋。 |
| 履く<br>は | 穿（鞋、襪） | 靴を履く。<br>くつ は | 穿鞋。 |
| 指輪<br>ゆびわ | 戒指 | 指輪をはめる。<br>ゆびわ | 戴上戒指。 |
| 糸<br>いと | 線；紗線；（三弦琴的）弦；魚線 | 一本の糸。<br>いっぽん いと | 一條線。 |
| 毛<br>け | 毛髮，頭髮；毛線，毛織物 | 毛の長い猫。<br>け なが ねこ | 長毛的貓。 |
| 線<br>せん | 線；線路 | 線を引く。<br>せん ひ | 畫條線。 |
| アクセサリー | 飾品，裝飾品；零件；配件 | アクセサリーをつける。 | 戴上飾品。 |

| スーツ | 套裝 | スーツを着る。 | 穿套裝。 |
| ソフト | 軟的；不含酒精的飲料；壘球（ソフトボール之略）；軟件(ソフトウェア之略) | ソフトに問題がある。 | 軟體故障。 |
| 付ける | 加上，安裝；寫上；察覺到 | 日記を付ける。 | 寫日記。 |
| 玩具 | 玩具；玩物 | おもちゃを買う。 | 買玩具。 |

# 1 內部格局與居家裝潢

| | | | |
|---|---|---|---|
| <ruby>屋上<rt>おくじょう</rt></ruby> | 屋頂 | <ruby>屋上<rt>おくじょう</rt></ruby>に<ruby>上<rt>あ</rt></ruby>がる。 | 爬上屋頂。 |
| <ruby>壁<rt>かべ</rt></ruby> | 牆壁；障礙；峭壁 | <ruby>壁<rt>かべ</rt></ruby>に<ruby>絵<rt>え</rt></ruby>を<ruby>飾<rt>かざ</rt></ruby>ります。 | 用畫作裝飾壁面。 |
| <ruby>水道<rt>すいどう</rt></ruby> | 自來水；自來水管 | <ruby>水道<rt>すいどう</rt></ruby>を<ruby>引<rt>ひ</rt></ruby>く。 | 安裝自來水。 |
| <ruby>応接間<rt>おうせつま</rt></ruby> | 客廳；會客室；接待室 | <ruby>応接間<rt>おうせつま</rt></ruby>に<ruby>入<rt>はい</rt></ruby>る。 | 進入會客室。 |
| <ruby>畳<rt>たたみ</rt></ruby> | 榻榻米 | <ruby>畳<rt>たたみ</rt></ruby>を<ruby>換<rt>か</rt></ruby>える。 | 換新榻榻米。 |
| <ruby>押入<rt>おしい</rt></ruby>れ | 壁櫥 | <ruby>押入<rt>おしい</rt></ruby>れに<ruby>入<rt>い</rt></ruby>れる。 | 收進壁櫥裡。 |
| <ruby>引<rt>ひ</rt></ruby>き<ruby>出<rt>だ</rt></ruby>し | 抽屜 | <ruby>引<rt>ひ</rt></ruby>き<ruby>出<rt>だ</rt></ruby>しを<ruby>開<rt>あ</rt></ruby>ける。 | 拉開抽屜。 |
| <ruby>布団<rt>ふとん</rt></ruby> | 被子，棉被 | <ruby>布団<rt>ふとん</rt></ruby>を<ruby>掛<rt>か</rt></ruby>ける。 | 蓋被子。 |
| カーテン | 窗簾，簾子；幕；屏障 | カーテンを<ruby>開<rt>あ</rt></ruby>ける。 | 拉開窗簾。 |
| <ruby>掛<rt>か</rt></ruby>ける | 掛上；把動作加到某人身上（如給人添麻煩）；使固定；放在火上；稱；乘法 | <ruby>壁<rt>かべ</rt></ruby>に<ruby>時計<rt>とけい</rt></ruby>をかける。 | 將時鐘掛到牆上。 |
| <ruby>飾<rt>かざ</rt></ruby>る | 擺飾，裝飾；粉飾；排列；潤色 | <ruby>部屋<rt>へや</rt></ruby>を<ruby>飾<rt>かざ</rt></ruby>る。 | 裝飾房間。 |
| <ruby>向<rt>むか</rt></ruby>う | 面向 | <ruby>鏡<rt>かがみ</rt></ruby>に<ruby>向<rt>む</rt></ruby>かう。 | 對著鏡子。 |

## 2 居住

| 建<ruby>た</ruby>てる | 建立，建造 | 家<ruby>いえ</ruby>を建<ruby>た</ruby>てる。 | 蓋房子。 |
|---|---|---|---|
| エスカレーター | 電扶梯，自動手扶梯；自動晉級的機制 | エスカレーターに乗<ruby>の</ruby>る。 | 搭乘手扶梯。 |
| お宅<ruby>たく</ruby> | 府上；您府上，貴宅；宅男（女） | お宅<ruby>たく</ruby>はどちらですか？ | 請問您家在哪？ |
| 住所<ruby>じゅうしょ</ruby> | 地址 | 住所<ruby>じゅうしょ</ruby>がわからない。 | 不知道住址。 |
| 近所<ruby>きんじょ</ruby> | 附近；鄰居；鄰里 | この近所<ruby>きんじょ</ruby>に住<ruby>す</ruby>んでいる。 | 住在這附近。 |
| 留守<ruby>るす</ruby> | 不在家；看家 | 家<ruby>いえ</ruby>の留守<ruby>るす</ruby>をする。 | 看家。 |
| 移<ruby>うつ</ruby>る | 遷移，移動；變心；推移；染上；感染；時光流逝 | 1 階<ruby>かい</ruby>から 2 階<ruby>かい</ruby>へ移<ruby>うつ</ruby>った。 | 從一樓移動到二樓。 |
| 引<ruby>ひ</ruby>っ越<ruby>こ</ruby>す | 搬家 | 京都<ruby>きょうと</ruby>へ引<ruby>ひ</ruby>っ越<ruby>こ</ruby>す。 | 搬去京都。 |
| 下宿<ruby>げしゅく</ruby> | 公寓；寄宿，住宿 | 下宿<ruby>げしゅく</ruby>を探<ruby>さが</ruby>す。 | 尋找公寓。 |
| 生活<ruby>せいかつ</ruby> | 生活；謀生 | 生活<ruby>せいかつ</ruby>に困<ruby>こま</ruby>る。 | 不能維持生活。 |
| 生<ruby>なま</ruby>ゴミ | 廚餘，有機垃圾，有水分的垃圾 | 生<ruby>なま</ruby>ゴミを集<ruby>あつ</ruby>める。 | 將廚餘集中回收。 |
| 燃<ruby>も</ruby>えるゴミ | 可燃垃圾 | 燃<ruby>も</ruby>えるゴミを集<ruby>あつ</ruby>める。 | 收集可燃垃圾。 |
| 不便<ruby>ふべん</ruby> | 不方便 | この辺<ruby>あたり</ruby>は不便<ruby>ふべん</ruby>だ。 | 這一帶的生活機能不佳。 |

| かがみ<br>鏡 | 鏡子；榜樣 | かがみ　み<br>鏡を見る。 | 照鏡子。 |
| たな<br>棚 | 架子，棚架 | たな　にんぎょう　かざ<br>棚に人形を飾る。 | 在架子上擺飾人偶。 |
| スーツケース | 行李箱；手提旅行箱 | も<br>スーツケースを持つ。 | 拿著行李箱。 |
| れいぼう<br>冷房 | 冷氣 | れいぼう<br>冷房をつける。 | 開冷氣。 |
| だんぼう<br>暖房 | 暖氣；供暖 | だんぼう　つ<br>暖房を付ける。 | 開暖氣。 |
| でんとう<br>電灯 | 電燈 | でんとう<br>電灯がつく。 | 點亮電燈。 |
| ガスコンロ | 瓦斯爐，煤氣爐 | つか<br>ガスコンロを使う。 | 使用瓦斯爐。 |
| ステレオ | 音響；立體聲 | ステレオをつける。 | 打開音響。 |
| けいたいでん わ<br>携帯電話 | 手機，行動電話 | けいたいでん わ　つか<br>携帯電話を使う。 | 使用手機。 |
| ベル | 鈴聲 | お<br>ベルを押す。 | 按鈴。 |
| な<br>鳴る | 響，叫 | でん わ　な<br>電話が鳴る。 | 電話響了起來。 |
| どう ぐ<br>道具 | 道具；工具；手段 | どう ぐ　つか<br>道具を使う。 | 使用道具。 |
| き かい<br>機械 | 機械，機器 | き かい　うご<br>機械を動かす。 | 啟動機器。 |
| タイプ | 款式；類型；打字 | す<br>好きなタイプ。 | 喜歡的類型。 |

## 4 使用道具

🔘T2/ 24

| 点ける | 打開（家電類）；點燃 | 火をつける。 | 點火。 |
|---|---|---|---|
| 点く | 點亮，點上，（火）點著 | 電灯が点いた。 | 電燈亮了。 |
| 回る | 巡視；迴轉；繞彎；轉移；營利 | あちこちを回る。 | 四處巡視。 |
| 運ぶ | 運送，搬運；進行 | 荷物を運ぶ。 | 搬運行李。 |
| 止める | 停止 | 車を止める。 | 把車停下。 |
| 故障 | 故障；障礙；毛病；異議 | 機械が故障した。 | 機器故障。 |
| 壊れる | 壞掉，損壞；故障；破裂 | 電話が壊れている。 | 電話壞了。 |
| 割れる | 破掉，破裂；裂開；暴露；整除 | 窓ガラスが割れる。 | 窗戶玻璃破裂。 |
| 無くなる | 不見，遺失；用光了 | 痛みが無くなった。 | 疼痛消失了。 |
| 取り替える | 交換；更換 | 大きい帽子と取り替える。 | 換成一頂大帽子。 |
| 直す | 修理；改正；改變；整理 | 平仮名を漢字に直す。 | 把平假名置換為漢字。 |
| 直る | 復原；修理；治好 | ご機嫌が直る。 | （對方）心情轉佳。 |

223

**1　各種機關與設施**

T2 / 25

| とこや<br>床屋 | 理髮店；理髮師 | とこや　い<br>床屋へ行く。 | 去理髮廳。 |
|---|---|---|---|
| こうどう<br>講堂 | 大禮堂；禮堂 | こうどう　つか<br>講堂を使う。 | 使用禮堂。 |
| かいじょう<br>会場 | 會場；會議地點 | かいじょう　わ<br>会場が沸く。 | 會場熱血沸騰。 |
| じ む しょ<br>事務所 | 辦事處；辦公室 | じ む しょ　も<br>事務所を持つ。 | 設有辦事處。 |
| きょうかい<br>教会 | 教會，教堂 | きょうかい　い<br>教会へ行く。 | 到教堂去。 |
| じんじゃ<br>神社 | 神社 | じんじゃ　まい<br>神社に参る。 | 參拜神社。 |
| てら<br>寺 | 寺院 | てら<br>お寺はたくさんある。 | 有許多寺院。 |
| どうぶつえん<br>動物園 | 動物園 | どうぶつえん　い<br>動物園に行く。 | 去動物園。 |
| び じゅつかん<br>美術館 | 美術館 | び じゅつかん　つく<br>美術館を作る。 | 建美術館。 |
| ちゅうしゃじょう<br>駐車場 | 停車場 | ちゅうしゃじょう　さが<br>駐車場を探す。 | 找停車場。 |
| くうこう<br>空港 | 機場 | くうこう　つ<br>空港に着く。 | 抵達機場。 |
| ひ こうじょう<br>飛行場 | 飛機場 | ひ こうじょう　むか　い<br>飛行場へ迎えに行く。 | 去接機。 |
| みなと<br>港 | 港口，碼頭 | みなと　よ<br>港に寄る。 | 停靠碼頭。 |
| こうじょう<br>工場 | 工廠 | こうじょう　けんがく<br>工場を見学する。 | 參觀工廠。 |
| スーパー | 超級市場 | か　もの<br>スーパーへ買い物<br>い<br>に行く。 | 去超市買東西。 |

## 2 交通工具與交通

| | | | |
|---|---|---|---|
| 乗り物 | 交通工具 | 乗り物に乗る。 | 乘坐交通工具。 |
| オートバイ | 摩托車 | オートバイに乗る。 | 騎摩托車。 |
| 汽車 | 火車 | 汽車に乗る。 | 搭火車。 |
| 普通 | 普通，平凡 | 普通の日は暇です。 | 平常日很閒。 |
| 急行 | 急行，急往；快車 | 急行電車に乗る。 | 搭乘快車。 |
| 特急 | 火速；特急列車；特快 | 特急で東京へたつ。 | 坐特快車到東京。 |
| 船／舟 | 舟，船；槽，盆 | 船に乗る。 | 乘船。 |
| ガソリンスタンド | 加油站 | ガソリンスタンドに寄る。 | 順路到加油站。 |
| 交通 | 交通；通信，往來 | 交通の便はいい。 | 交通十分便捷。 |
| 通り | （接名詞後）一樣，照…樣；表示程度；表示街名 | いつもの通り | 一如往常 |
| 事故 | 意外，事故；事由 | 事故が起こる。 | 發生事故。 |
| 工事中 | 施工中；（網頁）建製中 | 工事中となる。 | 施工中。 |
| 忘れ物 | 遺忘物品，遺失物 | 忘れ物を取りに行く。 | 去取回遺失的物品。 |
| 帰り | 回家；回家途中 | 帰りを急ぐ。 | 急著回去。 |

| いっぽうつうこう<br>一方通行 | 單行道；單向傳達 | この<ruby>道<rt>みち</rt></ruby>は<ruby>一方通行<rt>いっぽうつうこう</rt></ruby>だ。 | 這條路是單行道呀！ |
| 内側<br>うちがわ | 內部，內側，裡面 | <ruby>黄色<rt>きいろ</rt></ruby>い<ruby>線<rt>せん</rt></ruby>の<ruby>内側<rt>うちがわ</rt></ruby>に<ruby>立<rt>た</rt></ruby>つ。 | 站在黃線後方。 |
| そとがわ<br>外側 | 外部，外面，外側 | <ruby>外側<rt>そとがわ</rt></ruby>に<ruby>紙<rt>かみ</rt></ruby>を<ruby>貼<rt>は</rt></ruby>る。 | 在外面貼上紙張。 |
| ちかみち<br>近道 | 捷徑，近路 | <ruby>近道<rt>ちかみち</rt></ruby>をする。 | 抄近路。 |
| おうだんほどう<br>横断歩道 | 斑馬線，人行道 | <ruby>横断歩道<rt>おうだんほどう</rt></ruby>を<ruby>渡<rt>わた</rt></ruby>る。 | 跨越斑馬線。 |
| せき<br>席 | 席位；座位；職位 | <ruby>席<rt>せき</rt></ruby>を<ruby>立<rt>た</rt></ruby>つ。 | 起立。 |
| うんてんせき<br>運転席 | 駕駛座 | <ruby>運転席<rt>うんてんせき</rt></ruby>を<ruby>設置<rt>せっち</rt></ruby>する。 | 設置駕駛艙。 |
| していせき<br>指定席 | 劃位座，對號入座 | <ruby>指定席<rt>していせき</rt></ruby>を<ruby>予約<rt>よやく</rt></ruby>する。 | 預約對號座位。 |
| じゆうせき<br>自由席 | 自由座 | <ruby>自由席<rt>じゆうせき</rt></ruby>を<ruby>取<rt>と</rt></ruby>る。 | 預購自由座車廂的座位。 |
| つうこうどめ<br>通行止め | 禁止通行，無路可走 | <ruby>通行止<rt>つうこうど</rt></ruby>めになっている。 | 規定禁止通行。 |
| しゅうでん<br>終電 | 最後一班電車，末班車 | <ruby>終電<rt>しゅうでん</rt></ruby>に<ruby>乗<rt>の</rt></ruby>る。 | 搭乘末班車。 |
| しんごうむし<br>信号無視 | 違反交通號誌，闖紅（黃）燈 | <ruby>信号無視<rt>しんごうむし</rt></ruby>をする。 | 違反交通號誌。 |
| ちゅうしゃいはん<br>駐車違反 | 違規停車 | <ruby>駐車違反<rt>ちゅうしゃいはん</rt></ruby>になる。 | 違規停車。 |

## 4 使用交通工具等

| うんてん<br>運転 | 開車，駕駛；周轉；運轉 | うんてん なら<br>運転を習う。 | 學開車。 |
|---|---|---|---|
| とお<br>通る | 經過；通過；合格；暢通；滲透；響亮 | ひだりがわ とお<br>左側を通る。 | 靠左邊走。 |
| の か<br>乗り換える | 轉乘，換車；倒換；改變，改行 | べつ の か<br>別のバスに乗り換える。 | 轉乘別的公車。 |
| ふ<br>踏む | 踩住，踩到；走上，踏上；實踐；經歷 | ひと あし ふ<br>人の足を踏む。 | 踩到別人的腳。 |
| と<br>止まる | 停止；止住；堵塞；落在 | と けい と<br>時計が止まる。 | 鐘停了。 |
| ひろ<br>拾う | 撿拾；叫車 | さい ふ ひろ<br>財布を拾う。 | 撿到錢包。 |
| お お<br>下りる／<br>降りる | 降；下來；下車；卸下；退位；退出 | やま お<br>山を下りる。 | 下山。 |
| ちゅう い<br>注意 | 注意，小心，仔細，謹慎；給建議，忠告 | くるま ちゅう い<br>車に注意しましょう。 | 要小心車輛。 |
| かよ<br>通う | 來往，往來，通勤；相通，流通 | びょういん かよ<br>病院に通う。 | 跑醫院。 |
| もど<br>戻る | 返回，回到；回到手頭；折回 | いえ もど<br>家に戻る。 | 回到家。 |
| よ<br>寄る | 順路，順道去…；接近；偏；傾向於；聚集，集中 | ちか よ み<br>近くに寄って見る。 | 靠近看。 |
| ゆ<br>揺れる | 搖動，搖晃；動搖 | こころ ゆ<br>心が揺れる。 | 心神不定。 |

**Part 2**

**1 休閒、旅遊**

| 遊び<br>（あそ） | 遊戲；遊玩；放蕩；間隙；閒遊；餘裕 | 遊びがある。<br>（あそ） | 有餘力；有間隙。 |
|---|---|---|---|
| 小鳥<br>（ことり） | 小鳥 | 小鳥が鳴く。<br>（ことり な） | 小鳥啁啾。 |
| 珍しい<br>（めずら） | 罕見的，少見，稀奇 | 珍しい話を聞く。<br>（めずら はなし き） | 聆聽稀奇的見聞。 |
| 釣る<br>（つ） | 釣，釣魚；引誘 | 甘い言葉で釣る。<br>（あま ことば つ） | 用動聽的話語引誘。 |
| 予約<br>（よやく） | 預約；預定 | 予約を取る。<br>（よやく と） | 預約。 |
| 出発<br>（しゅっぱつ） | 出發；起步；開頭 | 出発が遅れる。<br>（しゅっぱつ おく） | 出發延遲。 |
| 案内<br>（あんない） | 引導；陪同遊覽，帶路；傳達；通知；了解；邀請 | 案内を頼む。<br>（あんない たの） | 請人帶路。 |
| 見物<br>（けんぶつ） | 觀光，參觀 | 見物に出かける。<br>（けんぶつ で） | 外出遊覽。 |
| 楽しむ<br>（たの） | 享受，欣賞，快樂；以…為消遣；期待，盼望 | 音楽を楽しむ。<br>（おんがく たの） | 欣賞音樂。 |
| 景色<br>（けしき） | 景色，風景 | 景色がよい。<br>（けしき） | 景色宜人。 |
| 見える<br>（み） | 看見；看得見；看起來 | 星が見える。<br>（ほし み） | 看得見星星。 |
| 旅館<br>（りょかん） | 旅館 | 旅館に泊まる。<br>（りょかん と） | 住旅館。 |
| 泊まる<br>（と） | 住宿，過夜；（船）停泊 | ホテルに泊まる。<br>（と） | 住飯店。 |
| お土産<br>（みやげ） | 當地名產；禮物 | お土産を買う。<br>（みやげ か） | 買當地名產。 |

## 2 藝文活動

T2 / 30

| | | | |
|---|---|---|---|
| 趣味<br>しゅ み | 興趣；嗜好 | 趣味が多い。<br>しゅ み おお | 興趣廣泛。 |
| 興味<br>きょう み | 興趣；興頭 | 興味がない。<br>きょう み | 沒興趣。 |
| 番組<br>ばんぐみ | 節目 | 番組の中で伝える。<br>ばんぐみ なか つた | 在節目中告知觀眾。 |
| 展覧会<br>てんらんかい | 展覽會 | 展覧会を開く。<br>てんらんかい ひら | 舉辦展覽會。 |
| 花見<br>はな み | 賞花 | 花見に出かける。<br>はな み で | 外出賞花。 |
| 人形<br>にんぎょう | 洋娃娃，人偶 | 人形を飾る。<br>にんぎょう かざ | 擺飾人偶。 |
| ピアノ | 鋼琴 | ピアノを弾く。<br>ひ | 彈鋼琴。 |
| コンサート | 音樂會，演奏會 | コンサートを開く。<br>ひら | 開演唱會。 |
| ラップ | 饒舌樂，饒舌歌；一圈【lap】；<br>往返時間（ラップタイム之<br>略）；保鮮膜【wrap】 | ラップを聞く。<br>き | 聽饒舌音樂。 |
| 音<br>おと | 聲音；（物體發出的）聲音 | 音が消える。<br>おと き | 聲音消失。 |
| 聞こえる<br>き | 聽得見；聽起來覺得…；聞名 | 聞こえなくなる。<br>き | （變得）聽不見了。 |
| 写す<br>うつ | 抄；照相；描寫，描繪 | ノートを写す。<br>うつ | 抄筆記。 |
| 踊り<br>おど | 舞蹈，跳舞 | 踊りがうまい。<br>おど | 舞跳得好。 |
| 踊る<br>おど | 跳舞，舞蹈；不平穩；活躍 | タンゴを踊る。<br>おど | 跳探戈舞。 |
| 美味い／上手い<br>うま うま | 好吃；拿手，高明 | 字がうまい。<br>じ | 字寫得漂亮。 |

| しょうがつ<br>正月 | 正月，新年 | しょうがつ むか<br>正月を迎える。 | 迎新年。 |
|---|---|---|---|
| まつ<br>お祭り | 廟會；慶典，祭典；祭日；節日 | まつ はじ<br>お祭りが始まる。 | 慶典即將展開。 |
| おこ<br>行なう | 舉行，舉辦；發動 | し けん おこな<br>試験を行う。 | 舉行考試。 |
| いわ<br>お祝い | 慶祝，祝福；祝賀的禮品 | いわ<br>お祝いのあいさつをする。 | 敬致賀詞。 |
| いの<br>祈る | 祈禱；祝福 | こ あんぜん いの<br>子どもの安全を祈る。 | 祈求孩子的平安。 |
| プレゼント | 禮物；送禮 | プレゼントをもらう。 | 收到禮物。 |
| おく もの<br>贈り物 | 贈品，禮物 | おく もの<br>贈り物をする。 | 贈禮。 |
| うつく<br>美しい | 美麗的，好看的；美好的，善良的 | ほしぞら うつく<br>星空が美しい。 | 星空很美。 |
| あげる | 給；送；舉，抬；改善；加速；增加，提高；請到；供養；完成 | こども ほん<br>子供に本をあげる。 | 給孩子書。 |
| しょうたい<br>招待 | 邀請 | しょうたい う<br>招待を受ける。 | 接受邀請。 |
| れい<br>お礼 | 謝詞，謝意；謝禮 | えい い<br>お礼を言う。 | 道謝。 |

# 1 學校與科目

| | | | |
|---|---|---|---|
| きょういく<br>教育 | 教育；教養；文化程度 | きょういく う<br>教育を受ける。 | 受教育。 |
| しょうがっこう<br>小学校 | 小學 | しょうがっこう あ<br>小学校に上がる。 | 上小學。 |
| ちゅうがっこう<br>中学校 | 國中 | ちゅうがっこう はい<br>中学校に入る。 | 上中學。 |
| こうこう／<br>こうとうがっこう<br>高校／<br>高等学校 | 高中 | こうこういちねんせい<br>高校一年生。 | 高中一年級生。 |
| がく ぶ<br>～学部 | …系，…科系；…院系 | ぶんがく ぶ さが<br>文学部を探している。 | 正在找文學系。 |
| せんもん<br>専門 | 專業；攻讀科系 | れき し がく せんもん<br>歴史学を専門にする。 | 專攻歷史學。 |
| げん ご がく<br>言語学 | 語言學 | げん ご がく す<br>言語学が好きだ。 | 我喜歡語言學喔。 |
| けいざいがく<br>経済学 | 經濟學 | だいがく けいざいがく まな<br>大学で経済学を学ぶ。 | 在大學研讀經濟學。 |
| い がく<br>医学 | 醫學 | い がく まな<br>医学を学ぶ。 | 研習醫學。 |
| けんきゅうしつ<br>研究室 | 研究室 | エムきょうじゅけんきゅうしつ<br>M教授研究室。 | M教授的研究室。 |
| か がく<br>科学 | 科學 | れき し か がく<br>歴史と科学についての<br>ほん か<br>本を書く。 | 撰寫有關歷史與科<br>學的書籍。 |
| すうがく<br>数学 | 數學 | すうがく きょうし<br>数学の教師。 | 數學老師。 |
| れき し<br>歴史 | 歷史；來歷 | れき し つく<br>歴史を作る。 | 創造歷史。 |
| けんきゅう<br>研究 | 研究；鑽研 | ぶんがく けんきゅう<br>文学を研究する。 | 研究文學。 |

| 入学 (にゅうがく) | 入學 | 大学に入学する。 (だいがく にゅうがく) | 進入大學。 |
|---|---|---|---|
| 予習 (よしゅう) | 預習 | 明日の数学の予習をする。 (あした すうがく よしゅう) | 預習明天的數學。 |
| 消しゴム (け) | 橡皮擦 | 消しゴムで消す。 (け け) | 用橡皮擦擦掉。 |
| 講義 (こうぎ) | 講義；大學課程 | 講義に出る。 (こうぎ で) | 課堂出席。 |
| 辞典 (じてん) | 辭典；字典 | 辞典を引く。 (じてん ひ) | 查字典。 |
| 昼休み (ひるやす) | 午休；午睡 | 昼休みを取る。 (ひるやす と) | 午休。 |
| 試験 (しけん) | 考試；試驗 | 試験がうまくいく。 (しけん) | 考試順利，考得好。 |
| レポート | 報告 | レポートにまとめる。 | 整理成報告。 |
| 後期 (こうき) | 後期，下半期，後半期 | 江戸後期の文学 (えどこうき ぶんがく) | 江戶後期的文學 |
| 卒業 (そつぎょう) | 畢業 | 大学を卒業する。 (だいがく そつぎょう) | 大學畢業。 |
| 卒業式 (そつぎょうしき) | 畢業典禮 | 卒業式に出る。 (そつぎょうしき で) | 出席畢業典禮。 |

## 3 學生生活（二）

| 単語 | 中文 | 例句 | 翻譯 |
|---|---|---|---|
| えいかい わ<br>英会話 | 英語會話 | えいかい わ がっこう かよ<br>英会話学校に通う。 | 去英語學校上課。 |
| しょしんしゃ<br>初心者 | 初學者 | しょしんしゃ<br>テニスの初心者。 | 網球初學者。 |
| にゅうもんこう ざ<br>入門講座 | 入門課程，初級課程 | にゅうもんこう ざ お<br>入門講座を終える。 | 結束入門課程。 |
| かんたん<br>簡単 | 簡單，容易，輕易，簡便 | かんたん つく<br>簡単に作る。 | 容易製作。 |
| こた<br>答え | 回答；答覆；答案 | こた あ<br>答えが合う。 | 答案正確。 |
| ま ちが<br>間違える | 錯；弄錯 | じ かん ま ちが<br>時間を間違えた。 | 弄錯時間了。 |
| てん<br>点 | 分數；點；方面；觀點；（得）分，件 | てん と<br>点を取る。 | 得分。 |
| お<br>落ちる | 落下；掉落；降低，下降；落選，落後 | に かい お<br>二階から落ちる。 | 從二樓摔下來。 |
| ふくしゅう<br>復習 | 復習 | ふくしゅう<br>復習がたりない。 | 複習做得不夠。 |
| り よう<br>利用 | 利用 | き かい り よう<br>機会を利用する。 | 利用機會。 |
| いじ<br>苛める | 欺負，虐待；捉弄；折磨 | どうぶつ いじ<br>動物を苛めないで。 | 不要虐待動物。 |
| ねむ<br>眠たい | 昏昏欲睡，睏倦 | いちにちじゅうねむ<br>一日中眠たい。 | 一整天都昏昏欲睡。 |

Topic 12 職業、工作

1 職業、事業

| | | | |
|---|---|---|---|
| 受付<br>うけつけ | 接受；詢問處；受理 | 受付期間。<br>うけつけ き かん | 受理期間。 |
| 運転手<br>うんてんしゅ | 駕駛員；司機 | トラックの運転手。<br>うんてんしゅ | 卡車司機。 |
| 看護師<br>かん ご し | 護士 | 看護師になる。<br>かん ご し | 成為護士。 |
| 警官<br>けいかん | 警察；巡警 | 警官が走っていく。<br>けいかん はし | 警察奔跑過去。 |
| 警察<br>けいさつ | 警察；警察局的略稱 | 警察を呼ぶ。<br>けいさつ よ | 叫警察。 |
| 校長<br>こうちょう | 校長 | 校長先生に会う。<br>こうちょうせんせい あ | 會見校長。 |
| 公務員<br>こう む いん | 公務員 | 公務員になりたい。<br>こう む いん | 想成為公務員。 |
| 歯医者<br>は いしゃ | 牙科，牙醫 | 歯医者に行く。<br>は いしゃ い | 看牙醫。 |
| アルバイト | 打工 | 本屋でアルバイトする。<br>ほん や | 在書店打工。 |
| 新聞社<br>しんぶんしゃ | 報社 | 新聞社に勤める。<br>しんぶんしゃ つと | 在報社上班。 |
| 工業<br>こうぎょう | 工業 | 工業を興す。<br>こうぎょう おこ | 開工。 |
| 見付ける<br>み つ | 發現，找到；目睹 | 答えを見つける。<br>こた み | 找出答案。 |
| 探す／捜す<br>さが さが | 尋找，找尋；搜尋 | 読みたい本を探す。<br>よ ほん さが | 尋找想看的書。 |

## 2 職場工作

| | | | |
|---|---|---|---|
| けいかく<br>計画 | 計畫，規劃 | けいかく た<br>計画を立てる。 | 制訂計畫。 |
| よ てい<br>予定 | 預定 | よ てい か<br>予定が変わる。 | 預定發生變化。 |
| と ちゅう<br>途中 | 半路上，中途；半途 | と ちゅう かえ<br>途中で帰る。 | 中途返回。 |
| かた づ<br>片付ける | 整理；收拾，打掃；解決；除掉 | ほん かた づ<br>本を片付ける。 | 整理書籍。 |
| たず<br>訪ねる | 拜訪，訪問 | だいがく せんせい たず<br>大学の先生を訪ねる。 | 拜訪大學教授。 |
| よう<br>用 | 事情；用途；用處 | よう<br>用がなくなる。 | 沒了用處。 |
| よう じ<br>用事 | 工作，有事 | よう じ<br>用事がある。 | 有事。 |
| りょうほう<br>両方 | 兩方，兩種，雙方 | りょうほう い けん き<br>両方の意見を聞く。 | 聽取雙方意見。 |
| つ ごう<br>都合 | 情況，方便度；準備，安排；設法；湊巧 | つ ごう わる<br>都合が悪い。 | 不方便。 |
| て つだ<br>手伝い | 幫助；幫手；幫傭 | て つだ たの<br>手伝いを頼む。 | 請求幫忙。 |
| かい ぎ<br>会議 | 會議；評定某事項機關 | かい ぎ はじ<br>会議が始まる。 | 會議開始。 |
| ぎ じゅつ<br>技術 | 技術；工藝 | ぎ じゅつ はい<br>技術が入る。 | 傳入技術。 |
| う ば<br>売り場 | 售票處；賣場 | う ば い<br>売り場へ行く。 | 去賣場。 |

| オフ | （開關）關；休假；休賽；折扣；脫離 | <ruby>暖房<rt>だんぼう</rt></ruby>をオフにする。 | 關掉暖氣。 |
| <ruby>遅<rt>おく</rt></ruby>れる | 耽誤；遲到；緩慢 | <ruby>学校<rt>がっこう</rt></ruby>に<ruby>遅<rt>おく</rt></ruby>れる。 | 上學遲到。 |
| <ruby>頑張<rt>がんば</rt></ruby>る | 努力，加油；堅持 | もう<ruby>一度<rt>いちど</rt></ruby><ruby>頑張<rt>がんば</rt></ruby>る。 | 再努力一次。 |
| <ruby>厳<rt>きび</rt></ruby>しい | 嚴峻的；嚴格；嚴重；嚴酷，毫不留情 | <ruby>厳<rt>きび</rt></ruby>しい<ruby>冬<rt>ふゆ</rt></ruby>が<ruby>来<rt>き</rt></ruby>た。 | 嚴冬已經來臨。 |
| <ruby>慣<rt>な</rt></ruby>れる | 習慣；熟悉 | <ruby>新<rt>あたら</rt></ruby>しい<ruby>仕事<rt>しごと</rt></ruby>に<ruby>慣<rt>な</rt></ruby>れる。 | 習慣新的工作。 |
| <ruby>出来<rt>でき</rt></ruby>る | 完成；能夠 | <ruby>食事<rt>しょくじ</rt></ruby>が<ruby>出来<rt>でき</rt></ruby>た。 | 飯做好了。 |
| <ruby>叱<rt>しか</rt></ruby>る | 責備，責罵 | <ruby>先生<rt>せんせい</rt></ruby>に<ruby>叱<rt>しか</rt></ruby>られた。 | 被老師罵了。 |
| <ruby>謝<rt>あやま</rt></ruby>る | 道歉；謝罪；認輸；謝絕，辭退 | <ruby>君<rt>きみ</rt></ruby>に<ruby>謝<rt>あやま</rt></ruby>る。 | 向你道歉。 |
| <ruby>機会<rt>きかい</rt></ruby> | 機會 | <ruby>機会<rt>きかい</rt></ruby>が<ruby>来<rt>き</rt></ruby>た。 | 機會來了。 |
| <ruby>一度<rt>いちど</rt></ruby> | 一次，一回；一旦 | もう<ruby>一度<rt>いちど</rt></ruby><ruby>言<rt>い</rt></ruby>いましょうか。 | 不如我再講一次吧。 |
| <ruby>続<rt>つづ</rt></ruby>く | 繼續；接連；跟著；堅持 | いいお<ruby>天気<rt>てんき</rt></ruby>が<ruby>続<rt>つづ</rt></ruby>く。 | 連續是好天氣。 |
| <ruby>続<rt>つづ</rt></ruby>ける | 持續，繼續；接著 | <ruby>話<rt>はなし</rt></ruby>を<ruby>続<rt>つづ</rt></ruby>ける。 | 繼續講。 |
| <ruby>夢<rt>ゆめ</rt></ruby> | 夢；夢想 | <ruby>夢<rt>ゆめ</rt></ruby>を<ruby>見<rt>み</rt></ruby>る。 | 做夢。 |
| パート | 打工；部分，篇，章；職責，（扮演的）角色；分得的一份 | パートで<ruby>働<rt>はたら</rt></ruby>く。 | 打零工。 |

| てつだ 手伝い | 幫助；幫手；幫傭 | てつだ たの 手伝いを頼む。 | 請求幫忙。 |
|---|---|---|---|
| かいぎしつ 会議室 | 會議室 | かいぎしつ はい 会議室に入る。 | 進入會議室。 |
| ぶちょう 部長 | 經理，部長 | ぶちょう 部長になる。 | 成為部長。 |
| かちょう 課長 | 課長，股長 | かちょう 課長になる。 | 成為課長。 |
| すす 進む | 進展；前進；上升 | しごと すす 仕事が進む。 | 工作進展下去。 |
| チェック | 檢查；核對；對照；支票；花格；將軍（西洋棋） | きび チェックが厳しい。 | 檢驗嚴格。 |
| べつ 別 | 區別另外；除外，例外；特別；按…區分 | べつ 別にする。 | …除外。 |
| むか 迎える | 迎接；迎合；聘請 | きゃく むか 客を迎える。 | 迎接客人。 |
| す 済む | （事情）完結，結束；過得去，沒問題；（問題）解決，（事情）了結 | しゅくだい す 宿題が済んだ。 | 作業寫完了。 |
| ねぼう 寝坊 | 睡懶覺，貪睡晚起的人 | けさ ねぼう 今朝は寝坊してしまった。 | 今天早上睡過頭了。 |
| や 止める | 關掉，停止；戒掉 | たばこ 煙草をやめる。 | 戒菸。 |
| いっぱん 一般 | 一般；普遍；相似，相同 | いっぱん ひと 一般の人。 | 普通人。 |

# 4 電腦相關（一）

| | | | |
|---|---|---|---|
| ノートパソコン | 筆記型電腦 | ノートパソコンを取り替える。 | 更換筆電。 |
| デスクトップ | 桌上型電腦 | デスクトップを買う。 | 購買桌上型電腦。 |
| スタートボタン | （微軟作業系統的）開機鈕 | スタートボタンを押す。 | 按開機鈕。 |
| クリック・する | 喀嚓聲；點擊；按下（按鍵） | クリック音を消す。 | 消除按鍵喀嚓聲。 |
| 入力・する | 輸入（功率）；輸入數據 | 暗証番号を入力する。 | 輸入密碼。 |
| （インター）ネット | 網際網路 | インターネットを始める。 | 開始上網。 |
| ブログ | 部落格 | ブログに写真を載せる。 | 在部落格裡貼照片。 |
| インストール・する | 安裝（電腦軟體） | ソフトをインストールする。 | 安裝軟體。 |
| 受信 | （郵件、電報等）接收；收聽 | メールを受信する。 | 收簡訊。 |
| 新規作成・する | 新作，從頭做起；（電腦檔案）開新檔案 | ファイルを新規作成する。 | 開新檔案。 |
| 登録・する | 登記；（法）登記，註冊；記錄 | お客様の名前を登録する。 | 登記貴賓的大名。 |

# 5 電腦相關（二）

| メール | 郵政，郵件；郵船，郵車 | メールアドレスを教える。 | 告訴對方郵件地址。 |
| --- | --- | --- | --- |
| （メール）アドレス | 電子信箱地址，電子郵件地址 | メールアドレスを交換する。 | 互換電子郵件地址。 |
| アドレス | 住址，地址；（電子信箱）地址；（高爾夫）擊球前姿勢 | アドレスをカタカナで書く。 | 用片假名寫地址。 |
| 宛先<br>あてさき | 收件人姓名地址，送件地址 | 宛先を書く。 | 寫上收件人的姓名地址。 |
| 件名<br>けんめい | 項目名稱；類別；（電腦）郵件主旨 | 件名が間違っていた。 | 弄錯項目名稱了。 |
| 挿入・する<br>そうにゅう | 插入，裝入 | 地図を挿入する。 | 插入地圖。 |
| 差出人<br>さしだしにん | 發信人，寄件人 | 差出人の住所。 | 寄件人地址。 |
| 添付・する<br>てんぷ | 添上，附上；（電子郵件）附加檔案 | 写真を添付する。 | 附上照片。 |
| 送信・する<br>そうしん | （電）發報，播送，發射；發送（電子郵件） | ファックスで送信する。 | 以傳真方式發送。 |
| ファイル | 文件夾；合訂本，卷宗；（電腦）檔案；將檔案歸檔 | ファイルをコピーする。 | 影印文件；備份檔案。 |
| 保存・する<br>ほぞん | 保存；儲存（電腦檔案） | 冷蔵庫に入れて保存する。 | 放入冰箱裡冷藏。 |
| 返信・する<br>へんしん | 回信，回電 | 欠席の返信を書く。 | 寫信回覆恕不出席。 |
| コンピューター | 電腦 | コンピューターがおかしい。 | 電腦的狀況不太對勁。 |
| スクリーン | 螢幕 | 大きなスクリーン。 | 很大的銀幕。 |
| パソコン | 個人電腦 | パソコンがほしい。 | 想要一台電腦。 |

## 1 經濟與交易

| | | | |
|---|---|---|---|
| けいざい<br>経済 | 經濟 | けいざいざっし　よ<br>経済雑誌を読む。 | 閱讀財經雜誌。 |
| ぼうえき<br>貿易 | 貿易 | ぼうえき　おこな<br>貿易を行う。 | 進行貿易。 |
| さか<br>盛ん | 興盛；繁榮；熱心 | けんきゅう　さか<br>研究が盛んになる。 | 許多人投入（該領域的）研究。 |
| ゆ しゅつ<br>輸出 | 輸出，出口 | かいがい　　ゆ しゅつ　おお<br>海外への輸出が多い。 | 許多都出口海外。 |
| しなもの<br>品物 | 物品，東西；貨品 | しなもの　たな　なら<br>品物を棚に並べた。 | 將商品陳列在架上了。 |
| とくばいひん<br>特売品 | 特賣商品，特價商品 | とくばいひん　か<br>特売品を買う。 | 買特價商品。 |
| ね だん<br>値段 | 價格 | ね だん　あ<br>値段を上げる。 | 提高價格。 |
| さ<br>下げる | 降下；降低，向下；掛；躲遠；收拾 | あたま　さ<br>頭を下げる。 | 低下頭。 |
| あ<br>上がる | 上漲；上昇，昇高 | ね だん　あ<br>値段が上がる。 | 漲價。 |
| く<br>呉れる | 給我 | あに　ほん<br>兄が本をくれる。 | 哥哥給我書。 |
| もら<br>貰う | 接受，收到，拿到；受到；承擔；傳上 | ハガキをもらう。 | 收到明信片。 |
| や<br>遣る | 給，給與；派去 | て がみ<br>手紙をやる。 | 寄信。 |
| ちゅう し<br>中止 | 中止 | ちゅう し<br>中止になる。 | 活動暫停。 |

## 2 金融

T2 41

| 通帳記入<br>（つうちょう き にゅう） | 補登錄存摺 | 通帳記入をする。<br>（つうちょう き にゅう） | 補登錄存摺。 |
|---|---|---|---|
| 暗証番号<br>（あんしょうばんごう） | 密碼 | 暗証番号を間違えた。<br>（あんしょうばんごう　まちが） | 記錯密碼。 |
| （クレジット）<br>カード | 信用卡 | クレジットカードを使う。<br>（つか） | 使用信用卡。 |
| 公共料金<br>（こう きょうりょうきん） | 公共費用 | 公共料金を払う。<br>（こうきょうりょうきん　はら） | 支付公共事業費用。 |
| 仕送りする<br>（し おく） | 匯寄生活費或學費 | 家に仕送りする。<br>（いえ　し おく） | 給家裡寄生活補貼。 |
| 請求書<br>（せいきゅうしょ） | 帳單，繳費單 | 請求書が届く。<br>（せいきゅうしょ　とど） | 收到繳費通知單。 |
| 億<br>（おく） | （單位）億；數目眾多 | 億を数える。<br>（おく　かぞ） | 數以億計。 |
| 払う<br>（はら） | 支付；除去；達到；付出 | お金を払う。<br>（かね　はら） | 付錢。 |
| お釣り<br>（つ） | 找零 | お釣りを下さい。<br>（つ　くだ） | 請找我錢。 |
| 生産<br>（せいさん） | 生產 | 車を生産している。<br>（くるま　せいさん） | 正在生產汽車。 |
| 産業<br>（さんぎょう） | 產業，工業 | 健康産業を育てる。<br>（けんこうさんぎょう　そだ） | 培植保健產業。 |
| 割合<br>（わりあい） | 比率 | 割合が増える。<br>（わりあい　ふ） | 比率增加。 |

| こくさい<br>国際 | 國際 | こくさいくうこう つ<br>国際空港に着く。 | 抵達國際機場。 |
|---|---|---|---|
| せい じ<br>政治 | 政治 | せい じ　　かんけい<br>政治に関係する。 | 參與政治。 |
| えら<br>選ぶ | 選擇；與其…不如…；選舉 | し ごと　　えら<br>仕事を選ぶ。 | 選擇工作。 |
| しゅっせき<br>出席 | 參加；出席 | しゅっせき　と<br>出席を取る。 | 點名。 |
| せんそう<br>戦争 | 戰爭 | せんそう<br>戦争になる。 | 開戰。 |
| き そく<br>規則 | 規則，規定 | き そく　つく<br>規則を作る。 | 訂立規則。 |
| ほうりつ<br>法律 | 法律 | ほうりつ　つく<br>法律を作る。 | 制定法律。 |
| やくそく<br>約束 | 約定，商訂；規定，規則；<br>（有）指望，前途 | やくそく　　まも<br>約束を守る。 | 守約。 |
| き<br>決める | 決定；規定；認定；指定 | い　　　　　　き<br>行くことに決めた。 | 決定要去了。 |
| た<br>立てる | 直立，立起，訂立；揚起；掀<br>起；安置；保持 | けいかく　　た<br>計画を立てる。 | 設立計畫。 |
| あさ<br>浅い | 淺的；小的，微少的；淺色的；<br>淺薄的，膚淺的 | あさ　かわ<br>浅い川。 | 淺淺的河。 |
| ひと<br>もう一つ | 更；再一個 | ひと　　た<br>もう一つ足す。 | 追加一個。 |

# 4 犯罪

| 痴漢 | 流氓，色情狂 | 男性は痴漢をしていた。 | 這個男人曾經對人做過性騷擾的舉動。 |
|---|---|---|---|
| ストーカー | 跟蹤狂 | ストーカー事件が起こる。 | 發生跟蹤事件。 |
| 掏摸 | 扒手，小偷 | スリに金を取られた。 | 錢被扒手偷了。 |
| 泥棒 | 偷竊；小偷，竊賊 | 泥棒を捕まえた。 | 捉住了小偷。 |
| 無くす | 弄丟，搞丟；喪失，失去；去掉 | お金をなくす。 | 弄丟錢。 |
| 落とす | 使…落下；掉下；弄掉；攻陷；貶低；失去 | 財布を落とす。 | 掉了錢包。 |
| 盗む | 偷盜，盜竊；背著…；偷閒 | お金を盗む。 | 偷錢。 |
| 壊す | 毀壞；弄碎；破壞；損壞 | 茶碗を壊す。 | 把碗打碎。 |
| 逃げる | 逃走，逃跑；逃避；領先 | 問題から逃げる。 | 迴避問題。 |
| 捕まえる | 逮捕，抓；握住 | 犯人を捕まえる。 | 捉犯人。 |
| 見付かる | 被看到；發現了；找到 | 結論が見つかる。 | 找出結論。 |
| 火事 | 火災 | 火事にあう。 | 遭受火災。 |
| 危険 | 危險性；危險的 | あの道は危険だ。 | 那條路很危險啊！ |
| 安全 | 安全，平安 | 安全な場所に行く。 | 去安全的地方。 |

## Topic 14 數量、同形、色彩

## 1 數量、次數、形狀與大小

🔊 T2 / 44

| | | | |
|---|---|---|---|
| 以下<br>（いか） | 以下；在…以下；之後 | 3歳以下のお子さん。 | 三歲以下的兒童。 |
| 以内<br>（いない） | 以內；不超過… | 一時間以内で行ける。 | 一小時內可以走到。 |
| 以上<br>（いじょう） | …以上，不止，超過；上述 | 3時間以上勉強した。 | 用功了超過三小時。 |
| 足す<br>（たす） | 添，補足，增加 | 一万円を足す。 | 加上一萬日圓。 |
| 足りる<br>（たりる） | 足夠；可湊合；值得 | お金が足りない。 | 錢不夠。 |
| 多い<br>（おおい） | 多的 | 人が多い。 | 人很多。 |
| 少ない<br>（すくない） | 少，不多的 | お金が少ない。 | 錢很少。 |
| 増える<br>（ふえる） | 增加 | 外国人が増えている。 | 外國人日漸增加。 |
| 形<br>（かたち） | 形狀；形；樣子；姿態；形式上的；使成形 | 形が変わる。 | 變樣。 |
| 大きな<br>（おおきな） | 大，大的；重大；偉大；深刻 | 大きな声で話す。 | 大聲說話。 |
| 小さな<br>（ちいさな） | 小，小的；年齡幼小 | 小さな声で話す。 | 小聲說話。 |
| 緑<br>（みどり） | 綠色；嫩芽 | 緑が少ない。 | 綠葉稀少。 |
| 深い<br>（ふかい） | 深的；晚的；茂密；濃的 | 深い川を渡る。 | 渡過一道深河。 |

## 1 心理及感情

| 心<br>こころ | 心；內心；心情；心胸；心靈 | 心の優しい人。<br>こころ やさ ひと | 溫柔的人。 |
|---|---|---|---|
| 気<br>き | 氣；氣息；心思；香氣；節氣；氣氛 | 気が変わる。<br>き か | 改變心意。 |
| 気分<br>き ぶん | 心情；情緒；身體狀況；氣氛；性格 | 気分を変える。<br>き ぶん か | 轉換心情。 |
| 気持ち<br>き も | 心情；（身體）狀態 | 気持ちが悪い。<br>き も わる | 感到噁心。 |
| 安心<br>あんしん | 安心，放心，無憂無慮 | 彼がいると安心です。<br>かれ あんしん | 有他在就放心了。 |
| すごい | 厲害的，出色的；可怕的 | すごく暑い。<br>あつ | 非常熱。 |
| 素晴らしい<br>す ば | 了不起；出色，極好的 | 素晴らしい映画を楽しむ。<br>す ば えい が たの | 欣賞一部出色的電影。 |
| 怖い<br>こわ | 可怕的，令人害怕的 | 地震が多くて怖い。<br>じ しん おお こわ | 地震頻傳，令人害怕。 |
| 邪魔<br>じゃ ま | 妨礙，阻擾，打擾；拜訪 | 邪魔になる。<br>じゃ ま | 阻礙，添麻煩 |
| 心配<br>しんぱい | 擔心；操心，掛念，憂慮 | 娘が心配だ。<br>むすめ しんぱい | 女兒真讓我擔心！ |
| 恥ずかしい<br>は | 羞恥的，丟臉的，害羞的；難為情的 | 恥ずかしくなる。<br>は | 感到害羞。 |
| 複雑<br>ふくざつ | 複雜 | 複雑になる。<br>ふくざつ | 變得複雜。 |
| 持てる<br>も | 能拿，能保持；受歡迎，吃香 | 学生に持てる先生。<br>がくせい も せんせい | 廣受學生歡迎的老師。 |
| ラブラブ | （情侶，愛人等）甜蜜、如膠似漆 | 彼氏とラブラブ。<br>かれ し | 與男朋友甜甜蜜蜜。 |

## 2 喜怒哀樂

| 嬉<sub>うれ</sub>しい | 歡喜的，高興，喜悅 | プレゼントをもらって嬉<sub>うれ</sub>しかった。 | 收到禮物後非常開心。 |
|---|---|---|---|
| 楽<sub>たの</sub>しみ | 期待；快樂 | 釣<sub>つ</sub>りをするのが楽<sub>たの</sub>しみです。 | 很期待去釣魚。 |
| 喜<sub>よろこ</sub>ぶ | 喜悅，高興；欣然接受；值得慶祝 | 成功<sub>せいこう</sub>を喜<sub>よろこ</sub>ぶ。 | 為成功而喜悅。 |
| 笑<sub>わら</sub>う | 笑；譏笑 | 赤<sub>あか</sub>ちゃんを笑<sub>わら</sub>わせた。 | 逗嬰兒笑了。 |
| ユーモア | 幽默，滑稽，詼諧 | ユーモアの分<sub>わ</sub>かる人<sub>ひと</sub>。 | 懂幽默的人。 |
| 煩<sub>うるさ</sub>い | 吵鬧的；煩人的；囉唆的；挑剔的；厭惡的 | ピアノの音<sub>おと</sub>がうるさい。 | 鋼琴聲很煩人。 |
| 怒<sub>おこ</sub>る | 生氣；斥責，罵 | 遅刻<sub>ちこく</sub>して先生<sub>せんせい</sub>に怒<sub>おこ</sub>られた。 | 由於遲到而挨了老師責罵。 |
| 驚<sub>おどろ</sub>く | 吃驚，驚奇；驚訝；感到意外 | 彼女<sub>かのじょ</sub>の変<sub>か</sub>わりに驚<sub>おどろ</sub>いた。 | 對她的變化感到驚訝。 |
| 悲<sub>かな</sub>しい | 悲傷的，悲哀的，傷心的，可悲的 | 悲<sub>かな</sub>しい思<sub>おも</sub>いをする。 | 感到悲傷。 |
| 寂<sub>さび</sub>しい | 孤單；寂寞；荒涼；空虛 | 一人<sub>ひとり</sub>で寂<sub>さび</sub>しい。 | 一個人很寂寞。 |
| 残念<sub>ざんねん</sub> | 遺憾，可惜；懊悔 | 残念<sub>ざんねん</sub>に思<sub>おも</sub>う。 | 感到遺憾。 |
| 泣<sub>な</sub>く | 哭泣 | 大声<sub>おおごえ</sub>で泣<sub>な</sub>く。 | 大聲哭泣。 |
| 吃驚<sub>びっくり</sub> | 驚嚇，吃驚 | びっくりして逃<sub>に</sub>げてしまった。 | 受到驚嚇而逃走了。 |

## 3 傳達、通知與報導

| | | | |
|---|---|---|---|
| でんぽう<br>電報 | 電報 | でんぽう　く<br>電報が来る。 | 來電報。 |
| とど<br>届ける | 送達；送交，遞送；提交文件 | はな　とど<br>花を届けてもらう。 | 請人代送花束。 |
| おく<br>送る | 傳送，寄送；送行；度過；派 | しゃしん　おく<br>写真を送ります。 | 傳送照片。 |
| し<br>知らせる | 通知，讓對方知道 | けいさつ　し<br>警察に知らせる。 | 報警。 |
| つた<br>伝える | 傳達，轉告；傳導 | き も　　つた<br>気持ちを伝える。 | 將感受表達出來。 |
| れんらく<br>連絡 | 聯繫，聯絡；通知；聯運 | れんらく　と<br>連絡を取る。 | 取得連繫。 |
| たず<br>尋ねる | 問，打聽；尋問 | みち　たず<br>道を尋ねる。 | 問路。 |
| しら<br>調べる | 查閱，調查；審訊；搜查 | じしょ　しら<br>辞書で調べる。 | 查字典。 |
| へん じ<br>返事 | 回答，回覆，答應 | へんじ　ま<br>返事を待つ。 | 等待回音。 |
| てん き　よ ほう<br>天気予報 | 天氣預報 | てん き よ ほう<br>ラジオの天気予報<br>き<br>を聞く。 | 聽收音機的氣象預報。 |
| ほうそう<br>放送 | 廣播；播映，播放；傳播 | や きゅう　ほうそう　み<br>野球の放送を見る。 | 觀看棒球賽事轉播。 |

| | | | |
|---|---|---|---|
| 思い出す | 想起來，回想，回憶起 | 何をしたか思い出せない。 | 想不起來自己做了什麼事。 |
| 思う | 想，思索，認為；覺得，感覺；相信；希望 | 私もそう思う。 | 我也這麼想。 |
| 考える | 思考，考慮；想辦法；研究 | 深く考える。 | 深思，思索。 |
| 筈 | 應該；會；確實 | 明日きっと来るはずだ。 | 明天一定會來。 |
| 意見 | 意見；勸告 | 意見が合う。 | 意見一致。 |
| 仕方 | 方法，做法 | コピーの仕方が分かりません。 | 不懂影印機的操作。 |
| ～まま | 如實，照舊；隨意 | 思ったままを書く。 | 照心中所想寫出。 |
| 比べる | 比較；對照；較量 | 兄と弟を比べる。 | 拿哥哥和弟弟做比較。 |
| 場合 | 場合，時候；狀況，情形 | 場合による。 | 根據場合。 |
| 変 | 反常；奇怪，怪異；變化，改變；意外 | 変な音がする。 | 發出異樣的聲音。 |
| 特別 | 特別，特殊 | 特別な読み方。 | 特別的唸法。 |
| 大事 | 重要的，保重，重要；小心，謹慎；大問題 | 大事になる。 | 成為大問題。 |
| 相談 | 商量；協商；請教；建議 | 相談で決める。 | 通過商討決定。 |
| ～に拠ると | 根據，依據 | 彼の話によると。 | 根據他的描述。 |
| あんな | 那樣的 | あんなことになる。 | 變成那種結果。 |
| そんな | 那樣的；哪裡 | そんなことはない。 | 不會，哪裡。 |

## 5 理由與決定

| 為<br>ため | 為了…由於；（表目的）為了；<br>（表原因）因為 | 病気<ruby>病気<rt>びょうき</rt></ruby>のために<ruby>休<rt>やす</rt></ruby>む。 | 因為有病而休息。 |
|---|---|---|---|
| 何故<br>なぜ | 為什麼；如何 | <ruby>何故<rt>なぜ</rt></ruby><ruby>泣<rt>な</rt></ruby>いているのか？ | 你為什麼哭呀？ |
| 原因<br>げんいん | 原因 | <ruby>原因<rt>げんいん</rt></ruby>を<ruby>調<rt>しら</rt></ruby>べる。 | 調查原因。 |
| 理由<br>りゆう | 理由，原因 | <ruby>理由<rt>りゆう</rt></ruby>を<ruby>聞<rt>き</rt></ruby>く。 | 詢問原因。 |
| 訳<br>わけ | 道理，原因，理由；意思；當<br>然；麻煩 | <ruby>訳<rt>わけ</rt></ruby>が<ruby>分<rt>わ</rt></ruby>かる。 | 知道意思；知道原<br>因；明白事理。 |
| 正しい<br>ただ | 正確；端正；合情合理 | <ruby>正<rt>ただ</rt></ruby>しい<ruby>答<rt>こた</rt></ruby>え。 | 正確的答案。 |
| 合う<br>あ | 合適；符合；一致；正確；相配 | <ruby>意見<rt>いけん</rt></ruby>が<ruby>合<rt>あ</rt></ruby>う。 | 意見一致。 |
| 必要<br>ひつよう | 必要，必需 | <ruby>必要<rt>ひつよう</rt></ruby>がある。 | 有必要。 |
| 宜しい<br>よろ | 好；恰好；適當 | どちらでもよろしい。 | 哪一個都好，怎樣<br>都行。 |
| 無理<br>むり | 不可能，不合理；勉強；逞強；<br>強求 | <ruby>無理<rt>むり</rt></ruby>もない。 | 怪不得。 |
| 駄目<br>だめ | 不行；沒用；無用 | <ruby>野球<rt>やきゅう</rt></ruby>は<ruby>上手<rt>じょうず</rt></ruby>だがゴル<br>フはだめだ。 | 棒球很拿手，但是<br>高爾夫球就不行了。 |
| つもり | 打算，企圖；估計，預計；（前<br>接動詞過去形）（本不是那樣）<br>就當作… | <ruby>電車<rt>でんしゃ</rt></ruby>で<ruby>行<rt>い</rt></ruby>くつもりだ。 | 打算搭電車去。 |
| 決まる<br>き | 決定；規定；符合要求；一定是 | <ruby>考<rt>かんが</rt></ruby>えが<ruby>決<rt>き</rt></ruby>まる。 | 想法確定了。 |
| 反対<br>はんたい | 相反；反對；反 | <ruby>彼<rt>かれ</rt></ruby>の<ruby>意見<rt>いけん</rt></ruby>に<ruby>反対<rt>はんたい</rt></ruby>する。 | 反對他的意見。 |

| 漢字 | 中文解釋 | 例句 | 例句中譯 |
|---|---|---|---|
| 経験（けいけん） | 經驗 | 経験から学ぶ。 | 從經驗中學習。 |
| 事（こと） | 事情；事務；變故 | ことが起きる。 | 發生事情。 |
| 説明（せつめい） | 說明；解釋 | 説明がたりない。 | 解釋不夠充分。 |
| 承知（しょうち） | 知道，了解，同意；許可 | 時間のお話、承知しました。 | 關於時間上的問題，已經明白了。 |
| 受ける（うける） | 承接；接受；承蒙；遭受；答應 | 試験を受ける。 | 參加考試。 |
| 構う（かまう） | 介意；在意，理會；逗弄 | 言わなくてもかまいません。 | 不說出來也無所謂。 |
| 嘘（うそ） | 謊言，說謊；不正確；不恰當 | 嘘をつく。 | 說謊。 |
| 成る程（なるほど） | 原來如此 | なるほど、つまらない本だ。 | 果然是本無聊的書。 |
| 変える（かえる） | 改變；變更；變動 | 授業の時間を変える。 | 上課時間有所異動。 |
| 変わる（かわる） | 變化，改變；不同；奇怪；遷居 | 顔色が変わった。 | 臉色變了。 |
| あ（っ） | 啊（突然想起、吃驚的樣子）哎呀；（打招呼）喂 | あっ、右じゃない。 | 啊！不是右邊！ |
| うん | 嗯；對，是；喔 | うんと返事する。 | 嗯了一聲。 |
| そう | 那樣，那樣的 | 私もそう考える。 | 我也是那樣想的。 |
| ～（に）就いて（つ） | 關於 | 日本の歴史について研究する。 | 研究日本的歷史。 |

# 7 語言與出版物

T2 51

| 会話 (かいわ) | 對話；會話 | 会話が下手だ。(かいわ へた) | 不擅長口語會話。 |
|---|---|---|---|
| 発音 (はつおん) | 發音 | 発音がはっきりする。(はつおん) | 發音清楚。 |
| 字 (じ) | 文字；字體 | 字が見にくい。(じ み) | 字看不清楚；字寫得難看。 |
| 文法 (ぶんぽう) | 文法 | 文法に合う。(ぶんぽう あ) | 合乎語法。 |
| 日記 (にっき) | 日記 | 日記に書く。(にっき か) | 寫入日記。 |
| 文化 (ぶんか) | 文化；文明 | 文化が高い。(ぶんか たか) | 文化水準高。 |
| 文学 (ぶんがく) | 文學；文藝 | 文学を楽しむ。(ぶんがく たの) | 欣賞文學。 |
| 小説 (しょうせつ) | 小說 | 小説を書く。(しょうせつ か) | 寫小說。 |
| テキスト | 課本，教科書 | 英語のテキスト。(えいご) | 英文教科書。 |
| 漫画 (まんが) | 漫畫 | 漫画を読む。(まんが よ) | 看漫畫。 |
| 翻訳 (ほんやく) | 翻譯 | 翻訳が出る。(ほんやく で) | 出譯本。 |

**1 時間副詞**

| 急に | 急迫；突然 | 急に仕事が入った。 | 臨時有工作。 |
| --- | --- | --- | --- |
| これから | 從今以後；從此 | これからどうしようか。 | 接下來該怎麼辦呢？ |
| 暫く | 暫時，一會兒；好久 | 暫くお待ちください。 | 請稍候。 |
| ずっと | 遠比…更；一直 | ずっと家にいる。 | 一直待在家。 |
| そろそろ | 漸漸地；快要，不久；緩慢 | そろそろ始める時間だ。 | 差不多要開始了。 |
| 偶に | 偶然，偶爾，有時 | たまにテニスをする。 | 偶爾打網球。 |
| 到頭 | 終於，到底，終究 | とうとう彼は来なかった。 | 他終究沒來。 |
| 久しぶり | 好久不見，許久，隔了好久 | 久しぶりに会う。 | 久違重逢。 |
| 先ず | 首先；總之；大概 | まずビールを飲む。 | 先喝杯啤酒。 |
| もう直ぐ | 不久，馬上 | もうすぐ春が来る。 | 馬上春天就要來了。 |
| やっと | 終於，好不容易 | 答えはやっと分かった。 | 終於知道答案了。 |

## 2 程度副詞

🔘 T2 / 53

| | | | |
|---|---|---|---|
| いくら～ても | 即使…也 | いくら話<sup>はな</sup>してもわからない。 | 再怎麼解釋還是聽不懂。 |
| 一杯<sup>いっぱい</sup> | 全部；滿滿地；很多；一杯 | 駐車場<sup>ちゅうしゃじょう</sup>がいっぱいです。 | 停車場已經滿了。 |
| 随分<sup>ずいぶん</sup> | 相當地，比想像的更多 | 随分<sup>ずいぶん</sup>たくさんある。 | 非常多。 |
| すっかり | 完全，全部；已經；都 | すっかり変<sup>か</sup>わった。 | 徹底改變了。 |
| 全然<sup>ぜんぜん</sup> | （接否定）完全不…，一點也不…；根本；簡直 | 全然知<sup>ぜんぜん し</sup>らなかった。 | 那時完全不知道（有這麼回事）。 |
| そんなに | 那麼，那樣 | そんなに暑<sup>あつ</sup>くない。 | 沒有那麼熱。 |
| それ程<sup>ほど</sup> | 那種程度，那麼地 | それほど寒<sup>さむ</sup>くはない。 | 沒有那麼冷。 |
| 大体<sup>だいたい</sup> | 大部分；大致，大概；本來；根本 | 大体<sup>だいたい</sup>60人<sup>にん</sup>ぐらい。 | 大致上六十個人左右。 |
| 大分<sup>だいぶ</sup> | 大約，相當地 | 大分暖<sup>だいぶ あたた</sup>かくなった。 | 相當暖和了。 |
| 些<sup>ちっ</sup>とも | 一點也不… | ちっとも疲<sup>つか</sup>れていない。 | 一點也不累。 |
| 出来<sup>でき</sup>るだけ | 盡可能 | 出来るだけ日本語<sup>で き に ほん ご つか</sup>を使う。 | 盡量使用日文。 |
| 中々<sup>なかなか</sup> | 相當；（後接否定）總是無法；形容超出想像 | なかなか勉強<sup>べんきょう</sup>になる。 | 很有參考價值。 |
| なるべく | 盡可能，盡量 | なるべく日本語<sup>に ほん ご</sup>を話<sup>はなし</sup>しましょう。 | 我們盡量以日語交談吧。 |
| ～ばかり | （接數量詞後，表大約份量）左右；（排除其他事情）僅，只；僅少，微小；（表排除其他原因）只因，只要…就 | 遊<sup>あそ</sup>んでばかりいる。 | 光只是在玩。 |

253

| 非常<sub>ひ じょう</sub>に | 非常，很 | 非常<sub>ひ じょう</sub>に疲<sub>つか</sub>れている。 | 累極了。 |
|---|---|---|---|
| 別<sub>べつ</sub>に | 分開；額外；除外；（後接否定）（不）特別，（不）特殊 | 別<sub>べつ</sub>に予定<sub>よ てい</sub>はない。 | 沒甚麼特別的行程。 |
| 程<sub>ほど</sub> | …的程度；越…越… | 見<sub>み</sub>えないほど暗<sub>くら</sub>い。 | 暗得幾乎看不到。 |
| 殆<sub>ほとん</sub>ど | 大部份；幾乎 | ほとんど意味<sub>い み</sub>がない。 | 幾乎沒有意義。 |
| 割合<sub>わりあい</sub>に | 比較；雖然…但是 | 割合<sub>わりあい</sub>によく働<sub>はたら</sub>く。 | 比較能幹。 |
| 十分<sub>じゅうぶん</sub> | 十分；充分，足夠 | 十分<sub>じゅうぶん</sub>に休<sub>やす</sub>む。 | 充分休息。 |
| 勿論<sub>もちろん</sub> | 當然；不用說 | もちろん嫌<sub>いや</sub>です。 | 當然不願意！ |
| やはり | 依然，仍然；果然；依然 | 子供<sub>こ ども</sub>はやはり子供<sub>こ ども</sub>だ。 | 小孩終究是小孩。 |

# 3 思考、狀態副詞

| | | | |
|---|---|---|---|
| ああ | 那樣，那種，那麼；啊；是 | ああ言えばこう言う。 | 強詞奪理。 |
| 確<sub>たし</sub>か | 的確，確實；清楚，明瞭；似乎，大概 | 確<sub>たし</sub>かな返事<sub>へんじ</sub>をする。 | 確切的回答。 |
| 必<sub>かなら</sub>ず | 必定；一定，務必，必須；總是 | かならず来<sub>く</sub>る。 | 一定會來。 |
| 代<sub>か</sub>わり | 代替，替代；代理，補償；再來一碗 | 君<sub>きみ</sub>の代<sub>か</sub>わりはいない。 | 沒有人可以取代你。 |
| 屹度<sub>きっと</sub> | 一定，必定，務必 | きっと来<sub>き</sub>てください。 | 請務必前來。 |
| 決<sub>けっ</sub>して | 決定；（後接否定）絕對（不） | 決<sub>けっ</sub>して学校<sub>がっこう</sub>に遅刻<sub>ちこく</sub>しない。 | 上學絕不遲到。 |
| こう | 如此；這樣，這麼 | こうなるとは思<sub>おも</sub>わなかった。 | 沒想到會變成這樣。 |
| しっかり | 結實，牢固；（身體）健壯；用力的，好好的；可靠 | しっかり覚<sub>おぼ</sub>える。 | 牢牢地記住。 |
| 是非<sub>ぜひ</sub> | 務必；一定；無論如何；是非；好與壞 | ぜひおいでください。 | 請一定要來。 |
| 例<sub>たと</sub>えば | 例如 | これは例<sub>たと</sub>えばの話<sub>はなし</sub>だ。 | 這只是打個比方。 |
| 特<sub>とく</sub>に | 特地，特別 | 特<sub>とく</sub>に用事<sub>ようじ</sub>はない。 | 沒有特別的事。 |
| はっきり | 清楚；清爽；痛快 | はっきり（と）見<sub>み</sub>える。 | 清晰可見。 |
| 若<sub>も</sub>し | 如果，假如 | もし雨<sub>あめ</sub>が降<sub>ふ</sub>ったら。 | 如果下雨的話。 |

# 4 接續詞、接助詞與接尾詞、接頭詞

| | | | |
|---|---|---|---|
| すると | 於是；這樣一來，結果；那麼 | すると急に暗くなった。 | 結果突然暗了下來。 |
| それで | 後來，那麼；因此 | それでどうした？ | 然後呢？ |
| それに | 而且，再者；可是，但是 | 晴れだし、それに風もない。 | 晴朗而且無風。 |
| だから | 所以，因此 | 日曜日だから家にいる。 | 因為是星期天所以在家。 |
| 又は | 或是，或者 | 鉛筆またはボールペンを使う。 | 使用鉛筆或原子筆。 |
| けれども | 然而；但是 | 読めるけれども書けません。 | 可以讀但是不會寫。 |
| ～置き | 每隔… | 一ヶ月おきに。 | 每隔一個月。 |
| ～月 | …個月；月份 | 月に一度集まる。 | 一個月集會一次。 |
| ～会 | …會；會議；集會 | 音楽会へ行く。 | 去聽音樂會。 |
| ～倍 | 倍，加倍 | 三倍になる | 成為三倍。 |
| ～軒 | …棟，…間，…家；房屋 | 右から三軒目。 | 右邊數來第三間。 |
| ～ちゃん | （表親暱稱謂）小…，表示親愛（「さん」的轉音） | 健ちゃん、ここに来て。 | 小健，過來這邊。 |
| ～君 | （接於同輩或晚輩姓名下，略表敬意）…先生，…君 | 山田君が来る。 | 山田君來了。 |
| ～様 | 先生，小姐；姿勢；樣子 | こちらが木村様です。 | 這位是木村先生。 |

| 〜目<br><sub>め</sub> | 第…；…一些的；正當…的時候 | 二行目を見る。<br><sub>に ぎょうめ み</sub> | 看第二行。 |
|---|---|---|---|
| 〜家<br><sub>か</sub> | …家；家；做…的（人）；很有…的人；愛…的人 | 音楽家になる。<br><sub>おんがくか か</sub> | 我要成為音樂家 |
| 〜式<br><sub>しき</sub> | 儀式；典禮；方式；樣式；公式 | 卒業式に出る。<br><sub>そつぎょうしき で</sub> | 去參加畢業典禮。 |
| 〜製<br><sub>せい</sub> | 製品；…製 | 台湾製の靴を買う。<br><sub>タイワンせい くつ か</sub> | 買台灣製的鞋子。 |
| 〜代<br><sub>だい</sub> | 年代，（年齡範圍）…多歲；時代；代，任 | 20代前半の若い女性。<br><sub>だいぜんはん わか じょせい</sub> | 二十至二十五歲的年輕女性。 |
| 〜出す<br><sub>だ</sub> | 拿出；發生；開始…；…起來 | 泣き出す。<br><sub>な だ</sub> | 開始哭起來。 |
| 〜難い<br><sub>にく</sub> | 難以，不容易 | 言いにくい。<br><sub>い</sub> | 難以開口。 |
| 〜やすい | 容易… | わかりやすい。 | 易懂。 |
| 〜過ぎる<br><sub>す</sub> | 超過；過於，過度；經過 | 冗談が過ぎる。<br><sub>じょうだん す</sub> | 玩笑開得過火。 |
| 〜方<br><sub>かた</sub> | …方法；手段；方向；地方；時期 | 作り方を学ぶ。<br><sub>つく かた まな</sub> | 學習做法。 |

| いらっしゃる | 來，去，在（尊敬語） | 先生がいらっしゃった。 | 老師來了。 |
| ご存知 | 你知道；您知道（尊敬語） | ご存知でしたか。 | 您已經知道這件事了嗎？ |
| ご覧になる | （尊敬語）看，觀覽，閱讀 | こちらをご覧になってください。 | 請看這邊。 |
| 為さる | 做 | 研究をなさる。 | 作研究。 |
| 召し上がる | （敬）吃，喝 | コーヒーを召し上がる。 | 喝咖啡。 |
| 致す | （「する」的謙恭說法）做，辦，致…；引起；造成；致力 | 私がいたします。 | 請容我來做。 |
| 頂く／戴く | 接收，領取；吃，喝；戴；擁戴；請讓（我） | お隣からみかんをいただきました。 | 從隔壁鄰居那裡收到了橘子。 |
| 伺う | 拜訪，訪問 | お宅に伺う。 | 拜訪您的家。 |
| おっしゃる | 說，講，叫；稱為…叫做… | お名前はなんとおっしゃいますか？ | 怎麼稱呼您呢？ |
| 下さる | 給我；給，給予 | 先生が下さった本。 | 老師給我的書。 |
| 差し上げる | 奉送；給您（「あげる」謙讓語）；舉 | これをあなたに差し上げます。 | 這個奉送給您。 |
| 拝見 | （謙讓語）看，拜讀，拜見 | お手紙拝見しました。 | 已拜讀貴函。 |
| 参る | 來，去（「行く、来る」的謙讓語）；認輸；參拜；受不了 | すぐ参ります。 | 我立刻就去。 |
| 申し上げる | 說（「言う」的謙讓語），講，提及 | お礼を申し上げます。 | 向您致謝。 |

| 申<sup>もう</sup>す | （謙讓語）叫作，說，叫 | うそは申<sup>もう</sup>しません。 | 不會對您說謊。 |
|---|---|---|---|
| ～ご座<sup>ざ</sup>います | 在，有；（「ございます」的音變）表示尊敬 | おめでとうございます。 | 恭喜恭喜。 |
| ～でございます | 「だ」、「です」、「である」的鄭重說法 | こちらがビールでございます。 | 為您送上啤酒。 |
| 居<sup>お</sup>る | （謙讓語）有；居住，停留；生存；正在… | 今日<sup>きょう</sup>は家<sup>いえ</sup>に居<sup>お</sup>ります。 | 今天在家。 |

# 第1回 新制日檢模擬考題 語言知識—文字・語彙

もんだい1 ＿＿＿＿＿の ことばは どう よみますか。1・2・3・4か
ら いちばんいい ものを ひとつ えらんで ください。

**1** がっこうへ いく バスの 運転手さんは おんなの ひとです。
1 しゃしょう　　　　　　　　　　2 こうちょう
3 けんきゅうしゃ　　　　　　　　4 うんてんしゅ

**2** きんじょで おもしろい おまつりが ありますから 見物して いきませ
んか。
1 にもつ　　　　　2 けんぶつ　　　　3 さんか　　　　4 けんがく

**3** むかしに くらべて さいきん 公務員の しごとは たいへんだそうで
す。
1 こうむいん　　　　　　　　　　2 かいいん
3 しょくいん　　　　　　　　　　4 かいしゃいん

**4** 醤油を いれすぎましたので、 けっこう しおからいです。
1 しょうゆ　　　　　2 さとう　　　　3 しお　　　　4 だし

**5** 台所から とても いい においが してきます。
1 ばしょ　　　　　2 げんかん　　　　3 だいどころ　　　　4 へや

**6** あたらしく ならった 文法を つかって、 ぶんを いつつ つくってみましょう。
1 ぶんしょう　　　　2 ぶんがく　　　　3 ことば　　　　4 ぶんぽう

**7** その だいがくに いきたい 理由は なんですか。
1 つごう　　　　　2 りゆう　　　　3 わけ　　　　4 せつめい

**8** あにに　あかちゃんが　うまれましたので、人形を　おくりました。
1　ぬいぐるみ　　　　　2　おかし　　　　　3　にんぎょう　　　　4　おもちゃ

**9** あの　旅館は　ゆうごはんが　ごうかなことで　ゆうめいです。
1　かいかん　　　　　2　りょかん　　　　　3　きょうしつ　　　　4　びじゅつ
かん

もんだい2　＿＿＿＿の　ことばは　どう　かきますか。1・2・3・4か
　　　　　ら　いちばんいい　ものを　ひとつ　えらんで　ください。

**1** おおきな　じしんが　きて、　たなも　テレビも　ゆれました。
1　打れました　　　　　　　　　　　2　抑れました
3　押れました　　　　　　　　　　　4　揺れました

**2** きょうは　8じから　おもしろい　ばんぐみが　あるので、はやく　家に
かえります。
1　蕃約　　　　　　　2　番組　　　　　　　3　番約　　　　　　4　藩組

**3** この　じきは　たくさんの　ふねが　みなとに　とまっています。
1　港　　　　　　　2　湾　　　　　　　3　海　　　　　　4　湖

**4** おおさかまでは　とっきゅうで　行って、そのあと　しんかんせんに　のる
つもりです。
1　得救　　　　　　　2　得急　　　　　　　3　特急　　　　　　4　特緊

**5** なまえは　ていねいに　かきなさいと　せんせいに　ちゅういされました。
1　注意　　　　　　　2　註意　　　　　　　3　駐意　　　　　　4　仲意

**6** それでは　みなさん、　てきすとの　52ページを　ひらいて　ください。
1　ラキスト　　　　　2　テキクト　　　　　3　テキヌト　　　　4　テキスト

もんだい3 （　　　　）に　なにを　いれますか。1・2・3・4から
いちばん　いい　ものを　ひとつ　えらんで　ください。

**1** へんですね。この　（　　　　）は　ちずに　のっていません。
1 こと 2 じだい 3 じゅうしょ 4 せかい

**2** すうがくに　（　　　　）が　ありますから、けんきゅうを　つづけたいです。
1 しゅみ 2 きょうみ 3 たのしみ 4 だいじ

**3** あめに　（　　　　）　かぜを　ひいて　しまった　みたいです。
1 ぬって 2 ふって 3 つもって 4 ぬれて

**4** つかい　おわったら、　はさみは　（　　　　）のなかに　いれてください。
1 ひきだし 2 テーブル 3 たたみ 4 ドア

**5** かばん（　　　　）は　2かいの　おくに　ございます。
1 かいもの 2 レジ 3 うりば 4 おみせ

**6** あぶないですから、　てで　（　　　　）ガラスを　さわらないで　ください。
1 にげた 2 われた 3 むかった 4 ねむった

**7** ともだちに　チケットを　もらったので、　これから　（　　　　）に　行
きます。
1 コンサート 2 カーテン
3 コンピュータ 4 スーツケース

**8** たいふうが　ちかづいていますので、　うんどうかいは　（　　　　）します。
1 ちゅうしゃ 2 ちゅうもん 3 りょうり 4 ちゅうし

**9** 10さいのときから、毎日　（　　　　）を　かいています。
1 にっき 2 ざっし 3 しゅくだい 4 どくしょ

**10** ことし、いちばん　いきたいと　おもっていた　だいがくに　（　　　　）す
ることに　なりました。

1　にゅういん　　　　　2　にゅうがく　　　　3　たいいん　　　　　4　そつぎょう

もんだい4 _____の　ぶんと　だいたい　おなじ　いみの　ぶんが　あ
ります。1・2・3・4から　いちばんいい　ものを　ひとつ
えらんで　ください。

**1** むずかしい　ことばばかりで、　なにを　いっているか　ぜんぜん　わかりま
せんでした。

1　むずかしい　ことばが　いっぱいでしたが、　いっていることは　だいたい
わかりました。

2　むずかしい　ことばは　あまり　ありませんでしたが、いっていることは　ぜ
んぜん　わかりませんでした。

3　むずかしい　ことばが　いっぱいでしたが、　いっていることは　ほとんど
わかりました。

4　むずかしい　ことばが　いっぱいで、いっていることが　まったく　わかりま
せんでした。

**2** おとうさんの　しごとの　かんけいで、　ひっこしをすることに　なりました。

1　おとうさんは　しごとの　ために、べつの　かいしゃへ　いくことに　なりま
した。

2　おとうさんの　しごとの　ために、べつの　まちへ　いくことに　なりました。

3　おとうさんは　ひっこしを　するので、あたらしい　しごとを　はじめること
に　なりました。

4　おとうさんは　ひっこしを　するので、　しごとを　かえることに　なりました。

**3** おきゃくさまから　おみやげを　いただきました。　ひとつ　めしあがりません
か。

　1　おきゃくさまから　おみやげを　いただきました。　ひとつ　まいりませんか。

　2　おきゃくさまから　おみやげを　いただきました。　ひとつ　もうしあげません
か。

　3　おきゃくさまから　おみやげを　いただきました。　ひとつ　いかがですか。

　4　おきゃくさまから　おみやげを　いただきました。　ひとつ　はいけんしません
か。

**4**　どうぐが　ちいさいですから、おおきい　さかなは　つりにくいです。

　1　どうぐが　ちいさいですから、おおきい　さかなを　つるのは　むずかしいです。

　2　どうぐが　ちいさくても、おおきい　さかなを　つることが　できます。

　3　どうぐが　ちいさくても、おおきい　さかなを　つるのは　かんたんです。

　4　どうぐが　ちいさいですから、おおきい　さかなは　すぐに　つれます。

**5**　この　かっこうで　パーティーに　いくのは　はずかしいです。

　1　この　ようふくで　パーティーに　いきたくないです。

　2　この　ようふくで　パーティーに　いけると　うれしいです。

　3　こんな　たいちょうで　パーティーに　いくのは　よくないです。

　4　こんな　ようすで　パーティーに　いくのは　むずかしいです。

もんだい5　つぎの　ことばの　つかいかたで　いちばん　いい　ものを
　　　　　　1・2・3・4から　ひとつ　えらんで　ください。

**1**　せなか

　1　クラスの　せなかで　はなしを　しているのが　さいとう君です。

　2　あの　ふたりは　ちいさいときから　とても　せなかが　いいです。

　3　コートは　タンスの　せなかに　しまっています。

　4　30ぷんかん　はしったので、　せなかに　たくさん　あせを　かきました。

**2** のりもの

1 あたたかい のりものを よういしましたので、 もってこなくて いいですよ。

2 おおきな こうえんに いくと、 いろんな のりものに のって あそべます。

3 くうこうで ちいさい のりものを ひとつ わすれてしまいました。

4 どんな のりものを たべることが できませんか。


**3** しらせる

1 せんせいから なまえを しらせた ひとは きょうしつに はいってください。

2 すいえい たいかいが ちゅうしに なった ことを みんなに しらせないと いけません。

3 わたしが ひっこすことに ついては もう みんな しらせて います。

4 たろうくんの ことは しょうがっこうの ころから しらせて います。


**4** むこう

1 みちの むこうで てを ふっている ひとは わたしの おじいちゃんです。

2 わたしが 家を かりている むこうは えきから すこし はなれています。

3 くわしい ことは この ほんに かいてありますので、 むこうを ごらんください。

4 わたしが いつも れんらくしている むこうは すずきさんです。


**5** りっぱ

1 からだが あまり りっぱなので、 よく かぜで びょういんへ 行きます。

2 ちちが なくなってから、 毎日 ははは とても りっぱそうです。

3 りっぱな かびんを いただきましたが、 かざる ところが ありません。

4 いくら やさいが りっぱでも、 からだの ために たべたほうが いいですよ。

# 第2回 新制日檢模擬考題 語言知識—文字・語彙

もんだい1 ＿＿＿＿＿の ことばは どう よみますか。1・2・3・4から
いちばんいい ものを ひとつ えらんで ください。

**1** どのように つかうのが 安全か ごせつめい いただけませんか。
1 あんない 　　　　 2 あんしん 　　　　 3 あんぜん 　　　　 4 かんぜん

**2** たいかいで かてるように、一生けんめい がんばります。
1 いっしょう 　　　　 2 いっせい 　　　　 3 いっしょ 　　　　 4 いっぱん

**3** むしに かまれて 腕が あかく なって しまいました。
1 くび 　　　　 2 うで 　　　　 3 むね 　　　　 4 あし

**4** しょうがっこうの 屋上から はなびが きれいに みえますよ。
1 おくじょう 　　　　 2 しつない 　　　　 3 かいじょう 　　　　 4 やね

**5** すみません、そこの お皿を とって ください。
1 おわん 　　　　　　　　　　　　 2 おはし
3 おさら 　　　　　　　　　　　　 4 おちゃわん

**6** さいきんは だいたい どの 家庭にも テレビが あります。
1 かぞく 　　　　 2 いえ 　　　　 3 かてい 　　　　 4 おにわ

**7** えきに 行かなくても しんかんせんの 切符を よやくすることが できます。
1 きって 　　　　 2 きっぷ 　　　　 3 はがき 　　　　 4 けん

**8** ひろった さいふを 交番に とどけた ことが あります。
1 けいさつ 　　　　 2 じゅんばん 　　　　 3 けいかん 　　　　 4 こうばん

**9** いとうせんせいの 講義は おもしろいことで ゆうめいです。
1 しゅくだい 　　　　 2 かもく 　　　　 3 こうぎ 　　　　 4 じゅぎょう

もんだい２ ＿＿＿＿の ことばは どう かきますか。１・２・３・４か
ら いちばんいい ものを ひとつ えらんで ください。

**1** おてんきが いいので ふとんを そとに ほしましょう。
1 不団 2 布団 3 布因 4 布旦

**2** よるは じかんが ありませんが、 ひるまは あいていますよ。
1 早朝 2 日中 3 昼真 4 昼間

**3** ちちは なつでも せびろを きて 会社へ いきます。
1 背広 2 洋服 3 正装 4 着物

**4** たばこは はたちから すうことが できると ほうりつで きめられています。
1 御酒 2 煙草 3 将棋 4 趣味

**5** もうすこし やさいを たべなさい。
1 果物 2 海鮮 3 野草 4 野菜

**6** まいばん ねるまえに ほんを よむことに しています。
1 毎朝 2 毎夜 3 毎日 4 毎晩

もんだい３ （ ）に なにを いれますか。１・２・３・４から
いちばん いい ものを ひとつ えらんで ください。

**1** がいこくから きて にほんで べんきょうしている ひとを （ ）
と いいます。
1 せんせい 2 けんきゅうしゃ
3 りゅうがくせい 4 かいしゃいん

**2** （ ）に のって うみに でて、 さかなを つりに いきました。
1 ふね 2 ひこうき 3 じどうしゃ 4 くるま

3 きのうの　よる　2じまで　おきていたので、きょうは　とても　（　　　　）で
す。

　　1　あぶない　　　　　　2　ねむたい　　　　　3　つめたい　　　　　4　きたない

4 ドアを　しめる　ときは　この　ぼたんを　（　　　　）ください。
　　1　おして　　　　　　　2　あけて　　　　　　3　さして　　　　　　4　ついて

5 大きい　こえで　はっきりと　（　　　　）しながら　よみましょう。
　　1　けっこん　　　　　　2　せんたく　　　　　3　はつおん　　　　　4　けんがく

6 買うか、かわないかは　（　　　　）を　聞いてから　きめます。
　　1　たかい　　　　　　　2　おかね　　　　　　3　ねだん　　　　　　4　やすい

7 ながい　あいだ　（　　　　）に　なりました。
　　1　おむかえ　　　　　　2　おみやげ　　　　　3　おかげ　　　　　　4　おせわ

8 そこに　おいてある　ほんを　ちょっと　（　　　　）しても　いいです
か。

　　1　ごちそう　　　　　　2　せわ　　　　　　　3　けんぶつ　　　　　4　はいけん

9 てがみを　だしましたが、まだ（　　　　）が　ありません。
　　1　よやく　　　　　　　2　へんじ　　　　　　3　はがき　　　　　　4　ゆうびん

10 あついので、　すこし　（　　　　）を　つけましょうか。
　　1　じゅうでん　　　　　2　でんき　　　　　　3　だんぼう　　　　　4　れいぼう

もんだい4 _____の　ぶんと　だいたい　おなじ　いみの　ぶんが
　　　　あります。1・2・3・4から　いちばんいい　ものを　ひ
　　　　とつ　えらんで　ください。

1 おじょうさんが　だいがくに　ごうかくしたと　うかがいました。おめでとう
　ございます。
　1 おじょうさんが　だいがくを　そつぎょうした　そうですね。おめでとうご
　　ざいます。
　2 おじょうさんが　だいがくに　ごうかくしたと　ききました。おめでとうご
　　ざいます。
　3 おじょうさんが　だいがくに　ごうかくしたと　いっていました。おめでと
　　うございます。
　4 おじょうさんが　だいがくに　ごうかくする　ところを　みました。おめで
　　とうございます。

2 ホテルに　とまる　ひとは、ただで　コンピュータを　りようすることが　で
　きます。
　1 ホテルに　とまる　ひとは、ただで　コンピュータを　つかうことが　でき
　　ます。
　2 ホテルに　とまる　ひとは、ただで　コンピュータを　みせることが　でき
　　ます。
　3 ホテルに　とまる　ひとは、ただで　コンピュータを　もらうことが　でき
　　ます。
　4 ホテルに　とまる　ひとは、ただで　コンピュータを　わたすことが　でき
　　ます。

$\boxed{3}$ すずきせんせいの　せつめいは　とても　ふくざつで　わかりにくいです。

　1　すずきせんせいの　せつめいは　とても　かんたんに　せつめいして　くれ
　　　ます。

　2　すずきせんせいの　せつめいは　とても　むずかしいです。

　3　すずきせんせいの　せつめいは　むずかしくないです。

　4　すずきせんせいの　せつめいは　やさしいです。

$\boxed{4}$ はたちの　たんじょうびに　さいふを　あげるつもりです。

　1　はたちの　たんじょうびに　さいふを　もらうつもりです。

　2　はたちの　たんじょうびに　さいふを　いただいたことが　あります。

　3　はたちの　たんじょうびに　さいふを　ちょうだいします。

　4　はたちの　たんじょうびに　さいふを　プレゼントする　つもりです。

$\boxed{5}$ これ　いじょう　おはなしすることは　ありません。

　1　まだ　はなすことが　あると　おもいます。

　2　もう　はなすことは　ありません。

　3　なにも　はなすことは　ありません。

　4　だれも　はなすひとは　いません。

もんだい5　つぎの　ことばの　つかいかたで　いちばん　いい　ものを
　　　　　　　1・2・3・4から　ひとつ　えらんで　ください。

$\boxed{1}$ ボタン

　1　つよい　かぜが　ふいているので、ボタンを　かぶった　ほうが　いいですよ。

　2　ボタンが　たりないので、くだものを　たくさん　たべています。

　3　いそいで　ふくを　ぬいだところ、ボタンが　とれました。

　4　うみに　いくときは　みじかい　ボタンを　はきます。

**2** まっすぐ

1 うんどうしたあと、 おふろに はいると まっすぐします。

2 それでは、ぶちょうに まっすぐ そうだんして みましょうか。

3 あそこの こうさてんを みぎに まっすぐすると、 えきに つきます。

4 ひとと はなしを するときは まっすぐに めを 見たほうが いいですよ。

**3** おいわい

1 ゆきちゃんが おしえてくれた おいわいで、おくれないで 行けました。

2 ざんねんですが、しかたないです。げんきを だすために おいわい しましょうか。

3 おじいちゃんが 100さいに なりますので、みんなで おいわい します。

4 みんなが てつだってくれたので はやく おわりました。おれいに 何か おいわいしたいです。

**4** おもいだす

1 この えいがを 見ると、しょうがっこうの ころを おもいだします。

2 きのう あたらしく おもいだした えいごの ことばを もう わすれました。

3 なつに よく たべた あの アイスクリームを おもいだしていますか。

4 あの コートは デパートで 買ったほうが よかったと おもいだします。

**5** おりる

1 だんだん きおんが おりてきて、あさや よるは とても さむいです。

2 びじゅつかんに 行くなら やおやの まえから バスに おりると いいですよ。

3 あの はいゆうは とても にんきが ありましたが、さいきんは おりてきました。

4 りょかんの ひとが むかえに きて いますので、つぎの えきで でんしゃを おりて ください。

271

# 第3回 新制日檢模擬考題 語言知識—文字・語彙

もんだい1 _____の ことばは どう よみますか。1・2・3・4
から いちばんいい ものを ひとつ えらんで ください。

**1** こねこは からだが <u>弱って</u> じぶんで ごはんを たべることも できま
せん。

1 かわって　　　　2 ちって　　　　　3 よわって　　　　4 さわって

**2** ほっかいどうへ りょこうに いった <u>お土産</u>です。 どうぞ。

1 おかえし　　　　2 おれい　　　　　3 おいわい　　　　4 おみやげ

**3** クラスの みんなが ぜんいん <u>集まったら</u>、 しゅっぱつします。

1 つまったら　　　2 あつまったら　　3 こまったら　　　4 しまったら

**4** おじいちゃんは よく <u>海へ</u> さかなを つりに いきます。

1 うみ　　　　　　2 いけ　　　　　　3 やま　　　　　　4 かわ

**5** あの ビルは <u>何階</u>まで あるんですか。

1 なんさつ　　　　2 なんけん　　　　3 なんまい　　　　4 なんかい

**6** そこの たなに はいっている くすりを <u>取って</u> ください。

1 とって　　　　　2 きって　　　　　3 たって　　　　　4 もって

**7** こうえんの となりに ある <u>工場</u>では 車を つくっています。

1 ばしょ　　　　　2 うんどうじょう　3 こうじょう　　　4 かいじょう

**8** でんわで ホテルを <u>予約</u> しました。

1 けいかく　　　　2 よやく　　　　　3 やくそく　　　　4 よてい

**9** たばこを <u>吸いたい</u>のですが、 よろしいですか。

1 ぬいたい　　　　2 さいたい　　　　3 おいたい　　　　4 すいたい

もんだい2 ＿＿＿＿＿の ことばは どう かきますか。1・2・3・4から いちばんいい ものを ひとつ えらんで ください。

**1** 毎日 こどもを ようちえんに <u>つれて</u> いってから、 しごとに 行きます。

  1 連れて       2 帯れて       3 練れて       4 抱れて

**2** せんしゅうの <u>しゅうまつ</u>は かぞくで のんびり おんせんに 行きました。

  1 週末       2 周未       3 周末       4 週未

**3** すずきさんは フランスへ 行って <u>びじゅつを</u> べんきょうする そうです。

  1 美術       2 技術       3 手術       4 芸術

**4** たいしかんの まえで おおきな <u>じこが</u> あったようです。

  1 事古       2 自故       3 事故       4 事件

**5** やまださんは こどもが ふたり いますが、 とても <u>わかく</u>みえます。

  1 苦く       2 若く       3 草く       4 芋く

**6** この スイカは バスていの まえの しんごうを <u>わたった</u> ところに ある やおやさんで 買いました。

  1 過った       2 越った       3 渡った       4 当った

もんだい3 （　　　　）に なにを いれますか。1・2・3・4から いちばん いい ものを ひとつ えらんで ください。

**1** さそってくれて、ありがとうございます。（　　　　）ですが、そのひは 行けません。

  1 ざんねん       2 たいへん       3 きけん       4 ていねい

**2** おきたら　（　　　　）と　まくらを　たんすに　かたづけて　ください。

　　1　マフラー　　　　　　　2　きもの　　　　　　　3　ふとん　　　　　　　4　たたみ

**3** おべんとうは　きれいな　ハンカチで　（　　　　）　がっこうへ　もって　いきます。

　　1　つつんで　　　　　　　2　はこんで　　　　　　3　ひいて　　　　　　　4　つかって

**4** 家に　かえったら、　すぐに　（　　　　）で　てを　あらいなさい。

　　1　はぶらし　　　　　　　2　シャンプー　　　　　3　タオル　　　　　　　4　せっけん

**5** かぜが　つよくて　ろうそくの　ひが　（　　　　）しまった。

　　1　きれて　　　　　　　　2　きえて　　　　　　　3　けして　　　　　　　4　つけて

**6** おはしでは　たべにくいので、　（　　　　）を　おねがいします。

　　1　スープ　　　　　　　　2　スプーン　　　　　　3　ちゃわん　　　　　　4　おわん

**7** ひとりで　ぜんぶ　たべられませんから、（　　　　）で　きって　わけましょう。

　　1　ナイフ　　　　　　　　2　ソース　　　　　　　3　パソコン　　　　　　4　パート

**8** あと　100えん　（　　　　）ので、　かして　くれませんか。　あした　おかえしします。

　　1　あげない　　　　　　　2　たりない　　　　　　3　いれない　　　　　　4　うけない

**9** しょくじの　（　　　　）が　できましたよ。　さあ　いただきましょう。

　　1　じゅんび　　　　　　　2　ぐあい　　　　　　　3　にもつ　　　　　　　4　じゅんばん

**10** たいふうの　あとは　みずが　おおくて　（　　　　）ですから、　かわに　は
いらないほうが　いいですよ。

　　1　おもい　　　　　　　　2　たのしい　　　　　　3　あぶない　　　　　　4　あさい

もんだい４　＿＿＿＿＿の　ぶんと　だいたい　おなじ　いみの　ぶんが
あります。１・２・３・４から　いちばんいい　ものを　ひ
とつ　えらんで　ください。

**1** くだものの　なかで　いちばん　すきなのは　なにですか。
1 くだものの　ほかで　いちばん　すきなのは　なにですか。
2 すきな　ひとが　いちばん　おおい　くだものは　なにですか。
3 いちばん　にんきの　ある　くだものは　なにですか。
4 いちばん　すきな　くだものは　なにですか。

**2** さくやは　うえの　かいの　テレビの　おとが　うるさくて　ねむれませんで
した。
1 さくやは　うえの　かいの　テレビの　おとが　きこえなくて　ねむれませ
んでした。
2 さくやは　うえの　かいから　テレビの　おとが　して　ねむたくなりました。
3 さくやは　うえの　かいの　テレビの　おとが　おおきくて　ねることが
できませんでした。
4 さくやは　うえの　かいが　にぎやかで　てれびの　おとが　きこえません
でした。

**3** さっき　聞いた　はなしなのに、　もう　わすれて　しまいました。
1 すこし　まえに　聞いたばかりですが、　もう　わすれて　しまいました。
2 あとで　きこうと　おもっていたのに、聞くのを　わすれて　しまいました。
3 さっき　聞くはずでしたが、すっかり　わすれて　しまいました。
4 いま　聞いたところなので　まだ　おぼえています。

**4** こたえが　わかる　ところだけ　かきました。
1 こたえが　わからない　ところも　かきました。
2 こたえが　わかる　ところしか　かきませんでした。
3 こたえが　わからなかったので　なにも　かきませんでした。
4 こたえが　わかったので　ぜんぶ　かきました。

**5** <u>じゅうしょや　でんわばんごうを　かかないと　本を　かりることが　でき
ません。</u>

1　じゅうしょや　でんわばんごうを　かければ　本を　かりることが　できます。

2　じゅうしょや　でんわばんごうを　かいても　本を　かりることが　できません。

3　じゅうしょや　でんわばんごうを　かくと　本を　かりることが　できません。

4　じゅうしょや　でんわばんごうを　かかなくても　本を　かりることが　で
きます。

もんだい5　つぎの　ことばの　つかいかたで　いちばん　いい　ものを
　　　　　　　1・2・3・4から　ひとつ　えらんで　ください。

**1** みじかい

1　せんしゅうから　おくの　はが　<u>みじかいので</u>　びょういんに　いってきます。

2　きょうの　しゅくだいは　<u>みじかい</u>ですから、すぐに　おわると　おもう。

3　つめたい　みずで　てや　かおを　あらうと　とても　<u>みじかいです</u>。

4　<u>みじかい</u>　てがみですが、　いいたい　ことは　よく　わかります。

**2** よぶ

1　どうぶつの　びょうきを　なおす　ひとを　「じゅうい」と　<u>よびます</u>。

2　「木」と　いう　かんじが　ふたつ　ならぶと、　「はやし」と　<u>よびます</u>。

3　すみません、でんわが　<u>よんでいる</u>ので　でて　くれませんか。

4　りょこうきゃくに　みちを　<u>よばれました</u>が、　わかりませんでした。

**3** つごう

1　にゅういんして　1　しゅうかんに　なりますが、<u>つごう</u>は　よくなりましたか。

2　それでは　こんしゅうの　きんようびの　<u>つごう</u>は　どうですか。

3　家から　3ぷんの　ところに　スーパーが　あるので、　とても　<u>つごう</u>です。

4　あしたの　2じなら、　<u>つごう</u>は　ありますか。

**4** さいふ

1 さいふには いつも 1 まんえんぐらい いれています。

2 つよい あめでは ないから さいふを ささなくても だいじょうぶみた
いです。

3 わたしの さいふから ハンカチを だして ください。

4 さむいですから、 きょうは あつい さいふを かけて ねましょう。

**5** やめる

1 テーブルの うえに おいた かぎが やめません。

2 かぜを ひくと いけないから、 まどを やめて ねましょう。

3 くらくなって きたので、そろそろ あそぶのを やめて かえりましょうか。

4 ゆきが ふって でんしゃが やめました。

# 三回全真模擬試題 解答

## 第一回

### もんだい 1

| 1 | 4 | 2 | 2 | 3 | 1 | 4 | 1 |
| 5 | 3 | 6 | 4 | 7 | 2 | 8 | 3 |
| 9 | 2 | | | | | | |

### もんだい 2

| 1 | 4 | 2 | 2 | 3 | 1 | 4 | 3 |
| 5 | 1 | 6 | 4 | | | | |

### もんだい 3

| 1 | 3 | 2 | 2 | 3 | 4 | 4 | 1 |
| 5 | 3 | 6 | 2 | 7 | 1 | 8 | 4 |
| 9 | 1 | 10 | 2 | | | | |

### もんだい 4

| 1 | 4 | 2 | 2 | 3 | 3 | 4 | 1 |
| 5 | 1 | | | | | | |

### もんだい 5

| 1 | 4 | 2 | 2 | 3 | 2 | 4 | 1 | 5 | 3 |

## 第二回

### もんだい 1

| 1 | 3 | 2 | 1 | 3 | 2 | 4 | 1 |
| 5 | 3 | 6 | 3 | 7 | 2 | 8 | 4 |
| 9 | 3 | | | | | | |

### もんだい 2

| 1 | 2 | 2 | 4 | 3 | 1 | 4 | 2 |
| 5 | 4 | 6 | 4 | | | | |

### もんだい 3

| 1 | 3 | 2 | 1 | 3 | 2 | 4 | 1 |
| 5 | 3 | 6 | 3 | 7 | 4 | 8 | 4 |
| 9 | 2 | 10 | 4 | | | | |

### もんだい 4

| 1 | 2 | 2 | 1 | 3 | 2 | 4 | 4 |
| 5 | 2 | | | | | | |

もんだい5

**1** 3　　**2** 4　　**3** 3　　**4** 1　　**5** 4

## 第三回

もんだい1

**1** 3　　**2** 4　　**3** 2　　**4** 1
**5** 4　　**6** 1　　**7** 3　　**8** 2
**9** 4

もんだい2

**1** 1　　**2** 4　　**3** 1　　**4** 3
**5** 2　　**6** 3

もんだい3

**1** 1　　**2** 3　　**3** 1　　**4** 4
**5** 2　　**6** 2　　**7** 1　　**8** 2
**9** 1　　**10** 3

もんだい4

**1** 4　　**2** 3　　**3** 1　　**4** 2
**5** 1

もんだい5

**1** 4　　**2** 1　　**3** 2　　**4** 1　　**5** 3

# 合格班日檢單字N4

重音辭典＆文字・語彙問題集（18K＋MP3）

【日檢合格班 8】

■ 發行人／ 林德勝

■ 著者／ 吉松由美・田中陽子

■ 設計主編／吳欣樺

■ 出版發行／山田社文化事業有限公司
　地址　臺北市大安區安和路一段112巷17號7樓
　電話　02-2755-7622　02-2755-7628
　傳真　02-2700-1887

■ 郵政劃撥／ 19867160號　大原文化事業有限公司

■ 總經銷／ 聯合發行股份有限公司
　地址　新北市新店區寶橋路235巷6弄6號2樓
　電話　02-2917-8022
　傳真　02-2915-6275

■ 印刷／ 上鎰數位科技印刷有限公司

■ 法律顧問／ 林長振法律事務所　林長振律師

■ 定價／ 新台幣340元

■ 初版／ 2017年 9 月

STS

山田社

STS

山田社

# STS

山田社